雾从江上来

谢建萍 / 著

春风文艺出版社
·沈阳·

图书在版编目（CIP）数据

雾从江上来 / 谢建萍著. -- 沈阳：春风文艺出版社，2025. 1. -- ISBN 978-7-5313-6921-9

Ⅰ．I267

中国国家版本馆CIP数据核字第2024Z3W563号

春风文艺出版社出版发行

沈阳市和平区十一纬路25号　　邮编：110003

成都市兴雅致印务有限责任公司印刷

责任编辑：孟芳芳	责任校对：陈　杰
装帧设计：四川悟阅文化传播有限公司	幅面尺寸：145mm×210mm
字　　数：276千字	印　　张：10.5
版　　次：2025年1月第1版	印　　次：2025年1月第1次
定　　价：58.00元	书　　号：ISBN 978-7-5313-6921-9

版权专有　侵权必究　举报电话：024-23284292

如有质量问题，请拨打电话：024-23284384

从胥溪到新安江

（代序）

"有一条新安江，碧蓝蓝真好看，轻轻雾来了好缠绵，轻轻风去了也留恋。"这首歌唱的是我家门前的这条新安江，多年来习惯每天在江边漫步，或清晨，或暖阳下，或霓虹灯影里。

秋风起，江岸小树林掩映下的绿草坪，一丛一丛玫红、橘黄、淡粉的花儿盛放，那是彼岸花。看，一朵而立，孤芳自赏；三两成簇，结伴而聚；集簇连片，亲如一家。这种花，在老家罗村胥溪边的山野坡地随处可见。这种花，让我想起儿时的山乡村小。

我当年就读小学，五年制，经历三个教学点，没有一处完整的校园，没有一间像模像样的教室，从一间狭长的矮平房，只有一个门进出，过渡到把一户工作在外人家闲置的农舍当作教室，小学最后一年并入乡中心学校，操场边一幢两层的砖房，楼上是教师宿舍，楼下是我们教室，常常是读书声、炒菜声、洗衣声，声声入耳。但那些教室的斑驳旧墙上，总是贴满一篇篇学生的优秀习作，是语文老师谢玉英、邓美仙、伍美玉用小楷毛笔，在农村过年时写对联的大张红纸上，一个字一个字书写的，是那些永远散发着笔墨清香的习作，萌发了我对文字的喜欢与向往。

20世纪80年代初，我开始在罗村乡中心学校就读初中。学校的硬件与软件极其匮乏，记得整个学校只有一台显微镜，一个豆腐块般大的操场，两三个篮球，几把木制三角尺。上体育课学扔铅球，老师带我们到胥溪畔，把我们分成两组，分别站于小溪两岸，每人以溪石当作"铅球"，向对岸投掷。特别是学校里部分学科教师严重缺编，比如英语学科教师，连初中都没毕业就来教我们。一年后，父亲担忧山乡学校的教育质量，托亲戚关系将我转学至四十里外，胥溪汇入富春江之处的胥口——乾潭初中。

罗村至乾潭，乾潭至罗村，中间还跨过一个下包乡，四十多里的路，交通极为不便，再加上遇雨天、雪天，不是山体滑坡，就是雪冻公路，连早晚才两班的车也不能保证。为此，挤客车，坐拖拉机，爬卡车车背，甚至有一年放寒假遭遇特大暴雪，不得不和妹妹两人抬着棉被，一步一滑地步行回家，从清晨一直走到山村夜晚的灯光亮起。

每一次经过，每一次回望，这段经历无数次地触动着我，于是，我用文字一点一点地还原，记录了那个时代大山里的孩子艰辛求学的故事与印迹。

那年代农村孩子考中专是为了跳"农"门，大家众所周知。可是为什么选择师范专业，说来好笑。儿时，常听长辈们讲鬼故事，实在听得太多太多，为此特别怕鬼，更怕见死人，于是在录取率高的护士与师范两类学校上，我毫不犹豫地选择师范专业。

进入严州师范学校，第一次走进拥有两层建筑的图书楼，看到楼内一排排的书架摆满各类书籍，那些在书本中读到的大作家，几乎都能在这儿找到他们的作品，惊喜得不知道选哪本书看起，那一刻犹如一句俗语所形容"小狗掉进厕所里"的感觉。从此，书香开始滋养着无数像我这样从书源贫瘠的农村走出来的中师生。

日常，身背帆布黄挎包，包内藏一本书，穿梭于教室、宿舍、图书楼之间，或站在枫杨树下，或躲进植物园内，如饥似渴地阅读。在师范，第一次读《鲁迅全集》(共五卷)，虽然前两卷看得似懂非懂，云里雾里，但仍然装模作样地坚持着啃读完，除了心里有那么一点点虚荣心作祟吧，但更多的恐怕是对大作家鲁迅先生的景仰，迫切地希望自己能走进名家，走进经典。

《文选与写作》课上，我把外婆的故事创编成短剧本《关花》，得到余亦乔老师的肯定，她称赞说，有点剧本的雏形和样子呢。老师表扬带来的丝丝甜蜜，回想起至今仍洋溢在心底。也曾从杂志的封底介绍，悄悄地报了"青春文学院"的诗歌创作班，偷偷地学写些朦胧诗。但写朦胧诗的秘密，终究被同学发现，这件事也成了日后同学们见面时大家谈话的笑资。

严州师范学校，曾被誉为"浙西山区小学教师的摇篮"。1987年夏天，我被分派到乾潭程头小学（这是一所完小），正式成了一名乡村教师。

每天清早，孩子们从四面八方的山坞里拥来，上课、做操、游戏，如鸟雀般欢腾；傍晚，孩子们如鸟儿归巢般离去，一个人的校园，冷清、寂静、孤独。初为人师的我，书成了最好的陪伴。

有人说，"一个真正的教师，一定是读书爱好者；一个优秀的教师，更是一个对书有着独特情感的读书人。"也有人说，"教育最可怕的是一群不读书的教师在拼命教书。"作为一名语文教师，我希望自己成为读书爱好者，成为对书有独特情感的读书人，我相信读书如吃饭，每一顿饭的营养会化作血肉渗入到身体中，每一本书的内容会化作精神营养融入一个人的灵魂。当然也时刻提醒自己，千万不要成为后者所言的那一类不读书的教师。

从乾潭调到梅城，后来又到新安江，经过一次次一年年的课堂磨砺，越来越体悟到教师作为"读书人"和"教书人"，始于读，发于思，成于行，要带着全部的阅读史来授课。其间，在20世纪90年代中期，社会对小学教师学历文凭提出了更高的要求，中师文凭已经不能满足教育现实的需求，于是我开启了在职整整十年左右的自考与函授的漫长日子，一直从小学教育大专自考至汉语言本科，再到公共事业管理。白天照常上班，晚上、周末自学或参加函授学习。记得每天晚饭后，为了避开女儿干扰，一个人悄悄躲进房间看书，她在家里别处找不着我，总是边拍房门，边哭着喊："妈妈，我知道你在房间里的！"在职业生涯里，如溪水长流般的读书与学习，让作为教师的我不断地增长育人智慧，让日常教学闪烁着睿智的光彩，充满着创造的快乐，努力地探索更顺应儿童生命自然生长的教育。课余，我也尝试用一篇篇教育随笔留存下像"小鱼、小伞和T""对不起，小蜜蜂""将错就错""纸短情长""让语文课堂童心飞扬"等课堂精彩瞬间、教育故事和育人的思考。

2007年，我走上新的工作岗位——语文教研员。教研员工作是绿叶的事业，在于甘为人梯，甘于奉献，在于滋兰养蕙。那么，如何做好小学语文教学研究的"领头羊"呢？没有上过大学的我，文学修养是非常欠缺的，深度研读教材这一关如何破解？倘若一位语文教师连教材都读不懂，又如何以教材为港湾，把孩子带入教材的深处，然后走出教材以外辽阔的大海，让他们的眼界越来越开阔，让他们的目光投向干净、明亮、美好的所在呢？从那以后，除了阅读专业著作外，我开始大量阅读文学作品，和老师、孩子们一起努力去感受与欣赏文学之美。

作为一名教研员，我从我的职业需求里受到了书籍的营养，不再被某一些优秀的样板牵着走，而是努力地去获取每天教学实践创作的动力，像"形散神聚"的散文一样铺开研究，让研究成为一种工作方式。文学阅读，不仅给了我巨大的一个通道，一个看不见的纽带，牵引着我，跨越了很多觉得困惑与困扰的地方，而且让我更清楚地认识自己，坚持去做最好的自己。

曾经有人说过："写作是上帝搭建的从生活到精神的阶梯，顺着它，我们能发现生命的本质，能发现幸福的规律，能发现世间所有的美好。"节假日，我喜欢和一群热爱大自然的朋友参加户外活动，常常被大自然的美所陶醉，也被行走路上的见闻一次次地感动。每一个驻足，每一次感动，如被一束束光所照亮，一次次体味到生命的最美好。于是，我用文字时断时续地记录这些生活和生命瞬间，将自己的所见、情绪、感怀寄托在有温度的文字里，不过这些文字一直羞于见人，成了典型的"抽屉式作文"。

有一回，在建德论坛的文学创作栏里，悄悄地以网名"人海一身藏"投了稿，不承想在《今日建德》文艺副刊上发表了，副刊编辑沈伟富老师在文末附写"请作者告知姓名"。有了沈老师的鼓励，慢慢地鼓足勇气不断地向报刊投稿。每每刊出时，带着小欢喜地再读，不读不知道，一读才发现，文章被副刊编辑沈老师细细地做了修改，措辞、语序、内容删选，包括标点也不放过。见到沈老师时，我难为情地说："文章很烂，不好意思！"沈老师总是那句话，"版面太小，没有经你同意删了些内容。你多多向《今日建德》投稿，那是在支持我工作呢！"

于是，我一边勤勉地工作，一边自由地写作，把这当作生活的一种幸福。没有刻意地给自己写作的目标、任务，有话则写，无话则不写，只是随意写写而已，完全出于喜欢。幸遇作家同事杨吉元老师，总是不断地给我"敲边鼓"。当我有文章发表时，他总是第一时间把信息发布到本地作家群里或单位同事群里，点赞鼓励我，还不忘提醒：你好出一个集子啰！

读书与写作，让我这个山里娃成为教师。读书与写作，让身为教师的我，不断地完善专业行为，增添专业情趣，享受专业幸福。读书与写作，让我更多地体察众生，以文字回望一路上的人物与风景，努力地走出现实的逼仄，更让我了解自己做自己，懂得贴地而行，也知择高而立，探索与追求有质量的生命姿态。

起雾在人间，恍若在天上！家住新安江畔，推窗见江，水清，风凉，雾奇。风行江面，水波微漾，梦幻般的雾总在不经意间升腾氤氲，或薄如纱轻如翼，或如絮翻滚，缥缈如蓬莱。历代以来，谢灵运、沈约、崔颢、孟浩然、李白、刘长卿、杜牧、李频、范仲淹、陆游、查慎行、纪晓岚等无数诗人来新安江流域游历或为官，留下了几千首脍炙人口的诗篇。风动雾起时，仿佛新安江里的每一滴水、两岸的每一片绿叶、上空的每一朵云彩，都有诗意在飘荡与涌动。古往今来，这条从诗词里流淌出来的江，源源不断地滋养着无数的生命与心灵。

从胥溪到新安江，不过区区百里，青丝变白发。

谢建萍
2024 年 11 月 10 日

目录

CONTENTS

第一辑
乡音袅袅

002 | 我的遥远的罗村
005 | 大珠
008 | 走亲戚
010 | 母亲的老布鞋
013 | 那些远逝的茶具
016 | 春和景明话青稞
020 | 汤圆和麻花
024 | 芒花落心弦
026 | 回去看看童年
028 | 箬叶裹着的乡村记忆（一）
030 | 箬叶裹着的乡村记忆（二）
033 | 箬叶裹着的乡村记忆（三）
036 | 老屋生活
039 | 口琴
041 | 山乡雪地
043 | 板栗熟了
047 | 最是胥岭发糕香

050 | 外婆的木槿篱笆菜园
053 | 玉米
057 | 山苍子
060 | 山茶树
064 | 一语茶香染流年
066 | 最忆枫坞口

第二辑
情路深深

074 | 山乡村小
077 | 求学路
080 | 网袋·饭盒·北佬罐
084 | 307 寝室的故事
089 | 实习散记
093 | 琴音袅袅悠我心
098 | 载歌载舞是课堂,也是青春
103 | 初为人师第一年
107 | 斗智斗勇亦教育
114 | 双井弄 9 号
117 | 把楼梯踩成钢琴
119 | 纸短情长
127 | 人生是一场旅行
129 | 爱在爱中盛开
132 | 拯救天堂鸟
134 | 一寸一寸地离开
137 | 家里来了飞行员
140 | 家有小龟
144 | 闲种
146 | 退而不休的老爸
148 | 遇见

150 | 乌龙山脚的奶奶
155 | 上乌龙山
159 | 七夕在简庐
162 | 舒羽咖啡馆
165 | 大华书场听评弹

第三辑
山水淙淙

168 | 赶花
171 | 春天，去富阳登山
173 | 春到桐洲岛
175 | 山顶有个绿葱湖
178 | 芹川古镇里醉一回
181 | 三门源
183 | 小记黄山顶
185 | 云深人家
187 | 鱼山村
190 | 春去夏来
192 | 初夏新安江
195 | 夜宿醒山书院
198 | 荷塘人家
201 | 溪畔梓州
204 | 对话千岛湖
206 | 桃花岛短记
208 | 月明如素溪西畈
210 | 木鱼小镇的夜
213 | 诗情画意是绿道
216 | 野菊
218 | 银杏
221 | 秋雨南山

224 | 严婺古道散记
229 | 徒步徽杭古道
231 | 古道
233 | 欢喜，谷雨山居
237 | 窗前烟渚湖
239 | 踏雪脊岭
241 | 小住云栖
244 | 漫步西湖
247 | 内蒙古永不相忘
249 | 新疆笔记

第四辑
书声琅琅

260 | 梅朵与月光
262 | 书和摇椅
264 | 童心，最美的遇见
267 | 行走于幻想与现实之间
270 | 与《平凡的世界》相伴
272 | 教育：改变是唯一不变的事
276 | 春天，回乡下老家去
279 | 生命本来没有名字
282 | 一位名叫谭波尔小姐的老师
288 | 回到诗词的现场
291 | 春雨伴读《人间信》
295 | 乡下遇见苏老师
299 | 以历史的眼光描绘乡村图谱
302 | 富春山水文化的传播者
308 | 芬兰研修手记

第一辑

乡音袅袅

XIANG YIN
NIAO NIAO

我的遥远的罗村

罗村原是建德东北部的一个编制乡，那里崇山峻岭，茂林修竹，清流急湍；那里地多田少，而物产丰富。自从造了罗村水库之后，大量人口外迁，后来并入下包乡。2003年，连同下包乡一起，又并入了乾潭镇，罗村乡降格为罗村村。

几年来，我和朋友们来过罗村三四次。狮峰采茶，浪源爬山，官山脚溯溪，大珠村访古。虽然也留下一些关于罗村的断章片语，但无论如何行走与描写，还是无法排解心底里的这份乡愁，就像一边喝着甜甜的糯米酒，一边还犯着酒瘾。

罗村，它是以一种独特的方式，永远活在我的记忆里的。

建造水库之前，罗村村是整个罗村乡的中心，狮峰、浪源、大源、大黄坞几个源里的人和水都在这里汇聚。连这一带山里人家的女儿都喜欢嫁在离家不远的村子，大家聊起来不是说福建话就是安庆话，像一家人似的。

又一次来到罗村，站在这水库的大坝顶上。望着碧绿碧绿的水库，仿佛看到水面一条弯弯曲曲的卵石小路，往大源的山里一直延伸，最终通往我的外婆家——大珠。想起每年正月初二开始拜年，我们先是到罗村的姑妈家、舅公家，接着到官山脚的小外公家、舅舅家，再是到大珠的外婆家，然后转道去汪活源的阿姨家，一路上走走停停，吃顿饭或住个夜再继续走。当几家转过来重新回到外婆家时，会多住上几个晚上，直到上学。从外婆家返回时，从原路走，一家一家地道别。一个年拜下来，也就等于把罗村乡的几个源走了个遍，这也是一年中快乐最多的时光。

日落时分，夕阳金色的余晖映照着连绵山峦的顶峰，天特别的蓝，云特别的白，我们在罗村水库指挥部的花坛空地上安营扎寨。多彩的帐篷、蹦跳的孩子、嬉闹的呼叫，渐渐地将这个静谧的山乡重新闹腾起来。随着夜幕的降临，星星爬上树梢，爬上山巅。直到一场篝火晚会结束，终于让整个山野归于宁静。头枕大地，仰望星空，突然有了卸下所有的累，回到妈妈怀抱的柔软。

漆黑的秋夜里，思绪像长了翅膀似的不停扇动。

1979年1月，罗村水库动工建设，工地上开山放炮，热火朝天。到了夜晚，还常常放电影。记得我第一次在这里看的电影是《红楼梦》。

电影放映场地就设在这一片乱石滩的工地上。当听说水库工地要放映电影《红楼梦》，这十里八乡的村民们都轰动了，还是太阳高挂的下午，他们就从一二十里外的各个山源里奔赴而来，在这两山夹峙、乱石成堆、高低不平的工地等待电影的开演。放映人员临时在一块稍平整的地方搭起了一个架子，拉起了绳子，一块小小的银幕挂在当中。终于夜幕降临，灯熄了，银幕上出现字幕，接着是悦耳的音乐响起，很快画面出来了，是一条街巷，一座大宅院，一顶小轿穿过街巷，在这座大宅院的门前停下，进去以后仍然急急走动，穿过一座又一座门，终于停下。有人下轿，有人来迎，又几个人围上去拉手、说话，反复地歌唱，后来我才知道这就是林黛玉进贾府了。此后，大约就是宝黛相会，贾宝玉竟然身穿大红的袍子——说真话，我都不知道那是宝玉，还以为也是一位少女！倒是那句经典的唱词——"天上掉下个林妹妹"，清晰地传入我的耳鼓，我才确认那与黛玉相见的是宝玉。但是，因为我站在远远小坡上，根本看不清银幕上放的是什么内容，林黛玉贾宝玉到底长什么样，只觉得银幕上都是花花绿绿的人在那里旋转；耳旁呢，也尽是呢呢哝哝的越剧腔，还有就是没完没了地唱，但是根本听不清说的是什么，唱的是什么。不过工地的喇叭倒是震耳欲聋，也算是模模糊糊地听了一场《红楼梦》，现在能清晰记得的是整个工地人头攒动，热闹非凡。等电影一结束，人山人海的人，打着手电的，举着火把的，向山野四处散去，消失在夜幕里。

都说山里的孩子懂事成熟得早。我想，山里的孩子从小就跟着父辈们上山干活，什么采茶叶啊，采香山籽啊，砍芒干啊，什么样的活都做，过早的劳动使他们切身体会父母的艰辛，父辈们的勤劳善良一点点渗透到他们的血液里。罗村这一带，满山满垄是茶园，整个茶季一家人大大小小不分白天黑夜地忙碌。我还记得那时候，罗村除了种茶外，还盛产苍山籽，它的果实是青绿色的，如赤豆般大小，榨出的汁液可以做香精香料。

露宿在帐篷的夜晚，非常潮湿，如同这回忆。星光下的夜，很静很静。梦犹故里香，远去的罗村，你是我心中永远的太阳。

大珠

大珠，一个有着天籁般动听名字的小山村。黄泥墙，黑瓦房，随山坡地势而建，呈阶梯状分布，错落有致。乌黑的溪石铺筑的台阶、村道，房前屋后篱笆围成的菜地，柿树、桃树、梨树、核桃树、板栗树、杉树、竹子满山岗。一进入村口，整个村子向两边延伸，一边叫下湾里，另一边叫上湾里。村子背倚着磨盘山，峰峦叠嶂，连绵起伏。小小的山村如同一只张开双臂的大鹏鸟，静停在绿屏间，随时振翅欲飞。

这里是我的外婆家。当我敲下这几个字时，已是情深深泪盈盈，这是一个走多远，想念就有多远的地方。

一个周末，我背着包，徒步在去往外婆家的小路上。山间小道早已经被蜿蜒的公路截断，但是深藏在心底的那些人那些事，仿佛顷刻间从遥远的地方慢慢地走来，历历在目。

村口，紧邻溪涧的那棵古树还在，它应该很老很老了，但看起来还是枝繁叶茂，乌黑的虬枝弯弯扭扭，向四周撑开，粗壮的树干需两三个人才能合抱过来，而它的树干是空心的。小时候，从树下经过，看着那黑黢黢的树洞，我的心里就发慌，好像树洞中随时会跳出个张牙舞爪的魔鬼来。溪涧右侧原本有一座庙宇，庙宇正中间供奉着一尊菩萨，铜铃般的眼睛，特别吓人。现在，庙宇早已夷为平地，徒留一块长方形的空地基，上面堆放着一根根杉树木料。

站在一座老屋前，只见房前屋后零星地站着几棵老板栗树，树上的栗子早已落光，留存在枝头的叶子有些零乱，开始褪黄。夕阳的余晖照在山岗上,照在树枝上,照在一座座土泥墙上,泛着金色。

每到冬天,外婆喜欢戴着她亲手编织的那顶毛线帽,腰上系着一块藏青色的围裙,一天到晚围着灶台转,围着菜地转,围着一群孩子转,围着一大家子人转,没有一刻闲着。最盼外婆闲下来时,她会在围裙里藏个小火熜,然后走家串门,我就可以小尾巴似的东家走走西家看看。听着外婆向别人介绍说,这是囡囡(妈妈的昵称)的女儿,还一个劲地夸我会这个会那个,心里那个乐啊甜啊,当然还会收获邻里送来的番薯条啊、南瓜子啊,等等。而到了大寒天里,我和外婆就窝在家里,窝在火炉旁。火盆里的炭火热烘烘的,不时地用小铲拨一下划一划,噼噼啪啪地冒着火星。外婆有时撬开火炉底下地窖的木板,整个人伏在地上,不一会儿就掏出一个番薯来,塞进火里煨。我就在一边馋馋地等待着番薯的香气一点点飘起来……

我和妹妹,还有表妹表弟,没有一个不是外婆一手带大的。这个回家了,那个接着去,这个长大了,小的一个又去,一年到头轮流着在外婆家生活。逢年过节,一大帮小孩全跟在外婆身后,抢吃的,抢玩的。每天晚上争抢着要跟外婆睡,总是吵得闹得不得了,往往会哭的年龄小的那个占了便宜。外婆从不舍得打我们,有时闹过头虽然挨了骂,但还是谁也不愿回家。每次都是开开心心地去外婆家,然后哭哭啼啼地被父母带回来,可心还是像长了翅膀似的时常往外婆家跑。

沿着村子里的小路,从下湾里一直往上走。路边的一幢幢泥墙土屋,都已经人去楼空。竹林里不时传来几声鸟鸣,悠远而寂寥。四周空荡荡的。

不知什么时候,老屋的篱笆墙边走过来一位老奶奶,身穿藏青色的衣服,腰里也系着一块大围裙,一边问"哪个",一边朝我走过来。望着眼前这位老人,原来是外婆的姊妹,那时她还年轻着，娇小玲珑的俏模样。

走近她，情不自禁地拉起她的手，用永远不会忘记的福建话叫她："外婆！"她更加惊愕地看着我，当我说出外婆的名字，并告诉她我是她的外孙女时，那一刻，我分明感受到她用力抓紧我手臂的一股劲，看到她眼里饱含着像外婆一样的慈祥。我的泪水止不住地溢出眼眶，不知道如何表达这样的一种遇见。我将包里所带的红枣、巧克力全部掏出来，拉起老人的围裙，倒了进去，内心责怪自己带的东西太少。老人紧紧地拉着我的手，说着外婆一堆一堆的往事。

踩着夕阳的余晖，再一次走近外婆家。外婆家的老房子就在村口往左拐的第三家。岁月流云，老屋还在，大门紧闭，一把铁锁已经锈迹斑斑，木格窗上蜘蛛结网。自从外婆走了以后，不知道有多久没有人打开过这扇门了。轻轻叩击门环，从此再也听不到"咯吱"开门的声音了，再也看不到外婆满面笑容地从里面走出来了……

大珠，保留着我童年最美好的记忆……

走亲戚

作家黑陶说,故乡是一个人的仓库,岁月清晰。

老家在罗村,是个山清水秀的地方。狮峰、其塔、浪源、官山脚、大珠、汪活源、大横坞……一个个村落像珍珠一样散落在绵延的群山之中。童年时光,通往大山里的这些村落,没有公路,只有古道、山路,每逢春节,十里八乡的拜年走亲戚,完全靠的是一双脚,一步一步、一家一家地走。

外婆家在大源源头的大珠村,每年去拜年,几里一亲戚,一路走走停停。第一家当是罗村村的舅公、姑妈家,这是个绝美的大村子(原是罗村乡政府所在地,现整个村子淹没在罗村水库底),背山面溪,灰墙黛瓦,东西走向,呈带状延展。村东头有一座石拱桥,过桥是几棵高大的古树,有香榧树,有柏树。宽宽的溪面上还有一座窄窄的木桥,桥面、桥墩都是杉木结构,简易,灵巧。硕大的村子,全由一条条宽宽窄窄、长短不一、黝黑发亮的卵石路连接着,如龙蛇般在村巷里游走。儿时的我们,常常东家西家地串门儿,奔跑着穿村而过,卵石路上留下无数的欢声笑语。

从罗村村至官山脚,一条古道沿着大源溪七弯八拐,或左或右,不断地在两岸间跨越。光滑透亮的石板路,青藤缠满的石拱桥,古朴简单的亭子,还有一路欢歌的绿水、鸟鸣。山路平日冷僻,一旦春节,走亲访友的人络绎不绝。拎篮子的、背包的,还有肩上扛的、挑的,那时候走亲戚的东西不外乎白糖、糖精枣、芙蓉糕或鸡蛋糕等。糕点是用草纸包成长方形,用一种韧性很好的干草横向、纵向捆扎着,再压上一小张条形红纸。如果遇上长辈大寿辰的,篮子里面条、猪蹄或火腿是少不了的,还会贴上红纸条,插上吉祥柏枝,寓意着福如东海、寿比南山。有时还会遇上箩筐的一头是拜年的东西,一头是小小孩,一路晃悠悠地担着。山道上来来往往的人,好像全认识似的,操着方言打着招呼:"哪家拜年啊?""到家里吃饭啊!"即使一点也不认识的,照面让路时也不忘莞尔一笑,乡音乡情弥漫在整个山道上。

到官山脚往往已是正午,自然去小外公、大舅舅家吃中饭。舅舅、舅妈待客非常客气,会变戏法似的用猪肉做出各种菜的花样,什么肉圆、猪肉粉丝、猪肉滚油豆腐、肉骨头炖笋干,每一道菜看起来都让人垂涎。可是动筷时,总会想起出门前母亲三番五次的交代:做客人要懂得"装客",不要看到什么喜欢的就拼命吃。于是,当舅妈往我们碗里夹肉时,我们就会表现得很"懂事",一边说着"够了够了,吃不下了",一边把舅妈夹来的肉又夹回到猪肉碗里去,再好吃也得忍着。临走时,舅妈不忘把我们每个人的口袋装得满满的,冻米糖啊,油炸番薯片啊,一路吃着一路走。

外婆家总是最热闹的,火炉旁,厨房间,厅堂里,大大小小,到处是人。每到晚上,表兄妹几个抢着要跟外婆睡。一张床睡不了那么多人,每次抢不到的那个就会在地上打滚耍赖,把一身新衣搞得灰扑扑、脏兮兮的,鼻涕眼泪一大把。这时候,当老师的舅舅就念起即兴编的顺口溜:"外婆家来了个扫地佬,这边扫,那边扫,擦擦鼻涕还要扫。"一阵笑声过后,年龄大的不好意思再争了,只好让位给弟弟妹妹,然后羡慕地看着他们带着胜利的喜悦,挤进外婆的漆花大床。

母亲的老布鞋

整理柜子，惊喜地翻出私藏了二十多年的宝贝——几双老布鞋。黑色的灯芯绒鞋面，白色的千层鞋底，红白或蓝白粗细方格的里子，还有鞋面上用于装饰排列整齐的两排银白色圆形小扣眼，黑色的小丝带交叉着从扣眼中穿过。

早年，我们兄妹三个一年四季除了一双雨鞋、一双塑料凉鞋外，穿的几乎都是母亲做的这种手工布鞋。布鞋有单鞋和棉鞋，有上皮筋的和配搭扣的，从形状上看有方口的、圆口的，还有元宝形的。无论哪一种布鞋，穿在脚上都觉得平稳、舒适、透气，鞋底软硬适中，走长路也不会觉得硌脚或生疼，穿在脚上有一种贴心的感觉。

母亲打小从外婆那儿传承了做布鞋的好手艺，是远近出了名的巧手姑娘。至今父亲说起这事儿，还是满脸的得意。

因为母亲会做鞋子，父亲在自家菜地的一角留出一块空地用来种苎麻。每年春天，苎麻抽枝长叶，亭亭玉立的。盛夏时节，枝与叶开始由青绿渐转老黄色。这个时候，父亲会将所有的苎麻砍回家，搁置在老屋的大门口。然后，母亲围上一块大围裙，坐在长条凳上，趁苎麻还是活鲜的时候，用一块铁皮磨制的三角形刀片剥下苎麻的皮，再刮去苎麻皮最外面的一层表皮。剥下来的苎麻皮是湿漉漉的，一条条整齐地摊码在长条凳上。摊多了，母亲有序地抓起一把，在手上三下两下一绕，盘成一个大麻花状，浸泡在大脚盆里。几天后捞出苎麻，晾在晒衣竿上，白净又光亮。晒干后，母亲又将它们撕成很细很细的长条儿，择其两股搓拧成一根一根的麻线，在弯曲的胳膊肘上绕上几圈，每几个线圈套挂在一起成一束，以备秋后纳鞋底用。

素有巧手之称的母亲，她房里的五斗橱有一个专门的大抽屉，用于存放各种各样的鞋样，那是她用各种旧报纸、牛皮纸和挂历纸剪的。她会根据我们每个人的脚自己设计鞋样。有时她发现别人脚上鞋子的式样好，就借来自己揣摩，画出鞋样。时间长了，母亲也就拥有了很多鞋样，大的、小的、男的、女的、老头的、老太的……应有尽有。每当村子里别的女人来家里找母亲借鞋样的时候，她也会慷慨地把鞋样拿出来让人挑选。

做布鞋最耗时费力的是纳鞋底，没有十天半月是完不成的。平时，母亲把一些旧衣旧裤的碎布片洗净晾干，到了要用时，就依着鞋样大小，一层一层粘叠成鞋底。纳鞋底用的是苎麻线，先用锥子用力地在鞋底上扎出一个小洞眼，然后将穿着苎麻线的大针从锥眼中穿过去，把线拉紧，再用力地把线紧一紧，这样一上一下，一个小针脚就纳好了。遇到鞋底太实或面糊浆得太多之处，或是碎布片的布质不易戳时，常常会把针抽出来，伸到头发里擦几下，然后再下针，同时也会用套在食指上的顶锥顶一顶，再从另一面用拇指与食指的指尖去捏住针往外拉，有时甚至用牙咬住，再使劲拔才拔出来，当然还会用一个方头的小铁钳子夹住把针拔出来，就这样千针进万针出地密密地缝纳。母亲缝纳鞋底并不是随心所欲的，她的针脚距离匀称，而且走针有图案的纹路走向，一圈一圈从外到内盘绕，每一圈的针脚排列整整齐齐，就像运动场上的跑道一样，规则有序，美观结实，展现在眼前就像是一首诗一样。

母亲喜欢在冬日暖阳下做鞋帮、绱鞋、楦鞋子。她先是粘袼褙，找一块大大的木砧板，刷上一层面糊，再在上面一块一块贴碎布料裱成厚片。晾干后，找来精心设计剪裁好的鞋帮"模样"，摁揿在上面，用缝纫的画粉片照着画，画完一个，就移一下，需要几块就画几块，接着依着样子把它们一一剪下来。在剪下的鞋帮袼褙上粘贴新的鞋面布料，用细针一针一针绣好边沿。当年，我们家年年用的几乎全是黑色的灯芯绒面料做鞋面，后来母亲不知哪儿找来了红色的灯芯绒或花格子尼料做鞋面，我和妹妹穿上它特别鲜艳好看，在村子里跑来跑去，招惹不少同伴艳羡的目光。最关键的是绱鞋，一家人脚的大小胖瘦，母亲了如指掌。她能依据每个人脚的肥瘦、脚背高低而定，绱鞋走针时鞋帮与鞋底边缘总能不偏不斜，严密组合。临近过年那些天，试穿新鞋是最令人激动难忘的，我们总是猴急地坐在母亲对面，等着她把新鞋里的楦头取出来，然后伸脚去试。如果有点紧脚，母亲会用鞋楦头再楦一下，用个小榔头"唪唪唪"地敲一敲，然后让我们再试。当我们穿着新鞋在她面前走来走去时，一家人洋溢在脸上的笑容灿烂如花。

寒来暑往，穿着母亲的布鞋上学放学，东奔西走，我们也渐渐地长大了，而父亲也渐渐地老了……

看着眼前这些母亲亲手做的老布鞋，心中暖暖的。母亲对儿女的爱就如这鞋底，一层又一层；母亲的老布鞋，如人生的护身符，我们在母亲的护佑下一个个长大、成家。

"最爱穿的鞋是妈妈纳的千层底儿……"正如这首歌所唱，裹挟着亲情和母爱的老布鞋早已深深地烙入我们童年的记忆，永远珍藏在我们的心底。

那些远逝的茶具

说起喝茶，聊起茶具，记忆最深的莫过于在儿时的老家。

在我们罗村老家，家家户户可见这样的茶具摆设：长条形的搁几上，或小方餐桌上，一个黝黑发亮的深褐色大钵头，上面一个木制的圆盖，圆盖上倒扣着一个白色搪瓷罐，或是一只大瓷海碗。大钵头里的茶是地地道道的"炒青"，水是屋后山涧里的水。地里忙完农活回来，踏进家门的第一件事，就是急急地舀起一碗，一仰头，"咕咚咕咚"地喝个痛快。

农家除了用大小钵头盛茶水外，也偶见少许圆柱形陶瓷的茶壶，壶身往往是白瓷做底，画有喜鹊枝头叫、牡丹花开、鸳鸯戏水等，当然也有以各类民间传说故事为题材的画，但更多的还是那个时代的宣传画，比如《咱们工人有力量》《红灯记》等。壶身一侧带有长嘴壶口，壶口上常倒罩上一个小小搪瓷罐，另一侧有一个月牙形的把手。顶部有一个圆形的盖子，打开盖子可以注入开水。壶顶两边各有一个耳朵，耳朵上系着一个半圆弧的铜提环，提拎起来非常方便。喝茶时，取下壶嘴上的搪瓷罐，拎起提环，小心地把壶身侧过身来，茶水就从那个壶嘴呈一条优美的抛物线流出来。

假如村子里谁家拥有一把军用水壶，那足以让全村人心生羡慕。因为这样的人家一般都是军属，那是很光荣的。有这样水壶的村民，他们外出劳动时，常常会将水壶系挂在扁担或锄头的一端，随着脚步的前行，壶身一晃一晃的，仿佛浑身都洋溢着无上的光荣与骄傲。

不晓得你见过毛竹做的茶壶没有？我的老家盛产茶叶，成片成畦的茶园满山垄满山岗，一坡连着一坡，一山连着一山。五月中下旬随着最后一拨春茶的结束，酷暑也就渐渐来临了，此时正是茶农们忙碌着修剪打理茶园的时光。剪枝、锄草、治虫，活儿一件接着一件，一出工就是一整天。出工干活的村民，他们往往扛着一把长长的竹筒茶壶，里面装的是茶水。竹筒茶壶顾名思义，是竹子做的。它取材于村里随处可得的毛竹，选粗壮笔直的一根毛竹，用锯子截取中间的一段，保留三至四个竹节长度。然后将其中的一头锯成斜口状，用火烧的粗铁丝从上往下打通毛竹的隔瓣，最上一层的隔瓣必须保留一个小口子，水壶盛水时会塞上一个小塞子，壶口小是为了防止盛水时的水壶侧翻，大量的茶水倒流出来。水壶最顶部的斜口状两边，会钻两个小孔，用自家种植的苎麻搓成结实的绳线，系在两个小孔上。野外劳作时，村民们会从家里的大钵头里舀上满满一桶凉茶水，再择茶山上常见的杉树或香山籽树，悬挂于有着密密浓荫的树杈上。像这样的竹筒茶壶，有的人家会备有好几个，有大的也有小的，根据需要选用，不用时就挂在家里晒衣服的竹杈上。

　　竹筒茶壶喝茶挺有意思的。人们在山上干活，大汗淋漓、口干舌燥时，他们取下挂在树杈上的竹筒，拔出壶塞，两手一前一后举起壶身，慢慢地将筒身尾部举高，一旦高过嘴巴，筒里的水顺着壶眼汩汩地流出，山泉般清冽的茶水凉沁人心脾。看着大人喝，跟着一起干活的小孩子觉得更渴。他们急不可耐又费劲地举起竹筒茶壶想喝水，还没有举起来，竹筒茶壶侧翻了，壶也滚在茶地里，茶水倒了一大半，人也少不了挨一顿臭骂。有时，把茶壶举得过猛过力，举过了头，壶里的水流猛地冲出来，冲得你满脸都是，连鼻孔里也灌了水，可是水倒一滴也没有喝上。慢慢地，小孩也总结出了竹筒茶壶喝水经验。他们小心地从树杈上取下茶壶,将茶壶的尾部搁在上一畦的茶地上,慢慢地蹲下身子,壶里的水缓缓地流出来,流入焦渴期盼的心田。

大部分茶园都在半山腰上,离村子有一定的距离,早晨出工晚上回家。一早带出去的茶水,还没有日落西山,壶内已空空如也。这个时候,大人们会支使我们这些干活的小孩,用竹筒茶壶到茶园边的山涧去取山泉水饮用。这算是辛苦劳作间隙有趣的活儿,我们争着抢着去。沿山道,听水声,寻清泉,拨开丛丛杂草,摘得一片箬叶,贴在泉眼处,顺着箬叶,山泉流进竹筒茶壶,直到从壶口满出来。我们再找根棍子,竹筒茶壶挂在中间,一前一后抬着,优哉游哉地回茶园。

而今,这些喝茶的茶具,都已经很少见到了。

春和景明话青粿

春和景明，草长莺飞，梨花带雨正清明。

清明节是我国的传统节日，清《岁时百问》中有云：万物生长此时，皆清洁而明净。故谓之清明，有清洁明亮之意，意谓在这段时间里，雨水较多，空气清洁，气温回升，阳光充沛。

从儿时记事起，每年清明前后，老家一带正是忙春耕、忙采茶的时节。无论农活再忙，村里家家户户都会非常隆重地包清明粿，也叫青粿。

青粿算是清明节的一种传统美食，它的粉是粳米与糯米按照4:1的比例磨好、和好，它的皮是嫩绿的艾草和米粉制成。艾草，叶小形如菊科植物，一蓬蓬，一簇簇，我们当地把它叫作青，做的粿自然就叫青粿。采摘青这事，常常落在我们这些小孩子身上。每天放学后，找把小剪刀，挎个竹篮子，我们纷纷奔向春天的田间地头、溪滩树林。今天一篮，明天一篮，绿绿嫩嫩的青满满当当地装在篮子里，煞是好看！母亲将我们采回来的青，倒在大匾里，择去夹杂在当中的枯草，一朵一朵地剪去老茎，留下最嫩的茎与叶。大锅烧水，待水沸腾，然后将青倒入沸水焯一焯。此时，母亲总不忘舀两匙白色粉末倒入锅中，然后搅拌。这既不像盐也不像米粉的白色粉末到底是什么？忍不住好奇地向母亲探问究竟。母亲告诉我说，那是小苏打，煮青时添加一点小苏打，不仅可以让青的茎煮得烂，还能让青叶保持好看的绿色，原来如此。母亲将焯过水的艾草捞起后，盛在竹篮子里，再拎到村前溪水中漂一漂。连篮子整个地浸入，提起来，再浸入，再提起来，水面上不断地浮去一层黄白色的泡沫，直到除去青的草涩味。最后，两手用力地挤去水分，拧成一个一个大青团。

依稀记得，老家村子中心有一个大石臼，平常日子盛着雨水，漂着枯叶。一到清明前夕，石臼洁净得光滑发亮，每天一大早就有左邻右舍来臼青团。一人弓步站立，挥抡大木槌，上下翻飞；一人蹲着，边沾水边翻青团，一进一出，配合默契。这时候的石臼旁，总会围站着几个小伙，他们随时等着上去换把手。热腾腾的青团，喜滋滋的笑容，往事盈盈而来。

沸水拌粉，火候、比例要掌握得恰当。石臼臼青团，不光要捣得烂，更要捣得有劲道。擀青皮，皮面要擀得大，厚薄均匀，才能用小碗倒扣划出一个个圆圆的粿坯子。这三道工序，不仅是个技术活，还是个力气活，小孩子根本插不上手。只有包青粿的环节，才轮得到我们这些小孩子上阵。包青粿，说来容易，但我一直觉得它更像是件艺术活，要让每一只青粿都精致美观，也着实不易！

初学包青粿，幸得爷爷的亲传。爷爷可是家里的包粿能手，印象中的他安安静静地坐在竹匾边，像个工艺大师般精雕每一件作品，包的粿个头饱满，齿纹匀称，细腻精美。看到我包的粿，一只只丑八怪似的摊在竹匾里，他总是操着福建话说："你的手适合养猪呢，捏个花边像狗牙齿般，大的大小的小，难看死了。"说完，示意我坐到他旁边，重新拿起一张圆圆的青皮，在左手掌上摊开，边做边说："粿的馅要多放点，收口对齐，捏紧捏薄。最难的是捏齿纹，你只要用大拇指的指头往前先压一压，食指配合捏紧，再压再捏紧，齿距均等用力均匀，水波浪一样的花纹就出来了！"温暖至今！

每年一家老小一块儿包青粿，连平日严肃的父亲，也会焕发童心。每个青团被擀成大张的青皮，小碗倒扣，沿碗口划出一个个小圆果坯后，都会剩下一些边边角角。这时候，父亲喜欢用这些边角料，带着我们兄妹仨捏各种小动物，尤其是捏"母鸡孵小鸡"的情景记忆犹新。小青团压平做鸡窝底，捏只母鸡放中间，有翅膀有眼睛，捏些椭圆形小青球当作鸡蛋，放在鸡身四周，有时我们也捏小鸡状，让它们躲在鸡妈妈的肚子底下，再搓些小细条围成个鸡窝。大功告成！

当母亲生火开蒸时，第一锅必定首选蒸"母鸡孵小鸡"。虽然它无馅，但当掀开大锅盖，热气升腾，小心起锅，抢吃"母鸡孵小鸡"的生动画面依然如昨日再现！

十五年前，父母搬离小山村到镇上生活，但每年清明节前夕对包青粿一事仍旧很讲究，从未间断。

采青，母亲往往要跑出镇子很远去寻觅，甚至重回几十里外的老家田间地头采摘。青粿的馅，照例像往年一样分咸、甜两种。甜的有豆沙、芝麻馅的，蒸熟时，轻轻咬上一口，豆泥、芝麻和着青的气息漫进嘴里，留香唇齿。咸的馅以春笋与萝卜丝当主料，外加五花肉、豆腐、雪菜、大蒜，搅拌在一起，仿佛把老家的春天一同包进粿里，包进岁月里。馅料都是母亲头一天炒熟，用的是新鲜肉熬的油，买、切、炒等一道道工序，她一点不含糊，严谨认真，就像对待生活一样。

每回做粿，母亲还是免不了感叹现在住的公寓房太小，施展不开手脚。要是在老家的土房子里多好，可以大锅蒸粉、拌粉，大桌面擀青皮，大圆竹匾摊粿，放满一个，再铺开一个。这些年，每次回趟老家，母亲都像淘宝似的，老房子里做粿用的大大小小的圆匾、长长短短的擀面杖，一件一件都被她从老家搬了出来。

今年父母又准备了四大盆菜馅，二十多斤米粉。上个周日包甜的，每一只青粿都用果限子印上花、草、鱼、福的图案。

这个周日包咸的，全家总动员，分工合作，拌、臼、揉、擀、划、包……流水线操作，协调有序。竹匾里，一只只月亮形的青粿，翡翠般的绿，排列整齐，赏心悦目！蒸锅里，青粿的清香不断地冒出来，氤氲着整个屋子，仿佛浸在明媚的春光里。

母亲仍然保留着农村生活的习惯，做的青粿喜欢与人分享，东家一袋，西家一篮。一只只青粿，裹着亲情的味道、家乡的味道，散发着江南的气息和岁月的芳泽，浓郁得化也化不开。

汤圆和麻花

20世纪80年代初,家里大堂的搁几上有台录音机,老是播放一首歌:"卖汤圆,卖汤圆,小小的汤圆是圆又圆,三毛钱来买一碗……"一边听《卖汤圆》,一边极尽想象汤圆什么味儿,那时的山里人家又上哪里去买汤圆呢?

后来,母亲在自家仅有的一亩三分田里,除了种植籼稻外,还种了小部分的糯稻。糯稻米性黏、米粒短而圆,可以做很多小点,像麻糍、芝麻滚、糯米糖藕、糯米麻花和糯米圆子等。

每年春茶采摘季,日子再忙,母亲都会包糯米汤圆,犒劳辛勤劳作的一家人。那时,山里的小野笋正出,拔一捆如笔状的山笋,剥去它的外壳,笋肉白而嫩,然后切成细丁,再加自制的瓶菜、咸肉末和大蒜,用肉油在大锅里一阵翻炒,香、嫩、鲜的汤团馅便完成了。

开始和面。糯米粉里冲入温开水,慢慢用筷子搅拌成絮状后,直接上手揉。用力地揉,揉到面团光滑,将面团搓成长条,切成一小段一小段,再揉搓成一个个圆球状。球状面团放在左手心,右手手指往中心轻轻地边捏边转,捏成小碗状,再把馅放入,两手配合慢慢搓圆、收口。母亲常常在收口处故意留下一个小小的尾巴,带尾的汤圆有序排列在盘面上,犹如池塘里游动的蝌蚪。

鲜笋汤圆,一个个沉甸甸地落入锅,慢悠悠地在水中浮上来,个大饱满,晶莹透亮。一碗最多盛上四五个,咬上一口,外皮，细滑、软糯；内馅，鲜香、美味。实在忍不住再盛一碗，直到把肚子撑得滚圆，坐也坐不下为止。

每逢佳节，家人团聚，还是会煮上一盆汤圆。为了图省事，汤圆是从超市里购买的。虽然超市的汤圆林林总总，从馅料种类看就多了去了，有芝麻、豆沙、花生、巧克力、鲜肉、枣泥等；从各类品牌来看，三全、思念、龙凤、稻香村、六味等，应有尽有，却总也吃不出当年母亲做的鲜笋汤圆味。

前些时候，在宁波小住几日，自然少不了去吃一碗地道的宁波汤圆。宁波汤圆第一家"缸鸭狗"，是有名的风味小吃，在江浙一带名气很大，连当地上课的专家也三句不离汤圆为例阐述观点。

想不到吃汤圆还吃出了故事。一群人，打的直奔天一广场"缸鸭狗"门店。一路上心心念念着"缸鸭狗"，仿佛眼睛里都是"缸鸭狗"，广场一圈找下来，还是没找到这家店。一美女同事看到地铁进站口的一位民警，急步上前直接就问："'缸鸭狗'在哪里？"警察一脸茫然，或许以为她在找寻一条丢失的狗或寻找一位叫什么狗的人呢，瞪大眼睛看着美女半天也没有反应过来。紧随其后的我们这群人，看他们俩的表情，早已经忍俊不禁捧腹大笑。

七拐八拐地总算找到，店门前一尊铜塑"缸鸭狗"，一只大缸里煮着一个个汤团，右边有一只鸭子正拍打着翅膀，左边有一只黄狗瞪着眼睛，吐着舌头，贪婪地望着圆滚滚的汤圆，风趣别致。正纳闷，为什么取这样的店名？见雕塑底座上的文字，顿时恍然大悟。原来，店主姓江，小名阿狗。"江阿狗"的方言谐音不就是"缸鸭狗"嘛！哈哈，有趣，有趣！

"三更四更半夜头，要吃汤团'缸鸭狗'。一碗下肚不肯走，两碗三碗发瘾头。一摸口袋钱不够，脱下布衫当押头。"这家名店果然名不虚传，店里的汤圆口味品种丰富，除了传统的芝麻、豆沙馅的，还有榴梿、玫瑰馅的，五花八门，个个饱满。大伙儿一口气点了七八碗，好几个品种，一碗一碗端上来，一样一样细品尝。传统芝麻馅的，颜似白玉，甜而不腻，入口爽滑，口感甚好。尤其是第一次品尝榴梿味的，轻轻咬开汤圆，糯而不黏，榴香扑鼻，混合着糯米的香味，绝对美妙无比。

宁波汤圆虽然好吃，可是怎么也吃不出当年母亲做的鲜笋汤圆味。

第二日，我们一帮人转南塘老街寻找美食。

南塘街上，商铺林立，熙熙攘攘。远远地见一店前顾客盈门，人群排成长龙。走前细看，原来是在卖油赞子。

油赞子是什么？走近一看，它其实就是我们小时候就熟悉的麻花。

据说，老宁波的油赞子源自清光绪年间，距今已有一百多年历史，属纯手工制作传统休闲食品。它配方独特选料上乘，有甜、咸两味之分，尤其是海苔咸味油赞子，淡淡的墨绿色，堪称宁波一绝。

曾经吃过天津的大麻花，一根麻花像油条那么大。相对于天津大麻花的粗犷豪放，宁波的油赞子显得小巧玲珑。这也让我记起，小时候老家做的麻花，比宁波油赞子还要迷你可人。

老家麻花有两种，一种是纯面粉做的，轻盈、薄脆；一种是糯米粉与蒸熟的番薯揉在一起做的，敦实、醇厚。

面粉做麻花操作相对简单些。和面，加进点黑芝麻，揉面，把面团擀成薄皮，用刀一排排整齐地划开，再斜着切成小小块的菱形。用剪刀在每一小块菱形的中间剪一个小口子，然后把菱形的一个角翻起，从小口子反向穿过，摊在竹匾上，一只只麻花像振翅欲飞的蝴蝶。等锅里的油烧热了，再把麻花几只几只地从锅边滑入，顿时油锅中间沸腾开来！

面粉麻花黏性足，轻薄好做，糯米番薯麻花做起来费劲，但味道很独特。先是将番薯蒸熟透，用力捣碎成泥，与糯米粉和在一起，加水使劲揉，揉到手上感觉不出糯米团里有番薯块状才行。再擀成薄片，但比起面粉麻花来要厚多了，接下来同做面粉麻花一样，经过切、剪、翻、穿几个工序。翻出花样的糯米番薯麻花摊在竹匾上，需要经过几个大日头曝晒，晒得干干的，才能下油锅炸。待从油锅捞下来，冷却，咬上一口，入口酥脆，余味香美，它的香既带着糯米的清香，同时还拥有番薯的醇味，是弥留在舌尖上的记忆。

挤在长长的队伍里，看着店里面的阿姨们热火朝天地翻搓面粉，掌勺师傅把一条条柔软的油赞子滚进"哧哧"冒着泡的油锅里，翻了几个身，便起锅上架，然后服务员不停地给油赞子装袋、收钱，等待的队伍始终很长。

一个地方有一个地方的风味小吃，无论去哪里，总有一种味道萦绕于心。而味蕾最顽固的记忆，一定是家乡的味道。家乡的味道，总在悄然地传递着永不散场的温情和耐人寻味的美好！

芒花落心弦

但凡有过农村生活的人，对于芒花是再熟悉不过的了。

一入秋，山野坡地，山岭谷腹，溪畔沟壑，盛开的芒花到处都是，一丛丛，一垄垄，随风摇曳生姿。穗子上银白色的芒花流萤般飞舞，远远看去则是一片银白，就像漫天飞舞的雪花。

不久前去富阳，皇天荡蜿蜒起伏的山脊上，到处都开满了芒花，一大片一大片的，簇拥在山路两旁。这一路的芒花，让多年卡在沟槽里的记忆，有一种瞬然间被撕开的感觉。

芒花，是芒秆或芒草开出的花。

20世纪80年代初，集体的耕牛也被分家落户，我叔叔家就分到一头。鲜嫩的芒秆叶，对于耕牛来说是极好的草料。耕牛犁田辛劳后，农民会割上一大捆青绿的嫩嫩的芒秆叶犒劳它，它就在田间地头满足地嚼起来。过冬时，备上一堆搁置在牛棚里，每天扔一把，也算得上是牛的饕餮大餐，食而无忧。记得那个冬天，连续几天的大雪，天寒地冻的，叔叔家的耕牛断粮，爷爷趁晴天牵牛到村口山脚吃芒秆叶。砍芒秆削下的叶子随地都是，爷爷在路边用芒秆叶生起一堆火取暖。不料风势太大，火星蹿到路后山边的那片茅草，眼看着火顺势要燃起后面的山林。情急之中，慌了神的爷爷只顾拼命救火，不料野火已经点燃了他的棉衣棉裤。幸好灭火及时，山林没有着火。但爷爷被送往新安江第一人民医院，最终满脸满身缠满白色的纱布，永远地离开了我们。一场火，将爷爷带给我们的所有疼爱瞬间剥离。

成熟的芒花秆，还是一种极佳的造纸材料。每年芒花开过之后，收购站就开始大量收购芒秆。芒秆要别去叶子，砍成一人长左右，捆成五十来斤一捆，每捆五角钱。这个季节，是村民们忙完秋收进入闲暇时节，于是整个村里的劳动力都集体上山砍芒秆。母亲也不例外，带着我和妹妹，开始在离家不远的山脚路边砍芒秆。长势粗壮的芒秆往往在溪畔和山谷腹地。砍芒秆可不是件容易的事，因为芒秆带齿，一不小心，手甚至脸都会被割破、流血。

芒秆砍回家，一家人还要围着芒秆继续忙碌，按照收购的要求，把芒秆修理好，过秤、捆扎、堆叠……那些日子，家家户户的门口、村子路口、道旁，还有闲置的田里，都叠起了一个个高低不一的立方体，连在一起像城堡似的。

山里的冬天特冷，取暖靠的是火炉，每年冬天都需要大量的白炭过冬。忙完芒秆的日子，待山巅积雪未化，村民们会选择雪后初霁天去烧炭。一担竹编高脚篓，两只麻布袋，再加柴刀、锄头和脸盆，简单的工具备妥。踩着积雪，登上山岗，选择一处硬木生长茂盛的地方，寻得山脊开阔点挖出一个洼地，然后一家子分工劳作。砍柴、运柴、砍芒秆、生火、抱柴、投柴。新砍的柴火潮湿又带着叶，一遇上火苗噼啪作响，火星迸射，浓烟呛人。双脚因湿透的鞋子冷得冰骨，脸蛋又因直蹿的火苗发烫，头脚上下可谓冰火两重天。雪天烧炭，干枯芒秆叶用来生火，积雪正好用来灭火，无须担着水桶到山涧取水。不待柴堆燃尽，用脸盆取雪，一盆一盆扑在柴堆上，火苗渐渐熄灭，浓烟渐渐散去。装篓装袋，肩挑背扛，从高山上，从雪地里，把一冬的温暖搬进家。

随着时间的脚步渐行渐远，那些与芒花相关的岁月也慢慢地风干在生命的长河里。

回去看看童年

"萤火虫,挂灯笼,飞到西来飞到东。"盛夏的傍晚,一家人散步于新安江畔,突然从夏风里飘来了这首久违的童谣,顿时,童年纳凉的记忆渐渐浮现脑海。

小时候在乡下,喜欢在大门口吃晚饭。一到太阳落山,门口依然弥漫着热气,人们将门前的空地打扫干净,泼些凉水,搬出小桌子、小板凳,一家人就围桌而坐,一起吃晚饭。晚饭后,搬出竹椅,躺在上面乘凉,手里拿着蒲扇,扇风赶蚊子,然后就七嘴八舌地拉家常、说故事、谈见闻……

我大伯最会讲"鬼"故事。他讲起故事来有声有色,惟妙惟肖。

在一个没有月亮的晚上,他跟我们讲了一个"虹桥公墓"的故事:一位夜行人在伸手不见无指的夜色里经过一片公墓,他远远地看到前面有一个小亮光,于是紧走慢赶往前走,离光亮处越来越近,突然发现一个穿着白衣的女鬼,吐着红色的舌头,从坟墓前飘过……直听得我们汗毛直竖,也忘了手中的扇子,直往大伯身边钻。

村子前面是一块空旷的田地,一到夏天,村民们就到山上砍芒秆,然后一捆一捆地堆在村口,等待收购站的人前来收购。芒秆堆得像城堡,也成了我们童年的乐园。我们在"城堡"里躲猫猫,从这边钻进去,从那边钻出来。恼人的是弟弟也喜欢跟在我的身后躲猫猫,刚刚费尽心机找到一个最佳地点藏身,寻找的人一声:"躲好了没有?"弟弟竟然应声:"躲好了!"结果可想而知,游戏玩起来就少了味道了。

夏日的夜晚,蛙鸣声声。我们除了捉萤火虫、跳方格外,还很喜欢玩"斗地主""争上游",谁输了就刮谁的鼻子,或者让他(她)戴笠帽。有时觉得不过瘾,干脆来个更刺激的——在脸上贴报纸条,少则几条,多则十几条。我也中过彩,下巴上竟贴了五六条纸条,尽管相互看着忍不住大笑,但照样继续奋战。

那时,最盼望的就是看露天电影,这也是村里唯一的文化生活。要放电影了,这样的消息往往传得很快,近处的人们会早早地搬去条凳抢位置,远一点的四乡八邻就只好步行数里,还得站着看电影。放电影的日子,母亲会为我们炒一些南瓜子,然后往我们的口袋里装,我们一边看电影,一边嗑着香喷喷的南瓜子。现在想起来,还是唇留余香。

时光悄然流逝,夏夜里的鸣蝉、温柔的凉风、动听的童谣、童年的故事,还有露天电影……都已随着时光流走了。现在的孩子,大概只有堆积如山的作业、各色各样的暑期班,他们已经听不到大自然的声音了,就连蒲扇、竹床之类的消夏物品,可能都没见过。这是时代的进步,还是人类已经渐渐地远离了自然……

箬叶裹着的乡村记忆（一）

小城端午节前夕的氛围很浓。

从农贸市场走出的人们，菜篮子里大都少不了一沓箬叶，手上也不忘执一束菖蒲和艾草。校园里，孩子们在老师的带领下，学着做香囊、编丝带、裹粽子，欢天喜地。楼上楼下的邻里已经在门侧或门楣挂起了菖蒲和艾草。

记得以前在老家时，每到端午节前夕，母亲都会上山采摘箬叶，用新鲜的箬叶裹粽子。在这个午后，那因箬叶引起裹了芳香的记忆，如花如丝般的滑落于我的心田。

箬叶，形似竹叶，比一般的竹叶大而宽，因多用来包粽子，有的地方也称作粽叶。

端午前一天，我们姐妹俩总会早早地提着一篮新采的箬叶，到村前小溪里去清洗。清凌凌的溪水，绿莹莹的箬叶，喜滋滋的期待，一切都显得那么愉快。我们先剪去箬叶顶部的尖头，然后将箬叶在平整的溪石上铺开，用毛巾从上往下抹，正面抹了再抹反面，一片又一片，直到莹亮发光。

一切准备就绪，各种材质堆满厅堂的八仙桌。搪瓷脸盆里酱红色的糯米晶亮饱满，腌渍得紫红色长条形肉块诱人垂涎，一个个紫红的豆沙团鼓鼓囊囊，还有湿漉漉的箬叶、晒得瘪扭扭的棕榈树叶，当然少不了一把剪刀。

粽子有三角粽，也有四角粽，母亲历来习惯包四角粽，她说四角粽比三角粽好看，而且可以包裹进更多的糯米。也许那个时代，人们最期望吃到的是大粽子吧。

母亲扎的粽子长短适中，棱角分明，紧而实，而且打的是活结，吃粽子时，只要轻轻一抽，无须剪刀。母亲的裹粽技艺，已在我心中熟记，如今我也能基本传承。

很多地方都用棉纱线或丝线绑粽子，而在我老家，一直用棕榈叶。房前屋后，菜园地边，总有那么几棵棕榈树，好像专为裹粽用的。需要时，只要砍下几片，将棕榈叶片上的筋骨撕掉，把叶片撕成细条后晒一晒，有点干瘪瘪的样子就可用来绑扎粽子。棕榈叶的柔韧性特别好，用它包扎的粽子，煮熟后有一股特别的清香。

我们家的粽子，除了纯肉馅的，还有肉馅加板栗的，但一定少不了豆沙馅的。知女莫如母，母亲知道我们姐妹最喜欢吃的就是豆沙馅的。直到如今，无论是包粽子还是做清明粿，她都不会忘记有豆沙馅的。

老家包粽子，常常是在端午的前一天。那天的晚餐，我们谁也不想多吃，只等晚上吃粽子。煮粽子最好用大锅，而且要用柴火烧。满满的两大锅，一锅甜的，一锅咸的。慢慢地，空气中开始飘散出箬叶的香气，这香气随着时间的延长，越来越浓郁，我们的心情也随着锅里的水一起沸腾起来。粽子终于熟了，可是母亲说，只能吃一个，这可让人犯难了，到底吃咸的还是甜的？我们是纠结来纠结去，最后，我们姐妹各剥一个，然后相互品尝。最遗憾的是每次等待并不都遂人愿，父亲架不住我们"好吃了没有"的反复催促，竟然提前揭锅试吃，结果剥开箬叶一看，粽子里还有生米芯。母亲一声"馋鬼"，父亲一边朝我们吐舌眨眼，一边继续加柴旺火。我们只能忍馋而睡，长夜漫漫盼天明。

"年年五月有端阳，户户菖蒲箬粽香。"吃着母亲寄来的粽子，想着遥远的老家，念着那些温情的日子，一丝甜美的微笑已经悄悄地爬上了嘴角。

箬叶裹着的乡村记忆（二）

老家除了端午节外，一年当中还有几次能吃到粽子的日子。比如八月中秋、过年等。每到这个季节，家家都把裹好的粽子一串串挂在晒衣竿上，或放在竹篮里吊在空中，让它们在通风阴凉的地方晾着。正月里，有客人来，主人会取几个粽子煮在锅里，随你几点起床，捞起来就吃，方便得很。

其实，对于粽子，我们记挂最深的不是端午、中秋和过年，而是在每年春茶末的时节，也就是在端午佳节之前。

村子对面有一座海拔八百多米的山，山顶坡度平缓，村里人不知道从什么时候起，就在上面种植了茶树，面积有好几百亩，叫洋海里。从来没有人告诉我这个名字的由来，我猜想，会不会因为山顶育有全村三四个生产队几百亩的茶园，一到春天，满山满岗的茶叶翠绿欲滴，像绿色的海洋。由于山势高气温低，总会等山下的茶叶几乎采摘完了，山顶的茶叶采摘时节才会到来。

每年开始采摘这里茶叶的时候，几个生产队集体商定，一起开采。天刚蒙蒙亮，全村的人就出发了，大家背着背篓，背篓里带着中饭，沿着蜿蜒山道一起奔赴山顶。山路上，三个一群两个一组的，长长的队伍前不见头后不见尾的，壮观得像去参加一场盛大的仪式。

为了这一天，母亲很早就开始准备了。她事先上山采摘新鲜的箬叶，拿出平时悄悄节省下来的一块咸肉，预备着这一天裹粽子用。她前一天的晚上裹好粽子，煮在锅里。粽子不多，也就十几个，我和妹妹可以吃粽子当早饭，然后再各自带上两到三个当中饭。一路上，随着山道的高低不平，粽子在背篓里不停地晃动，一会儿左来一会儿右，和着树上鸟儿的婉转啼鸣，还有我们欢愉的心情，好像满世界都是音乐。

登上高山茶园，云蒸雾缭，飘飘悠悠，一切若隐若现，恍如步入云海，又似走进仙境。待太阳慢慢爬上山巅，雾渐渐散去。沿着茶园里的小道一路走一路看，一行行的茶树，宛如飘浮着的绿色丝带，在阳光的抚摸下，一棵棵修剪过的茶树已经长出宽厚深绿的茶叶，呼吸着春天的气息，跳动着生命的律动。而参差错落在茶园中的杉树、柏树、桃树以及不知名的其他小树，还有茶园中间一座废弃的老屋，屋旁随风摇曳的翠竹，以及羽翼渐长的各种雏儿在茶树之间欢蹦乱跳，掠上掠下，鸣声清脆，与茶园一起构成了一幅生机勃勃、五彩缤纷的春意图。

不多时，满眼的绿波被人影点缀，被笑声渲染。几百人一起的劳作，几百人一起的欢愉。在这里，仿佛不是在采茶，不是在劳作，而是在听田园之声，观茶园景色，清新而爽朗，美妙的心情油然而生。

到了中午，人们陆续开始用中餐。每人都取下头上的斗笠、草帽，或放置一旁，或当扇子，席地而坐。于是，茶园里再一次热闹起来！这一天，大部分人带的都是粽子，因为粽子冷了也能吃，且携带方便。更何况在那个物质贫乏的年代，吃粽子是一件多么奢侈的享受。孩子们纷纷剥开粽叶，一边开心地吃着，一边东跑西跳的，这里看看，那里瞧瞧。有的捧着一个饭盒，里面是母亲精心准备的饭和菜，生怕别人不知道似的，端着个饭盒，从这家串到那家，从坡上串到坡下，从这个生产队串到那个生产队。一顿饭工夫，已经把整个山坡都跑遍了。这一刻，母亲对孩子也是最宽容的，她们卸去了往日的威严，显得那么温和与慈爱。你看，村里最顽劣的那个男孩子，取走一个粽子，跑了一圈回来一个粽子下肚了，再跑了一圈回来一个粽子又下肚了，接连吃了五个粽子！孩子妈忍不住担心地数落起来："你这个橡皮肚子啊，三个吃得下，五个也吃得下。你今天采的茶还没有你吃的粽子多呢！"多少年过去了，那位母亲说的话至今还犹在耳边，乡音、语调、神情一丝不漏。

大自然是一所最好的学校，山里的孩子从小和父辈们一起，在大自然里经历风雨，摸爬滚打，最能读懂生活的酸甜苦辣。对于长长的一生来说，该是一笔大大的财富。

箬叶裹着的乡村记忆（三）

小时候的夏天，是最繁忙的季节。

老家地处偏远山区，山多地少，雨水充沛，气候温润，漫山遍野生长着箬叶（也叫粽叶）。箬叶喜阴，杉树林、灌木丛、两山之间的沟壑，都是它们喜极而长的地方。

每年春天，箬叶老枝抽出新枝，嫩嫩的箬叶就从那些新枝上钻出来，叶片开始是紧紧卷着的，细细长长的一条，针形。待阳光滋润后，叶片慢慢舒展身姿，向两边撑开来，像一艘微型的小船。成熟的箬叶是一种成熟的墨绿，摸起来很有质感，边沿有点锋利。

箬叶，除了用于包粽子，其实还有一个重要用处，就是用来做斗笠。斗笠对于现在的年轻人来说，尤其是城里的年轻人来说，是一个非常陌生的东西。知道的人也大多是局限于影视作品。斗笠的帽尖帽檐里外都是用细篾编制的，而中间的夹层，铺的却是一层密实的干箬叶。这样下雨时，雨水才不易透过竹篾漏到头上、身上。

老家因为拥有非常丰富的箬叶资源，20世纪80年代以前，很多村民有采摘、出售箬叶的传统。每年6月下旬至9月是箬叶采摘期，村民纷纷上山采摘箬叶，他们每天带着干粮，早出晚归，翻山越岭。晚上，绑扎、晒干、打包，卖给收购站，外销用于做斗笠。

每年这段时间，正是学校放假。母亲从来不会闲着，也不让我们闲着。她采茶，带着我们采茶；她采山苍子，带着我们采山苍子；她采箬叶，自然也带着我们采箬叶。总之，她干什么，总带着我们干什么。

母亲对老家的每座山了如指掌，她知道哪座山有箬叶，哪座山上的箬叶长得好。她告诉我们，山势在八九百米高的箬叶是质量最高的，厚实，大张。为了采摘更多更好的箬叶，每天起早贪黑，爬很高的山，走很远的路，傍晚回家还得背负沉重的箬叶，常常是筋疲力尽。

从小生活在农村，爬山并不可怕！夏天最怕的是蛇，听过太多蛇咬人的故事，也看过身边被蛇咬的人。竹叶青就是一种非常毒的蛇，它最喜欢待在青绿色的箬叶上。每次钻进箬叶丛里，我的眼睛都会睁得大大的，稍有声响，吓得满头是汗，寸步不敢移动。母亲知道我胆小，总会自己在前，找一根棍子，在箬叶丛里乱打一通，然后让我在这丛采摘，自己再到别处摘。

母亲是不是从来不怕蛇？有一次，我也曾问过母亲。母亲说，蛇其实也是怕人的，它只要发现有人来了，会主动先跑。只要我们不侵犯它，它是不会来咬人的。如果你踩到或碰到了它，它就会非常快速地反咬一口，那是相当危险的。倒是有一次父亲告诉我，有一回母亲清早上山去采箬叶，刚刚钻进箬叶丛，发现箬叶上游动着一条很粗的蛇，发现有人，蛇的前身迅速地竖起来，张着一个三角脑袋，虎视眈眈。那一天，母亲吓得四肢发软，立马跑回家，一天也做不了农活。

箬叶采摘回家后，必须一小捆一小捆地扎好，晒干。那时候，一家人吃过晚饭，会都坐在厅堂里，整筐整筐的鲜箬叶倒在地上，大家一起整理。择五六张箬叶，一个方向地叠放，大张在外，小张在里，再把两小叠的箬叶背面朝外，相向合在一起，用嫩芒秆叶在中间捆绕一圈，扭几扭，顺手将芒秆叶的尾端塞藏进箬叶夹层里。记忆中妹妹还小，她主要负责每天捆箬叶的芒秆采割工作。箬叶采得多，芒秆的需求就多，有时一天就需要割两三大捆。她每天在腰上系把柴刀，在村口、路旁、溪岸边、小山坡上，到处割新绿的芒秆，回到家一双手总是被芒秆划拉或割得伤口累累，血迹斑斑。

每天采摘回的箬叶，都得赶紧捆扎，然后趁阳光好晒干。遇到连续雨天，箬叶容易霉变上花，如果晒出来的箬叶色泽不青，卖相差，价格就低。每天上山前，一家人得先把所有的箬叶捧到大门口，一小叠一小叠平摊开，晒谷场上、台阶上、房子边的坡地上，晒得到处都是。这个时候，整个村子的房前屋后，马路边的空地上，一眼看去，几乎都是箬叶，只留下人们行走的一点空隙。

夏天的天气像个多变的脸，雷阵雨说下就下。如果一家人在家，大家齐动手，一会儿工夫收拾妥帖。万一家里只有妹妹一人，她就得像飞一样地跑进跑出，常常搞得满身满脸又是汗又是雨，箬叶还是有一部分淋到雨，抢收箬叶的画面总是清晰在目。

晒干的箬叶，成堆成堆地堆在家里，像座山一样。父亲下班后，就忙着进行捆绑打包。几块木板，几根绳索，还有山上割的葛藤，结结实实地捆成一个个方正的长方形，三十斤或五十斤一包，叠得齐齐整整。等集到一定数量之后，找辆双轮木板车，拉到收购站出售。

多少年过去了，每次周末与朋友登山，看到沿途路旁的箬叶，就感觉特别的亲切，那些箬叶烙印着童年深深的记忆。行走在山道上，总不忘采摘一些箬叶，插在背包里带回家，用来蒸饺子、包子、发糕之类，箬叶的清香总会留在唇齿之间。

老屋生活

我的老家在胥源深处的罗村枫坞口,是个小山村。

上村,叫中包坪,两三百户人家依山势建房而居,呈大大的扇形打开;下村,叫枫坞口,二三十户人家集居在一起,中间大两头小,呈梭子形。

下村村子最核心地带,几幢灰墙黛瓦的老房子紧密型布局,两两相对,东西走向,呈回字形结构。老屋高低略有错落,屋内有天井,每户都有大门进出,前后左右通达,但每幢老屋的墙与墙之间连在一起,又各自独立。回字形中心是长方形的公用空地,地上铺着大大小小的鹅卵石。门口随意搁置着大溪石,这儿一块,那儿两块,石面平整光滑,是吃饭、乘凉首选的好坐处。四面墙根架有一家家的晒衣竹竿,晴空下,各色衣服横搭竹竿上,也有人家在墙上拉几排粗粗的稻草绳,那是用来晒烟叶的。竹竿、绳索、衣物、烟叶,在阳光里形成的光影投在斑驳陆离的墙面上,像一幅古老的画。老屋里住的都是同族同姓的一家人,三代、四代一屋的,或兄弟几个一屋的。兄弟几人成家后,家族人丁不断增加,老屋实在挤不下了,便在村头或村尾加盖了泥墙房,分家分房出去居住,如同老屋两侧慢慢地长出了翅膀。

老屋里的生活热闹得很。一天到晚,孩子们跑东跑西,一会儿从这个门里跑出来,一会儿又从那个门里钻进去,总有嚷嚷声在老屋子里回响。一到吃饭时光,各屋里的人捧着个饭碗,坐在大门槛上、门口台阶上,或是溪石上,海阔天空地边聊边吃。夜幕星空下，大人小孩搬出竹椅子、骨牌凳、小毛凳，摇着麦秆扇、蒲扇子乘凉听故事，月光如水一般，人影、树影模模糊糊地投在墙上、地上。

住在两对门的老屋，中间虽然隔开，但间距只有两三米。抬眼可以看得清对门家里有哪些人，他们在干什么，吃什么，一目了然。清晨，对门的孩子早起，会趴在木窗上向这边喊玩伴的名字。这边的听到了，立马从床上爬起来，趴在窗户上你一句我一言地聊起天来，像林间的鸟儿叽叽喳喳。大白天，闲着的孩子们玩得有创意，他们找来母亲的蓝布围裙，将老屋的大门半开着，围裙的带子分别系在大门环上，几个小孩排排坐正儿八经地"看电影"。

听外婆说，母亲怀了孕，隔壁的堂伯母也怀了孕。预产期临近，外婆早早来家里催生。一天大清早，母亲肚子痛了，于是叫外婆起床生火烧水。不料水刚烧开，隔壁伯母也叫肚子痛，而且马上要生了，大伯来不及去请助产婆，只好叫外婆临阵帮忙接生。外婆才忙完伯母生产，母亲这边又叫着马上要生了，外婆来不及喘口气，又开始接生下一个孩子。晨曦中的老屋，近乎同一个时辰响起两个孩子初来世界的啼声，男婴叫建忠，女婴叫建萍。

堂伯家的人口越来越多，屋子又过于狭小，先搬出了老屋。堂叔后来也娶了婶子，婚后七八年也没有怀孕的动静，这在农村是遭人口舌的事，随着时间一年又一年过去，堂叔堂婶自己也觉得不可能生育了，希望的热切从漫长的等待中渐渐地冷却。

一个寒冬，晨光从明瓦上透进来，朦胧间老屋大门上传来婴儿的哭声。母亲起来，然后又躺下，轻轻跟父亲说："我们不要起来，肯定是有人把小孩挂门上送给雪坤（我堂叔）家的。"没一会儿，隔壁的堂叔、堂婶起来了，奶奶也起来了，随即老屋的大门咯吱一声响,听到奶奶惊呼:是一个女孩!小女孩用小被子裹着,躺在椭圆形采茶背篓里,胸前留有一张写着生辰八字的字条。从此,堂叔堂婶收养了她,开始每天熬米汤喂养这个女婴。不料,第二年春天,堂婶竟然怀孕了,一家人欣喜万分!到了冬天,竟然诞下一个男婴,有儿有女,好事成双!堂叔、堂婶欢天喜地。

多日前的一个傍晚,在一所学校结束新生家长讲课,面前走过来一位三十多岁的漂亮女人,激动地喊我:大阿姐!眼前的她,就是三十多年前挂在老屋大门上的那个女婴!

口琴

连接上村中包坪、下村枫坞口的,是一条之字形弯曲的石子马路,一侧依山,一侧傍溪。中间那段马路顺陡直的山壁开凿出来,形成了高低上下足有五六十米落差的陡坡。

溪随山势,水流有疾有缓,深浅不一。村民在溪里拦水筑渠,引溪水灌溉,水深处形成潭。

一个七八岁的农家小女孩,身背弟弟,沿着石子马路往上村走。父亲出差回来带回的稀罕玩具——一个半尺宽的口琴,让童年清贫的弟弟如获至宝,他一天到晚琴不离口,更不离手,"呜——呜——呜——"的琴音打扰着林间鸟儿。

行至半坡,姐姐或许累了,站到路边歇歇脚。探身往下看,石磡下一潭碧水,在杂树遮掩下半隐半现;潭尾一条人工水渠,如蛇形般将潭里的水哗哗地引入渠内。路面与溪滩边水渠形成由缓渐陡的斜角,从所站的位置到水渠足有两层楼那么高。

正在此时,姐姐的眼角余光好像发现有什么东西从背上落下来,随即路沿下的草丛里传来"簌——簌——"的两声,口琴从弟弟手中滑落,搁在石磡下边的灌木丛里,不上不下的地方。

怎么办?怎么办?姐姐放下背上的弟弟,趴在路沿边,左观察右观察,思来想去,不知如何是好。

假如下到溪滩去捡口琴,只有从溪滩水渠往上爬,水渠有一人宽,渠里水又急,无法跃过渠沟。如果从路面往下爬,是两人多高的石磡，只有踩脚的缝隙没有明显的抓手，想起来心里也是慌兮兮的。

新买的口琴掉了，可惜！回家也没法交代。马路上除姐弟外，空无一人。姐姐一边安慰弟弟，一边叮嘱他站在原地别动。她再仔仔细细地把口琴落点周边情况观察了一会儿，然后鼓足勇气背过身，面朝石磡，往下爬。她用一只脚小心地寻着一个石缝，小心地踩上去，再用另一脚小心踩着下一个缝隙，贴着石磡一脚一脚地下移。左一脚，右一脚，身子渐渐地离开路面，离口琴落点越来越接近。就在这时候，一只脚左移右移，怎么也找不到踩脚的地方，心里突然慌了起来。低头侧身寻找，根本看不到可踩脚的点，稍远点的一处石缝，用脚努力去试踩，够了几次都够不着，水渠里湍急的水流不断地在眼前晃着。抬头往上看，陡直的石磡贴着面颊。上也不是下也不是，只觉得头一晕，脚一软，身体陡然间浮空下坠，以为是在一个梦境里滑入险坑。

醒来时，躺在医院，额前缝了好几针。女孩的母亲坐在床前，不停地念叨：万幸！万幸！如果当时不是坠落在水渠里，发出"叭"的巨响，惊动不远处水田里看水的村民；如果坠落在水泥浇筑的引水渠沿上，或者直接跌在渠边的斜坡或灌木丛里，后果都不堪设想。

从此，一缕刘海永远顺势贴在她的右额前……

山乡雪地

童年的山乡，冬天特别冷，雪也下得特别大。农家斜披屋背上总是积了厚厚的雪，一根根冰凌条儿从瓦沿口垂下来，长长短短，晶莹剔透。冰凌条儿是山乡孩子雪天极好的玩具，低处的随手扯下一根，高处的就用竹竿敲、雪球砸，然后约上几个小伙伴玩"打仗"游戏，有时甚至当作棒冰来吃。

最好玩的莫过于坐自制的木板滑车在雪地里滑行。

这种木板滑车简单易做，村里男孩子都会，找三四块木板一拼，下面再加钉两根横档，底下装上四个滑轮，前头系根绳索，滑车也就大功告成。倘若找不着现成木板的，则把家里的畚箕简易改装一下，在畚箕下面用铁丝扎上两截硬柴就行，人坐里面，用力一推，照样可在雪地里顺顺溜溜地滑行。

从下村到上村的马路，有一段长长的斜坡，坡长足有一两百米，是雪地滑行最佳去处。

雪后初晴，山乡如画。小伙伴们拉着自制滑车，不约而同地出来，有姐姐带着弟弟的，也有哥哥带着妹妹的，大伙儿在马路斜坡下聚集，整个雪地里顿时热闹起来。

玩滑板车要分工合作。轮到玩的小伙伴，拉着滑板车前头的绳子上坡，行至坡顶，然后坐在滑板车上，由坡顶专门负责推的小伙伴从后面用力一推，滑板车顺势下滑，伴着"哇哇哇"尖叫声，呼呼地冲下来。也有几车一组进行比赛的，看谁滑得快滑得好。坡顶一溜儿排开的滑板车蓄势待发的样子，一声令响，几辆滑车从高坡急速滑下来的紧张与呐喊，一点也不亚于奥运赛场。

被滑板滑过的路面光滑如镜，正月里走亲访友的人多，走这条路就比较困难了。那时走亲戚，常常是肩上扛根扁担，扁担一头挑着一个竹篮子，篮子是用四角方巾对折打结，扎个环扣挂在扁担上，篮子里装了鸡蛋糕、糖金枣、白糖、芙蓉酥，如果是做寿的还会有面条、柏枝等，他们一路走来喜滋滋乐悠悠的。途经这路段，上坡还好，左一拐右一拐小心地上坡。有时突然滑倒，一屁股坐在雪地里，肩上的担子甩得老远，竹篮子脱出扁担钩，骨碌骨碌地滚下来。哭笑不得的路人，一脸的无奈，眼巴巴地看着篮子越滚越远，一直滚到坡底，篮子里的东西倒得满地都是。背孩子的大人路过此地，只得放下孩子，手搀着手，一步一步连滑带走地下来。

看到这些，小伙伴们不仅不觉得难过，还开心地边看边笑，那种使坏后的笑，响彻山谷，路旁树枝上的积雪也为之扑簌簌地掉下来。

岁月流淌，那些画面，那些笑声，还时不时地从时光深处跳将出来。

板栗熟了

秋分这天一大清早，好友小庆开车带来老家的板栗和茶油。

打开纸箱，板栗装满结结实实一箱子。一颗颗棕红色、紫褐色板栗，胖鼓鼓的样子，像一群调皮的孩子挤在一堆。每一颗板栗，都披着黄褐色绒毛，或近光滑，可爱得很。

"这些都是自家产的，不值钱。"临走时，小庆又说，"昨天刚从山上打下来的，新鲜得很，但这东西不好放，你得把它倒出来晾着。"内心瞬间被她击中。

板栗，于我来说，是味觉的乡愁，是老家的味道，有着切肤的童年记忆，装满了亲切与美好。正如谈正衡先生所言，无论风来雨去，山长水远，她都会领着你回到久别的故园。

老家地处建德北乡，开门见的是山，背靠的也是山，无山不成日子。大山里除了连绵起伏如绿屏似的山林外，开垦出的山地还种植了大片大片的毛竹、茶叶、山茶树、山苍子，童年清贫的我们最惦记倒是村前屋后或山脚路边的那几棵李树、梨树和板栗树了。

板栗，又名栗子，栗果，也有的叫毛栗子的。我们村少部分祖籍来自福建的，却称板栗为滴里，一听这名称仿佛有声音似的。

其实，老家的板栗树并不多，而且属于村集体所有。离家门口两三百米远的山脚倒有那么几棵老板栗树，树干粗壮、高大。每到9、10月间，等待一年的板栗终于要成熟。成熟以后的板栗，有的会慢慢裂开了嘴自然坠落，而有的需要站在树下用竹竿敲打树枝，板栗会带着外面带刺的苞一起掉下来。眼馋嘴馋的我们，等不及整树板栗成熟采摘，每天放学后便找根棍子到树下草丛里拨拉来拨拉去的。倘若在草丛里、石缝间拾得一颗或几颗，不免欢呼雀跃，有时惊震得树上的栗子仿佛也扑簌簌地坠落。

地上灌木丛中板栗捡光了，胆大的男孩就会偷偷地从地上抓起石块，扔到高高的板栗树上去打，打下一两个刺球就蜂拥而上。如果发现周边没有大人，有的男孩还会爬到树上，连枝带栗地折下几枝。从板栗树上采摘下的板栗有一层坚实的果壳，外苞布满密密匝匝的针尖样的小刺，如同刺猬一样，毛栗子的名称大概也由此而来吧。那密密麻麻的刺，总让人敬而远之。要想剥出苞里的坚果，一图美食为快，大家就躲在树底下，用石块砸或踏在鞋底下用力来回地踩，直到果壳裂开，然后小心翼翼地取出棕红色的板栗来，有的坚果还太嫩，看起来是米白色的，或米白夹杂着棕色。剥开白色或棕红色硬皮，剥落掉一层薄薄的膜，里面即是黄白色的肉，咬起来脆生生甜丝丝。因为怕被大人发现，心里慌慌的弄得急，不免总是刺伤手，或扎到脚。但我们根本不介意，常常乐此不疲。

老家高高的山岗上，还野生着一种板栗，树冠高，果锥形，每个刺壳苞里只有一粒子，我们都叫它独子滴里。邻里伙伴常常一声吆喝，几人一起相约去捡拾，满口袋满口袋地装回来。这种栗子圆滚滚的，炒前放在砧板上切个口子都特别难，炒起来吃却是特别香，粉粉的甜甜的。

后来村里实行分山到户政策，紧邻房屋后山的那片坡地分到我们家。那片坡地除了种植着大片山茶树，还东一株西一株零星间种有几株板栗树。山茶树结的籽采摘下来可以榨成茶油，也可直接出售给收购站，板栗自然可以满足家里几个孩子的馋欲。

"八月梨子，九月楂，十月板栗笑哈哈。"金秋，正是板栗挂果采摘时节，我们姐妹俩全副武装，头戴大帽檐斗笠，一手拎竹篮子，一手持长火钳，随母亲上山打板栗。依稀记得爬在树上的母亲开打前，总是先稳了稳站位，然后扯着嗓门冲我们嚷嚷：走远点！再走远点！滴里（带壳栗子）会爆过来，把眼睛都砸瞎的！直到看我们躲得远远的，才挥动长竹竿，一竿一竿小心地敲下来，随着竹竿落下，枝叶间顿时响起一阵噼里啪啦的声音，板栗连苞或坚果籽儿一股脑儿蹦下来。待母亲停下挥竿，我们就钻进灌木丛里寻找，一个一个钳进篮子，心里欢喜得就像板栗裂开似的。

采摘回的板栗，倒在楼板或地上，晾着阴干。不过多日，板栗先后悄悄地裂开了嘴，露出棕红色、紫褐色的坚果。只要轻轻一踩外面的刺苞，坚果轻轻松松地滚出来，一个个像调皮的娃，蹦得满地满楼板都是。

板栗拥有"东方珍珠""果中上品"等美称，在《本草纲目》中也有"补肾之王"等记载说明功效。母亲最擅长各种方法炒或煮栗子，她会择些大小均匀的栗子，用刀横切一道小口子，然后倒入大锅放些许水先焖，等水渐渐趋干时，用锅铲子不停地翻炒，不时有栗子的爆裂声，栗香也越来越浓烈。有时还会用沙子来炒栗子，加上糖，不停地翻炒，栗子和沙子一起在锅里翻滚，闻起来喷香，吃起来更香喷喷。总是馋得我们姐妹，不管烫手不烫手，快速伸手从锅里抢出几颗开口大的栗子，在手心左右来回掂几下，猴急似的剥开就吃，那个香啊，没的说。

当然，母亲最拿手的是用栗子做些美食。中秋节，新鲜的栗子包肉粽，满屋生香，栗子肉粽成了物资匮乏的童年期待里的幸福。栗子特别难保存，为了大过年吃上一道栗子炖土鸡，母亲可谓绞尽脑汁。她找来细沙，把新鲜的栗子埋在厚厚的沙堆里，隔一段时间喷洒少量水，保持沙子的湿度。也曾见她把栗子浸泡在水里两天，然后用网兜或竹篮悬挂在楼板底下晾着风干。除夕团圆桌上，母亲做的栗子炖土鸡，那美味儿，多少年还在心尖尖上回味，似乎再也没有吃到比这更好吃的了。

板栗还是童年时光极好的一种玩具。我们会在一大堆板栗里专选刺壳里并排有三颗坚果的，挑出中间的那颗扁形果子，两面平整，左右厚薄匀称。然后用做鞋的顶针在板栗平面左右两边各钻一个小孔，再用纳鞋线沿着板栗小孔来回穿过，自制板栗旋转陀螺大功告成。于是，每人手里捏着线的两头，不停地往前绕圈，直到两头缩紧到一块儿，无法再绕为止。接着两手同时往两边拉动棉线，一拉一缩，一拉一缩，居线中间的板栗飞速地旋转起来，瞬时间还发出呼呼呼的响声。这时，小伙伴们就比赛看谁的板栗旋转时间最长久，甚是好玩。那个时候，每个童年玩伴手里都会有这样几个自己做的旋转陀螺呢。

吃着炒栗子，遥想着那个小山村。屋后坡地上，山茶树林里，板栗树上果挂枝头，一只松鼠在树干、枝间跳来跃去。突然传来"啪"的一声，一颗棕红色油亮的板栗从开裂的刺苞内滑脱，蹦出，落下，惊得它飞也似从树上蹿下来……

最是胥岭发糕香

和几位朋友相约去胥岭，是在银杏叶黄的季节。

这个江南村落，是醉美在油菜花田里的。可对于我来说，她更是鲜活在童年的记忆中。

依山势而建的胥岭村，古朴的民居梯状排列，有疏有密，高低错落。一条千年官道贴着山体腹部，蜿蜒而上，从山脚伸向岭尖，直至隐匿在白云生处。进入房屋密集的中心村村口，有一处高高的石磡，石磡上有两间老房子，白墙黑瓦。一条弯曲的石铺小路由下而上至门前，然后在大门口往右转向到村里，再延伸到各家各户。这是来往村子的主道，连接着左邻右舍、下村上村，直至村里村外。石磡下的路侧有一处几尺见方的空地，地势稍稍平整，生长着一棵黝黑阔叶的黑壳楠，一年四季郁郁葱葱。这座老房子便是我的小姑妈家，无论过去多少年，我依然记忆犹新，即使在摄影师拍摄的胥岭照片中，我也能一眼寻见。

那棵黑壳楠，如今愈发的高大葱郁，似一张巨大的墨绿色华盖。树下，已经安置了石桌、石凳、石椅。我们几位将随身带的花生、瓜子、甘蔗，依次在桌上摆开，和留守在村里的几位老人围坐一起，谈天说地，追古叙今。

小时候，一年当中来姑妈家总有那么几回。最欢喜来的时节是每年的七月半。胥岭村时兴过七月半，每家每户都会做酒酿米发糕。这跟胥岭独特的地理环境有关，它称得上是产粮大村。像邻村的高峰、田包、枫坞口等，山地多水田极少，主要粮食来源是山上旱地种的六谷（玉米）、番薯，要想吃米饭基本靠国家供应，唯胥岭地势不同，整个村子被层层叠叠的稻田包围着，一直从山脚延伸至山顶。地势高，气候也不同，初夏收完油菜、麦子后，一年只种一季稻，成熟时间尤其长，稻米特别香糯可口。

米发糕作为胥岭当地的一种传统美食，由来已久。它以大米为原料，经浸泡、磨浆、调味、发酵、蒸制而成，色泽洁白，绵软润口，具有独特的风味。临近七月半，整个胥岭村就开始弥漫着做发糕要用的糯米酒的甜香，连空气都好像变得糯糯甜甜起来。

当日一大早，每户家里都会被灶台上升腾起的热气充溢着，桌上、水缸盖上摆放着好几个木桶、脸盆，里面盛满了磨好的米浆。我一边帮着姑妈添柴生火，一边看她做发糕。姑妈说，我爷爷和姑父爱吃咸的，奶奶、表姐却爱吃甜的，一大家子每人的口味不同，她就甜的咸的都要做一点。甜发糕当然要放糖，咸发糕则放霉干菜、咸肉丁、红辣椒等。姑妈不停地忙碌着，只见锅内水开，她就搁上竹制大蒸屉，铺上白色蒸布，一勺一勺将调好的米浆倒入蒸屉，直到均匀地在屉内铺开成一个大圆形，最后盖上锅盖。

静等的时光也是美滋滋的。锅盖缝内不住地往上冒热气，姑妈不时地掀开盖子，原本平整的浆面突然从中间拱起一个胖胖的圆弧，也高了许多，她用筷子戳了一下，然后喜上眉梢地自语："发糕很发很发。"随即拎起大蒸屉两侧的耳朵把子，迅速取出，然后把热气腾腾的发糕倒扣在八仙桌上的砧板上，白嫩嫩，热乎乎，香滋滋。

姑妈让我去边门外的院子里摘了些紫红果子（至今叫不出名儿），洗净装入小碗，然后用擀面杖的一头捣碎，鲜红的汁水慢慢渗出，接着用一根筷子蘸一蘸，在发糕面上有序地点上小圆点，顺着空白处用菜刀纵横划开，切面露出大小不一的孔洞，如蜂窝一般。每一小块洁白如玉的发糕上都有一个鲜红的小圆点，如此朴素的美学堪称色彩的绝配。这时的我实在忍不住了，拿起一块，咬上一口，那味道真是没的说，现在想起来，留香唇齿。

姑妈的手特别巧，再平常不过的东西在她手里也能像变戏法似的，变成各种农家小点。比如用米做的千层糕、芝麻滚、大汤圆，还有面粉做的饺子、包子、薄面饼、小麻花……

童年无法复制，可我在胥岭生活的童年时光总会不断地回放，令人回味。姑妈家的米发糕，屋后的红石榴；牵着姑妈手走过古道、古樟、子胥亭，还有胥岭顶的老银杏和幽深的水库；抱着表姐的腰骑过黄牛背，走过高低不平的阡陌小道；跟着表哥点上自制煤油火把去黑洞、竹鸡洞探过险……

坐在村口的黑壳楠树下，想起这些就像翻起内心珍藏的书页。抬头仍是姑妈家的那幢两层老房子，斑驳的外墙已经粉刷一新，屋内不断传来"吱——吱——"的装潢声，原来这片旧屋，包括姑妈家，将被改造成"初遇书屋"。生态胥岭除了以金黄的油菜花、粉红的桃花、白色的山茶花迎接八方来客外，还将以香甜的发糕，以及浓浓的书香，让每一位来此行走、小住的人，都能找到生命的原乡。

外婆的木槿篱笆菜园

最初看到木槿，是儿时在乡村外婆家。木槿好种植，随便折下一个枝条，斜插进泥土，什么也不需要，就会闷不吭声地扎根，悄无声息地长叶儿，不知不觉长大。

山野乡村的农家小屋前后左右，常常可见木槿三两株间隔着栽种，和修得齐整的竹片、竹竿、竹枝穿插结合，转成一圈或半圈，用来当作菜园的篱笆。儿时所见的木槿都是单瓣的品种，淡紫色的花瓣有浅浅的褶，花瓣很薄很轻，中间的黄色花蕊沾满细碎的花粉。初夏，木槿花开时节，菜园里满是时鲜的瓜果蔬菜，贴地的贴地，攀架的攀架，开花的开花，结果的结果，一派生气勃勃的景象。丝瓜、南瓜、扁豆当是最不安分的，它们顺着篱笆肆意地往上疯长，不多时日就爬满了整个篱笆墙，黄的花，紫的花，到处蔓延开来，然后悄悄地结下一个个果儿，得意地垂在篱笆间。尤其是扁豆，繁茂的藤蔓攀上木槿的枝枝丫丫，甚至树的顶梢，成串成提的果实高高地擎着，那不可荫挡的势头仿佛执意要跟木槿决一高低。此时的木槿，总是那么低调、那么谦卑，那一树数不清的花朵被隐匿在绿色里，它似乎生来就明白所谓的有用才实在。但它还是恣意地开放，开在属于自己的那份喜悦里。

外婆家屋前就有这样一个木槿做篱笆的菜园。菜园傍溪而筑，呈长长的椭圆形。靠溪的一侧是卵石砌的高磡，溪水唱着清音从旁而过。一侧与老屋正对，中间只隔着一条五六米宽的黄泥路，供村里人来往行走。一到初夏，晨开暮谢的木槿花，开得甚是热闹，一大朵，一大朵，带着晨露，迎着朝阳，闪着珠光。外婆家门前那段种满木槿篱笆的长长的小路似乎成了花墙，一堵名副其实的花墙，一直开在记忆里。菜园的西边角上还种有一株梨树，靠溪的北面种有一株桃树。梨白桃红的春天，外婆开始打理菜园，清地块，搭棚架，点菜籽，育秧苗，随着外婆忙碌的身影，菜园开始喧闹。若遇一场春雨，白色的梨花、粉色的桃花，纷纷扬扬飘下来，一会儿就落满一地的花瓣。此时，我们常常悄悄躲过外婆的视线，冒着如丝小雨，伸开手掌去树底下接，看着它们一瓣一瓣落在手心里，落在泥地上，落在溪水里，顺水漂向远方，童年的日子因此平添了几多的情趣与姿彩！山乡诗意以这样的方式留存在心田。

菜园不大，外婆在它的北面搭有一个往溪中延伸的大棚架，粗粗的杉木做桩支撑，毛竹横竖交叉做棚顶，这是专门为南瓜和冬瓜准备的。小溪很窄，棚架正好架在溪面上，初夏时光绿色铺满整个棚架，就如一个大凉棚。大人棚下洗衣、洗菜、淘米，小孩棚下捉虾、兜鱼、翻螃蟹，好不快活。南瓜、冬瓜成熟时节，站在棚下抬头看，千姿百态、色彩斑斓的，大的、小的、胖的、瘦的、挂着的、躺着的、青绿的、老黄的、半青半黄的，还有白皮长毛的，是那么的丰茂！喜形于色的我们，帮着外婆给悬下棚架的南瓜、冬瓜系上稻草绳，一个一个进行加固。丝瓜藤蔓在木槿篱笆上实在无处可攀长时，外婆还会在老屋的窗子和篱笆间拉上几条长长的稻草绳，丝瓜藤蔓顺着绳子一个劲往上爬，一边爬一边开出金灿灿的黄花，一边结出细长的丝瓜垂下来……

菜园虽小，有勤劳的外婆，一年四季都有收获。春有小青菜，夏有黄瓜、南瓜、丝瓜和番茄，秋有豆角、玉米，冬有萝卜。童年的物质生活虽然极其贫乏，冬瓜出的时候，天天冬瓜冬瓜，土豆出的时候，天天土豆土豆，玉米番薯出的时候，天天玉米番薯，偶尔吃上几个鸡蛋、一碗挂面或一顿肉，足以欢喜上三五天。可外婆的木槿篱笆菜园，丰盛的蔬菜瓜果，香甜的玉米番薯，勤勉快乐的美好，实在是一种令人永生难忘的至高享受，幸福了我们整个童年，温暖了一生。

外婆的木槿篱笆菜园，是生命里的另一种富有，更是恩泽生命的原乡。想起来，微笑总在不经意间爬上嘴角，往事也会漫上心头。

玉米

时值盛夏，在湖北恩施的几天一路遇见成片成片的玉米。房前屋后，山坳斜坡，都是玉米的领地，绿油油得铺天盖地，整个山野似乎被玉米所统治。

每到一处景点，除了游人之多外，还有的便是兜售玉米的人也多。他们在景点或路边平坦处，摆个炉子，炉子上放个不锈钢锅，冒着热气的锅里，煮熟的玉米晶莹如玉，嫩香弥漫。有的人，在炉子上搁个网状的铁丝，将玉米棒连带苞叶整个地放到火上烤，待到玉米烤得微微焦黄时，那股香气冲鼻而来，诱不可挡！也有当地村民，挎着或端着盛满玉米的篮子、盆子，上面搭块毛巾，边走边吆喝："买玉米啰，香甜糯糯的玉米啰！"一拨一拨的游人边啃玉米边游览，成了恩施的一道独特风景。

关于玉米，还有玉米的香是有一种牵念的，那是家乡的味道。儿时生活的老家罗村，也是个山多地少几乎不种水稻的地方，只有大量种植玉米、番薯、土豆之类。吃的大米是国家供应的，凭粮票购买，量极少。玉米，自然成了我们童年的当家主粮，我们当地管它叫包芦，也有人叫六谷。

村前村后山坡野地的那一块块玉米地，那一棵棵玉米，似一幅幅积着乡愁的画卷幽居在心里。整株玉米的外形就像甘蔗，高且挺直，叶片比甘蔗宽厚，大且伸展。秆和叶，是墨绿色的；玉米棒，是金黄色的；玉米棒头顶的雌花絮，像一丛丛头发，有的是淡紫色的、有的是粉红色的、还有的是米黄色的；玉米秆头顶擎着的雄花絮，却是纯白色的，像插着的尾羽在风中轻轻摇曳。

老家种的玉米都是山地玉米，最上等的玉米当数新开垦的荒地上种的。每年冬天，如果有哪片山林树木被村集体砍伐了，那么村民会将这片山地的外沿划出一道防火线，然后将剩下的灌木、杂草、荆棘等烧成灰烬。待到春天来临，只要在这片山地上，每隔几步随意地挖个小孔，点上玉米种子，等待玉米的成长。初夏时光，玉米开始亭亭玉立，绿意盎然。父辈们在玉米地里锄草，我们则背着背篓赶在他们之前在玉米地里拔猪草。新垦地里的各种植物长势葳蕤，什么猪血藤啊，野苎麻啊，狗舌头啊，天星草啊，都是极好的猪草。特别欢喜玉米地里成片的天星草，碧绿的茎叶，蓝色的小花，在玉米林的浓荫下一朵朵的花儿仿佛夜空里的星星，也许天星草这样富有诗意的名字就是这样来的吧。

入秋后收了玉米，晒玉米也是五花八门的。家门口，马路边，摊上个竹篾簟，玉米棒子就倒在簟子上晒，横七竖八的。有意思的是，村民们在掰玉米时就有意地将玉米外面的苞衣留着了，然后扯开苞衣，五六个玉米棒的苞衣像衣服袖子一样扎在一起，直接一串串地挂在晾衣竿上，或房子的楼板底下阴干。秋天的时候，走进每家农户，你会看到楼板上堆的，楼板底下、墙上挂的，高脚篓里装的，到处是金灿灿的玉米，家里挤到没有落脚的地方。夜晚灯下，一家人腿上放个小畚箕，将晒干的玉米棒脱粒，玉米棒对玉米棒反方向互搓，一粒粒玉米籽脱下，珠玉似的玉米粒倒入箩筐。

那年月，三百六十五天两百来天是吃玉米糊的，划玉米糊成了当家主妇绝对的技术活。每户人家灶头上都备有山上檵木做的划糊工具，树皮剥去特别光滑，一头开叉，"丫"字形。这项活，外婆和母亲都相当拿手，她们不仅会用檵木做的划糊工具划玉米糊，更多时候她们只用两根筷子就行。待到锅里水沸腾开了，掀开锅盖，热气直冒，她们左手持着装玉米粉的碗，右手持筷，随着右手转动的节奏，左手碗里的粉慢慢地撒入沸腾的水中，随即锅里发出"咕嘟，咕嘟"的声音，只见玉米糊面上东一处西一处地隆起大小不等的泡来。说起划玉米糊，我有一位如今身居领导岗位的发小划糊糊的故事，同村人说起她还常常提起。有一回，她母亲上山干农活，让她中午划玉米糊当一大家子的中饭。结果开饭时，锅里的糊糊全是结块的，锅底的糊糊已经焦了，上面糊糊又还是生的。问她怎么划的？她说，我用手指沾了沾水，水有点热了就开始划了。水沸慢倒慢划是关键，可那时都还没有成年的我们又怎么懂呢？如今想起这事，心底的笑意还会涌来。

  吃玉米糊糊也是很有讲究的。玉米糊配干菜是日常最多的，碗里盛上一碗糊糊，最中间用筷子拨开一个凹处，将干菜夹在里面，从碗的最外圈开始吃起，用筷子顺时针轻轻地刮划，然后带着糊往干菜上蘸一蘸，连糊带菜送到嘴里，回味无穷。最后，碗里的玉米糊糊吃得干干净净，碗里只留下一圈一圈细密的螺旋式纹路，如同在告知一种大地的哲学和生存的美学。

  玉米的各色美味唇齿留香般的藏在记忆里。初夏，玉米棒子的颗粒开始渐渐饱满晶莹起来。通常这时候，母亲会去山上掰一些嫩玉米，在石磨上磨出浓厚的玉米浆，糊糊的一团纯玉米浆在两手掌间不停交错着拍，拍出饼的圆形，而后贴在滚烫的锅里，那样的香气一直期待到饼子咬进嘴里。清早，母亲会在白稀饭里放点玉米面疙瘩，说有嚼头防饥饿。午后时光，菜园地里掰几棵玉米煮一煮当点心。一年到头，母亲总会变着法儿做玉米美食，成熟晒干的玉米粒碾成粉做玉米馃，杀年猪的时候蒸上一大饭甑的玉米粉蒸肉，拉麦芽糖的时候炒些玉米粒，用麦芽糖粘捏成一个球一个球地啃着。

童年养成的口味总是难以改变,聚餐时还是习惯点个玉米炖排骨、五谷丰登、油炸玉米馃等,可是无论怎么鲜美,再怎么吃,也吃不到老家玉米的地道与纯粹。

今夏在湖北恩施的日子,每天有玉米稀饭、玉米馒头、玉米粉蒸肉、玉米饼子和水煮玉米棒相伴,我闻到了土地的气息和岁月的芳泽,感受着童年的温润、柔和、鲜香和亲切。

山苍子

老家胥源一带的山里有一种落叶树，树干光滑，灰褐色，小枝细长，绿色，叶椭圆状披针形或卵状长圆形，上面绿色，下面灰绿色，这种树的枝和叶闻起来有一种芳香味，村里人都称它"香秋籽"。它的学名不知，直到前些日幸遇八十多岁高龄的老乡罗老先生，方才知道这种树原来叫"山苍子"，也称荜澄茄，或山鸡椒。

20世纪80年代初，山林还属集体所有，村子周围绵延的山岭除了种植大片大片的茶叶外，还遍植着这种山苍子树。入夏，整个山苍子林随风翻动，绿枝摇曳。

山苍子不像一般的树木那样春开花、秋结果，它的花期特别长，从每年的11月至翌年4月。当大部分落叶树脱去叶子进入休整的冬天时，山苍子的枝干上却开始孕育春天，细枝上悄悄地单生或簇生起绿色的小花苞，小花苞悄然地生长着，饱胀着，慢慢地由深绿到淡绿，最后变成浅黄。待到第二年春天，枝头还没有长叶，它就开出亮黄细碎的小花，密密麻麻地挤在枝条上。细看它的每一伞形花序，簇拥着小花四至六朵，呈放射状排列，如赶春小姑娘的笑颜，兴奋着，欢喜着。

盛夏时光，山苍子开始成熟，一树一树枝条上缀满了小圆球形的果，每一粒果直径四至五毫米，油绿发亮。这时候，村民们上山采摘了。山苍子可用来提制柠檬醛，供医药制品和配制香精等用。蒸馏提炼山苍子的场地就是生产队的集体茶场，那段时间，茶场外的空地上，每天满地倒着被蒸馏后的黑漆漆的籽儿，成堆成堆像小山似的，整个村庄却浸在山苍子的香气里。

　　山苍子适合生长于山地的灌丛或疏林中，一般都在几百米乃至上千米的海拔高度。为此，村民们集体上山采摘，每天要背竹编篓自带中饭，从山的最高处开始往下采摘。结了果的山苍子树，有的长得稀稀拉拉的，我们称它"獭猁头"，采摘起来费工又费力；有的枝条上密匝匝地结满果粒，成了大家的抢手货。择一株结满果粒的山苍子树，站在树荫底下，胸前斜挎背篓，一手拉枝条，一手顺势往下捋，籽儿就簌落落地掉进篓里，连籽带叶的几下子装了小半篓。村民们一边大声聊天一边采摘，整个山林里只见枝叶掀动，近闻人声笑语，却不见忙碌的身影。只要生产队长大声招呼"吃中饭啰"，于是，大家就各自寻一棵大大的山苍子树，取下挂在枝丫上的饭盒，坐在浓荫里，和着山苍子的香味儿享受劳作间隙的午餐与快乐。夕阳落下山巅，每个人背着沉沉的山苍子归来，母亲去灶台忙晚饭，我们将山苍子倒在团簸里，择去叶子、枯枝等，而后送到生产队过秤入账。

　　那个年代，村里男劳力一般安排去挖茶山、砍树、筑水渠等活儿，每天可计工分十分，妇女则往往带着半大的小孩上山采茶叶或山苍子，一天计五六分，小孩子一天计工两三分。生产队分红好的时候是一个工分可分七八分钱，那么男劳力一天的劳动最多可分得七八角，小孩子劳动一天只能分得两角光景。每天起早贪黑，一个暑期下来，算算工钱少得可怜，而且还看不到现钱，因为生产队要到年底才会结算。再加上家里劳动力少，吃口多，年底结账还常常是亏空，不仅拿不到钱，还得想办法向生产队交口粮钱，兄妹仨开学学费的问题终究得不到解决。

　　胥源深处，像其塔、浪源、大横坞、大珠等村子，都种植山苍子，面积更广。每到盛夏，他们都会雇用大量外来劳动力来采摘。这是一种令人心仪的打短工方式,一是时间短,半月至二十来天;二是报酬及时,采完即付。成人每天一块五左右,半劳动力计八角一天,明显要高于生产队计工所得,也有的村论采摘的斤两多少算工钱的,一个假期下来可获工钱二三十元。于是,一到暑期,我和发小春风都被父母悄悄地支使到外婆家——大珠村去打短工。

大珠村山连山,岗挨岗,岭上坡地都是山苍子。每天一大早,带着外婆准备的午餐出门,跟着小阿姨和外来务工者,今天爬东山,明天爬西山,甚至登上了桐庐、建德、淳安三县交界的最高峰,足迹几乎涉猎大珠村所有山岗坡谷。遇生产队休息日,也不舍得休息,随小阿姨去采摘野山苍子,当时生产队的收购价是两角钱一斤。记得有一次爬了一整天,才寻到一株野山苍子树,幸好那一树结籽多,光一株就采了九斤籽,一天收入一元八角,是大工钱了!

为了多采几斤山苍子,我和春风都冲到大家的前头,眼筛避过"獭猁头",专挑结籽丰硕的山苍子树采摘,因此时常招来村民责怨的目光:"你们枫坞口人都到我们大珠来赚钱?"这话深深地刺痛着我们年少脆弱的心。在那个外出打工赚钱让人觉得羞愧的年代,我们常常躲在山苍子树影里,一边采摘一边噙满泪水。经历一次次投射过来的目光,也许还有被我们误解的关心,自尊心再也承受不住,未等采摘期全部结束,就和春风趁天麻麻亮,悄悄逃离了大珠村。

又是一年盛夏,胥源山林里的山苍子应该挂果累累,如今却荒弃得再无村民上山采摘,可烙印在记忆深处那些亲切、美好而略有伤感的往事重新被翻起,虽有辛苦,但更有美好。

山茶树

　　我所说的山茶树，并不是公园、小区、院落常见的供观赏的山茶树，而是罗村老家的山林间，一种能开花结果的山茶树。花开过后，结出暗绿色、枇杷似的果，果子成熟在深秋，榨出来的油橙黄透亮，是比菜籽油更香滑美味的食用油。

　　这种树，一般有三至五米高，树干平滑无毛，叶卵形或椭圆形，边缘有细锯齿，表面亮绿色。老家的村前村后，山湾坡地，成片成片的，也有零星散落的，随处可见。

　　20世纪70年代至80年代初，我们全家五口和堂叔一家，大大小小十几人挤在祖辈留下的一幢老屋里生活。人口不断增加，小孩也渐渐长大，老屋显得愈来愈狭小拥挤。父亲用手头仅有的四百块积蓄准备建新房，一家人毫不犹豫地看中了村口山边那块斜坡地，这块坡地种着一大片山茶树。新选的宅基地面朝农田、溪流、青山，背靠山茶树林，左邻小山涧，右贴绿茶园。

　　那时候，村里有这样一个不成文的惯例：不论谁家建新房，只要吱一声，村里年轻力壮的男劳力都会赶来帮忙，从浇筑地基开始，到砌石磡、舂墙、上梁，直至摆酒席欢天喜地迁新居。其间挑石块、扛木头、运砖瓦等重活累活，哪一样都少不了村里人的帮忙，大家无不齐心协力，如同自己家造房一样。建新房的主人家心里都有一本清楚账目，哪家哪户来帮忙了，总共帮忙了多少天，等轮到对方也建房时，必定争着抢着去帮忙，相互间从不收一分工钱。只有石匠、泥水匠和木工师傅是个例外，哪怕他们是自己家兄弟或近亲，每天除了照例管好三餐饭、一顿点心和两包烟外，如实按天数计工付薪酬，一分不少，对他们是格外的敬重。

这片山茶树所在山体是个靠马路边的大斜坡，地表下的黄泥山石非常坚硬，挖地基、平整地基成了最费工费力的苦活儿。

白天，青壮年劳力用铁钎和榔头，一锤一锤地凿山壁，像小货郎用钢片刻糖一样。再用两个钉齿的锄头一点一点挖，不断倒下来的黄泥碎石一会儿就堆积成山，然后一畚箕一畚箕地装，一担又一担往外运。为了防止旁边山涧溪水的浸渗，为了整个房子地基更为牢固、平坦，更为了让大门前有一块开阔的晒谷场，石匠师傅紧挨着山涧与公路里侧砌起了一道四米多高的」形石磡，再沿公路边依势而上铺出一条斜斜的台阶。大小溪石垒砌的石磡，错落有致，富有自然审美的石匠师傅还有心地在石磡西南一角空地，小心地保留了一棵山茶树。每到山茶树开花时节，屋后山大片的茶花与屋前这株山茶花两相呼应，脉脉含情。

父亲在公社上班，早出晚归，村里谁家造房很少有时间和机会帮衬他们。他看着邻里每天来帮忙，心里很是过意不去，生怕欠下人情太多，能省一工是一工。于是，晚饭后，劳累了一天的父母，根本不肯歇息，带着妹妹和我连夜运白天挖下来的黄泥碎石。皎洁的月光下，山茶树林边，一家人分工合作，畚的畚，抬的抬，挑的挑，常常累得筋疲力尽，沉沉的担子压在肩上，走起路来跌跌撞撞。父亲不忘半开玩笑地逗我们："你们姐妹俩造新房可是出了大力的，长大后要迟点嫁老公噢，在新房里多住上几年哈。"

老家建房上梁仪式特别喜庆、隆重，几乎整个村子都来赶热闹。房梁上，一条条红布条垂下来，在山风中舞动。八仙桌上点着香，供奉着猪肉、香烟、面条等。吉祥时辰一到，鞭炮噼里啪啦响起来，这时房梁上有人抛馒头、撒糖果，地面上站满了妇女和小孩，乐得满地抢馒头、找糖果，仪式的每一道程序都在寓意着未来日子和和美美、甜甜蜜蜜！

山茶树，一年四季都是绿的。从此，依傍山茶树林而居，生活便与大自然天衣无缝地融合。每天清晨，鸟儿在山茶树林间一声接一声地吐出悠长的音符，鸣啭悦耳，似小片段呢喃的情话，或是一阵窃窃私语，令人愉悦，给这小山村带来一种希望、一种爱。春天，满山遍野的山茶花，飘着浓浓的花香，令人心旷神怡；蜜蜂闻着花香，穿梭在一片白茫茫的花丛中，久久不肯离去！雪白的山茶花，绿绿的山茶树，白墙红瓦的新居，让山乡景致变得格外迷人！

山茶树花开，除了会结可以榨油的果实外，还会结一种叫茶苞的果实，未成熟的山茶苞青里透红，熟透了的雪白雪白。这茶苞没有茶果那坚硬的外壳，大的如拳头般，小的也有鸡蛋大小。山茶树不高，枝丫错乱，村里的小伙伴们一蹬两蹬，便能蹬上树身，寻找那拳头般大的茶苞，一个两个地采摘下来，寻个合适的树杈坐下来，专选那果大肉肥的，也不水洗，放入嘴里，大快朵颐。茶苞是什么呢？后来通过查阅资料得知，原来山茶花开放后，大部分要结茶果，但是有一些花儿因发育不良，在结果实的时候，不能正常生长，变了形的长成一种"苞"状，味苦，亦有回甜。

秋天到了，山茶树那绿得油光发亮的稠叶之中缀满了玛瑙似的果子。这些果子，有些露出红红的脸蛋，有的笑裂了嘴，露出黑黝黝的籽仁儿，似乎传达着金秋的喜悦。

那时，我们老家那一带村子，家家都有山茶树。寒露前几天，正是山茶果采收时。这时，大人们便背了采茶篓，或者挑着箩筐，用那长长的竹竿敲打树上的茶果，将茶果打落一地，捡了，装了满满的采茶篓、箩筐，背着或挑着回家。然后将茶果倒在门口水泥地面上，白天在阳光下暴晒，晚上把茶果扫成一堆，用塑料布往上一罩，第二天接着打开，茶果继续在太阳下晒。夜晚没事，一家人围着一堆山茶果，边聊天边剥落那茶果的外壳，一颗颗黑珍珠般的籽粒儿，饱满可人。

世上有哪一种树是花果相迎呢？山茶树便是，果熟之日也是它花开之时。当人们把山茶果摘回家，不到几天，满树的山茶花便绽开了，远远望去像堆积在树上的雪花，也许是山茶树着意装扮这丰收的季节，一直盛放到来年的春天。

每家采收下来的茶果大部分都直接卖给公社收购站，一部分留下来自家榨油自己吃。榨得的山茶油，平常日子是绝舍不得吃的，千方百计要留到过年才吃。除夕前，家家开始忙碌，山茶油炸冻米、番薯丝做糖、油炸番薯片、油炸油赞子、油炸玉米粿，特别香脆可口，仿佛十里八乡都能闻到。山茶油炸农家盐卤豆腐那是绝对一流，切成四方体的白豆腐，滑入油锅，滋滋翻滚。捞出时，焦黄油亮，四面饱胀，内里空得如蜂窝状。夹起一个，蘸点母亲自制的辣椒酱，咬上一口，满嘴留香。

整篮的油豆腐，挂在楼板底下的挂钩上，或满匾地晒在太阳下。冻米糖、番薯丝糖、油赞子、番薯片，装满大大小小的坛子，口子罩上报纸，压上一块四方木板，一坛坛排开搁置在楼板上。上学去掏一把，放学回来掏一把，那段日子显得尤为的富庶和满足。

随着时光流转，山茶油的清香，慢慢地浓缩在童年的佳肴美味里。山茶树，成了珍藏在时光深处的记忆，恬然，悠远。

一语茶香染流年

最早知道有安顶山这个地方,是因为同学送我安顶山云雾茶。于是,一向不习惯喝茶的我,开始在看书的时候,或办公的间隙,偶尔泡上一杯,静品浅啜,那份难得的学缘情谊,那份恬淡的心境,让自己有些沉醉。

前些日有朋友邀行走安顶山古道,甚是欣喜。9月20日成行,我们十人从富阳市灵桥镇山基村蝴蝶山脚出发,经岩坎瀑布,过田基坪村,终点是飞凤岭安顶村。沿途奇峰异石交错,溪流跌宕,竹林茂盛,环境清幽,野趣横生。最喜登上海拔七百九十多米的安顶村,薄薄的云雾缭绕,空气清新,满山满岗的茶园,随着山势绵延数里,据村口广告牌上的资料介绍,安顶村现有茶地面积三千多亩。闲坐山居亭,亭子两侧的对联如此描绘安顶山云雾茶:泉涌灵峰千滴水,香浮安顶一壶茶。

我的老家罗村枫坞口,也是个盛产茶叶的地方。村子后面整个山湾山垄都是茶园,村子对面的山上,满山满垄的也是茶园。每年的三四月间,茶树抽新叶,满眼翠绿,如绿浪翻滚。我和妹妹常常跟着母亲一起去采茶。起初,我们只会用一只手采,一朵一朵地采,慢慢地学会两只手采,采摘的速度也变快了。当我们把背篓装得满满的,母亲笑了,我们也累了。在那些日子里,我们从天刚蒙蒙亮,采到天快黑了才下山。一个茶期忙下来,一双手指被茶汁染成深褐色,尤其是两个食指,严重的时候不罕扯出一道道深深的裂口。

靠山吃山,茶叶一直是我老家最主要的经济来源,父母也是靠着这些茶园把我们兄妹送出山。父亲每天早出晚归赶往乡政府上班，到晚上才能回家帮点小忙，所有春茶采摘的农活几乎全部落在母亲一人身上。母亲白天上山采茶，晚上还要炒茶，每天的睡眠时间也就两三个小时。这样的日子从3月中旬开始，一直要延续到5月上旬或中旬。春茶采摘结束后，还有夏茶要采摘，平日里除了采摘外，还要管理茶园，比如修剪枝叶、锄草治虫、施肥整理等，这些活儿也大多由母亲一人来承担。

十年前父亲退休，老两口在镇上买了房子，终于搬离生活了一辈子的那个山村。开始的两年，他们还会在春茶采摘季节回到老家去采茶、炒茶，然后再给我们兄妹送来。再后来，他们把整个茶园送给了老家的乡亲，采茶炒茶的事才慢慢地脱离了他们的生活，淡出了他们的世界。

如今，他们老了，但每当我喝着新茶，便会想起我的老家，我的父母，以及与我父母一样淳朴的茶农。特别是站在云顶山上，望着这成片的茶园，我的思绪更是如远处的富春江水一般，绵绵不绝……

最忆枫坞口

乾潭之北,是一条长长的源,曾是严(州)分(水)古道。一条胥溪,溪长近百里。从胥口逆流而进,逶迤的大(大畈)罗(罗村)线公路依山傍水,通向胥源深处。

枫坞口村,是这条源里的一个村庄,离胥口二十多公里,邻近罗村水库三四里地。它包括中包坪、枫坞口和盘坞头三个小村子。上村中包坪,从地形上看像把打开的大扇子,也像个农用工具大畚箕,上百来户人家依山势建房,呈阶梯状分布,像个小布达拉宫。下村枫坞口,二十几户人家密集而居,村前是窄长又平坦的农田,胥溪绕着村子缓缓而过。连接上下村的是一个小山岭,岭虽小却甚陡,路外是峭崖。盘坞头只有几户人家,坐落在中包坪对面大盘坞谷底的那个山盆上。1991年,响应政府下山脱贫政策,全村先后搬迁至中包坪。

(一)茶园旧事

胥源深处的枫坞口,山高地寒,云深雾重,是个盛产茶叶的地方。枫坞头、浮家桥、洋海里、外坞里坞,一眼望去,那些山谷、坡地,到处是一代代村民开垦出来的茶园。

每年三四月间,草木旺发,那茶叶也是日夜生长。登上茶园,极目远眺,满眼翠绿。那一行行、一垄垄的茶树,已经长出宽厚深绿的茶叶,一片片新绿迫不及待地往上冒,呼吸着春天的气息,跳动着生命的律动。

山乡人一年中最忙的茶季开始了!晨光熹微里,男女老少,肩挎背篓,自带中饭,三五成群地上山采茶。青翠油绿的茶丛里,漫山遍野是采茶人,谈天说笑,好不热闹。有的单手采茶,有的双手齐用;有的一人一垄,也有的两人合采一垄,从这头采到那头,今天这个山湾,明天那块坡地。直到夕阳滑落山巅,采茶人背的背,挑的挑,将一筐筐一担担茶叶送往茶厂。

春天多雨,那嫩芽一个劲地疯长,茶价呢,一天一个价。茶农们赶时间,不得不穿蓑衣,披雨披,冒雨采摘。一天下来,雨水湿透了全身,一双手被冷雨浸得发白起皱,甚至冷得牙齿打战。夜里炒制茶叶更是辛苦,分田到户前,村里有茶厂集体制茶。茶厂每天的地上青叶一堆堆铺满,十几台制茶机二十四小时转动着,流水线运转。后来茶山分到各家各户,每家都会在屋内一角设有特制的茶灶与大镬,一个家庭就是一个作坊,父辈们无论男人女人,制茶操作技能人人都会。从鲜茶"杀青",竹匾上搓揉,到茶笼上烘焙,甚至还会辨识茶品档次。山里人白天采茶,夜里炒制,高强度劳作,手掌常常烫出一个个水泡,挑破,瘪了继续炒茶,或者因瞌睡致使茶叶炒焦,连茶笼着火也时有发生,茶事日子一直要持续两个多月。

"九山半水半分田",山里人勤劳致富,从来不让山闲着,也不让自己闲着。采完了茶叶,采山苍子,还要采箬叶,砍芒秆,摘油桐……一年四季在山里摸爬滚打,用双手创造属于自己的美好生活。

(二)露天影院

在"水利是农业的命脉"的思想指导下,20世纪70年代末,罗村村前面的天合垄被选为最好的水电站建坝之地,因此,有着七百多年历史的村落罗村,迎来了整村外迁的命运。村民们虽然故土难离、心有不舍,但是为了支持国家的水利建设，在三个月之内陆陆续续离开了祖祖辈辈居住的地方——罗村村。当时这个村落是罗村乡政府所在地，为此，乡政府也搬迁到它的邻村——枫坞口村。

乡政府坐落在中包坪村中心地段，周边相继搬来供销社、收购站、粮站和医院，也建起了一所罗村中心学校，枫坞口成了全乡的中心，一下子热闹起来。由于当时农村文化生活落后，没有电视，也没有电脑和手机，只有广播和电影。广播只能听，电影既能听又能看，还有精彩的画面，所以看电影就成为村里男女老少最大的精神享受。乡政府门口宽阔平坦，能容纳几百人，成了乡村露天电影院。那时候，电影片子极少，无非是《地道战》《地雷战》《上甘岭》《闪闪的红星》，而且是村与村之间跑片的，但村里人每场必赶，有年轻人还跟着片子跑，百看不厌。

最大的露天影院莫过于罗村水库工地了，方圆二十里外的村民都曾赶来看《红楼梦》。

罗村水库的建设者们来自四面八方，他们白天开山放炮筑坝，夜晚住宿在工地简易工棚房。为了丰富水库建筑者们的生活，坝前那片工地常常成了临时影院。听说要放《红楼梦》，喜讯像长了翅膀似的传开来，不只是邻近枫坞口、狮峰的，甚至于一二十里外浪源、大源的人，傍晚开始他们就源源不断地从山道上涌来，将整个工地挤得水泄不通，黑压压一片。有的坐在高高石磡上，有的站在工地石头堆里，有的爬到旁边山壁上，还有些小孩骑到大人脖子上，甚至有年轻人干脆爬上树，双腿夹住枝丫抻长脖子看。虽是宽银幕电影，但偌大的天空底下，估计大部分人也只是赶个热闹吧。放映结束，村民们又打着手电，举着火把，向四面八方的山里村落散去。

（三）山乡求学

枫坞口村在乡政府搬来之前，没有一所像样的小学。低年级是在村书记家前面一间矮平房里上课，高年级教室则是一家在外工作人家的闲置农屋。

罗村搬迁后，在枫坞口村口山脚边，建起了一所乡中心学校。上下两层楼，有五六节火车车厢连起来那般长，一楼是教室，二楼当寝室，外加教工宿舍和一个豆腐块大的操场。学生来自罗村源里各个村落的学生，起先来读的是五年级到初三的学生，后来山里生源越来越少，直接从一年级开始就到这所学校读书。

山里的孩子上学极其艰苦，大部分村是不通公路的，山高路远，全靠步行。每周日来上学，周五傍晚回家，自带米和菜，交柴火费，学校烧柴蒸饭。家庭条件困难的，交不起柴火费的，还要父母挑柴上学。尤其是一年级的学生，第一次离开父母，第一次过集体生活，自己穿衣洗脸，自己在溪滩里洗饭盒、淘米蒸饭，从小学习生活自理。

从枫坞口通往乾潭，整个大罗线上每天只有两趟班车来往。山里孩子读完初中，继续外出求学，来去极为不便。

每次班车来，几十个人一起拥挤着上车，你推我搡的，还有的怕上不了车，直接爬窗户进去。有时，满心期待着班车来了，哪里晓得外面几个村的人怕返程时坐不上车，宁可提前几站就上了车。于是，只能眼睁睁地看着车来，千方百计地挤，挤得连班车的门也关不上。即使有人骂骂咧咧，驾驶员也无可奈何。

常常有人乘不上车，学生又不能等明天，只得在公路边拦车，那时罗村水库建设工地有运沙、运石头、运水泥的大车来去。如果能拦到一辆，爬上高高的车背，虽说非常危险，冬天还冷风飕飕，但当时心里不晓得有多感谢驾驶员师傅的照顾。大源里的浪源山蓬上，有个村叫小毛坞，20世纪80年代中期有个孩子考到了杭高，来去学校一趟，路上就要花两天时间。第一天从家里走二十多里山路到枫坞口住亲戚家，第二天一早天蒙蒙亮赶早班车去乾潭，再坐车去杭州，回来也如此。枫坞口成了他求学路上难忘的驿站。

（四）醉美水库

从枫坞口往胥源里走三四里地，就是罗村水库。距离乾潭二十五公里，对外交通主要以公路为主。

罗村水库是20世纪70年代兴修水利的杰作，是一座以灌溉为主，结合防洪发电、养鱼等综合性利用的中型水库。水库坝址流域面积四十四点七平方公里，河长七点五四公里，河道平均坡降百分之三点七二，流域平均高程五百六十八米，形状为扇形，地势西北高，东南低。流域内植被良好，为成片灌木林覆盖，少有农田，河床狭窄，水流湍急，洪水暴涨暴落。

随着城市化进程的步伐，1992年，罗村乡并入下包乡，乡所在地也搬迁至下包。2005年4月，原下包乡又并入乾潭镇。那些祖祖辈辈生活在胥源深处人家，随着国家出台的惠民新政，不断地享受着就业、入学、居住等政策，纷纷走出罗村源这片大山，安家落户于政府专门为他们在乾潭镇建造的"罗村新村"和"幸福新村"两个新家园，幸福生活。

如今，在这连绵叠嶂的群山里，罗村水库一水独秀，自然清新，水质清纯，如明珠出浴。这水，与青山相连，与蓝天相映，显得更加清幽秀美，成了远近闻名的旅游胜地。罗村水库，是乾潭镇"归园田居在乾潭"系列活动、助力浙江省小城市培育和旅游风情小镇创建的策源地，是乾潭镇打造农商文旅融合示范线、高质量乡村发展旅游线、新时代田园创新文化线的重要节点。看,胥源深处那个宁谧的汪活源,美如画卷。它,以保存完好的"夯土房"为特色,保存着传统农耕、农居、农俗风味,具有浓郁的文化气息,是一个集精品民宿、抱团养老及地方特色文化展示于一体的精品生态自然村。胥溪畔的瑞坑成了唐诗小镇,小桥流水,诗意居所,保留着"泉深不知处"的原生态江南山村自然美。

风光旖旎的罗村水库,风景秀美的小山村,不知圆了多少人的田园梦、故乡梦,还有那诗意和远方。

第二辑

情路深深
QING LU SHEN SHEN

山乡村小

统编小学语文教材选编了印度诗人泰戈尔写的《花的学校》，他以朴素的笔调、明快的语言、清新的意境，刻画出一幅幅孩提时代欢乐的生活图景。每读此文，脑海里定然会浮现出一所这样的小学：泥墙披屋，狭长形教室，十几张课桌椅，二十几个小孩，外带一个小院子，院子里一棵低矮粗壮的老梨树。

那是初入学的村小，一、二年级复式班教学，老师只有一位，姓谢，本家人，短发，温和而漂亮。对于老师如何上课已经没有太深记忆，倒是那棵大梨树如诗画般定格在心里，挥之不去。和煦的春光里，满树的梨花盛开，一簇簇，一层层，洁白如雪，蜜蜂嗡嗡，酷似巨大的花冠罩着小小的院子。如遇一场春雨，地上又满是飘落的花瓣。一下课，孩子们鱼贯跑进院子，爬树的爬树，倒挂的倒挂，拾花瓣的拾花瓣，百玩不厌的还有那些小游戏，捡石子（一种游戏）、跳方格、跳皮筋、踢毽子……老师常常坐在溪石砌的台阶上看着我们玩，如果发现有顽皮出格的男生，就会把他叫到身边，让他背一背课文。有时，还会让女生一个个走过去，看看小手是不是脏得结了壳（那年代常有同学手、耳根脖子后脏得结了像松树皮一样的壳），头发里有没有长虱子，顺手把那些凌乱的头发扎成马尾或羊角辫，甚至还会帮女生剪发，温馨美好。

一间小披屋挤不了几个学生，三、四年级教室被安置在村尾山脚高地的一间民房内，还是复式班教学，一位女教师，姓邓。这原本是一座闲置的农家住房，土木结构，两间一弄上下两层，屋里有土砖灶台，几根石础柱子，楼板下悬着一盏白炽灯，木制楼梯通向二楼（楼梯口的一道栅栏式的门一直都锁着），房屋右侧还有一间披屋式猪圈，不过除了一些干透的柴火、农具之外，空空如也。房主早已经离开村子在城里工作，村委借他家住房作了教室。跨出教室大门即是三十平方米左右的黄泥平整地，一边是菜园，用竹篱笆围着，一边是一条弯弯曲曲的泥路通向下面的村子。门口平地外面是高高的石磡，没有围墙，紧贴石磡下是一排农房，站在教室门口眺望，平视到的是一间间农房如鱼鳞般的黑瓦。雨天下课无处可玩时，大伙儿都挤在大门上看雨露在瓦背上，不断飞溅起大大小小的水珠、水花，然后顺着瓦槽成小溪状往下流。

村小活动空间极小，连空闲的猪圈、后山的林子都成了孩子们的乐园。课余，女孩子总爱在小小的猪圈里踢鸡毛或旧报纸旧书撕做的毽子，男生们则爬到杉树料堆上或钻到松树林子里，大玩打仗的游戏。当老师敲响"当当当"的上课铃声时，一个个像小野猪似的从林子里冲下来，甚至还有的男生从农家藏番薯种的山洞里钻出来，满身满脸不是汗水就是泥巴。

学校坐落在村尾，苦了住村头的孩子。从村头到村尾有二三里地，天寒地冻的日子，拎着个火熜或火盆坐桶去上学，好不容易快到学校了，就在上学校门口那段斜坡时不小心一滑，把个火熜、火盆坐桶滚个老远，冷倒是不怕，惨的是原想在火里炸把豆子、烤个番薯、烘块年糕的美事成了泡影。小小的农舍，如果不是二三十个学生每天进进出出，书声琅琅，欢声笑语，你绝对想象不出这是一所小学。

大山里的村小一个个袖珍型的，校舍也是五花八门，有的设在知青点的小平房内，有的把村里的礼堂、茶厂用板壁隔出一间，还有的放在废弃的庙宇里。去过当年老舅任教的村小，一张讲台两张课桌凳，一位老师四个学生，完全像私塾一样。到了20世纪80年代末，一位姓李的外地年轻小伙，师范毕业后分配到大横坞村教书，他每天轮流着在学生家吃饭，是位吃百家饭的教书先生。

五年级（当时小学是五年制的）时，恰逢乡村小学拆并搬迁，全乡所有五年级学生都集中到中心学校就读，四五里地之内的每天走读，远的跟初中生一起住宿，溪滩里淘米、食堂蒸饭，这时我们才算拥有了像模像样的学校，有了语文、算术、画画、体育分科教学。六间两层建筑的楼房，一楼做教室，二楼学生寝室，外加一幢教工宿舍与食堂，教学楼与食堂之间有一块平整的地，竖有一个简易的篮球架，木板加铁圈，地面是泥地的，凹凸不平，算是运动操场。学校运动器材稀缺，好像连普通的篮球也只有一个，操场上几乎看不到学生打篮球，上演的永远是一群男生叠罗汉似的抢篮球。体育老师教学生扔铅球有绝招，带学生到学校前面的大溪里，分成两组各站溪岸两边，就地取材，拾溪石当铅球，教我们如何握球，如何投掷。于是，我们各自拾了溪石分别朝对岸扔，一堂课学得不亦乐乎。

一晃四十余年，山乡村小的日子却历历在目：伍老师用毛笔一笔一画地在红纸上誊写学生优秀作文，罗老师一句一句教我们跟着唱"小松树，快长大"，女生悄悄为刚结婚的邓老师撕拉植物茎干预测生男生女，顽皮男生抓来溪里水蛇挂在睡午觉女生的腿上，晚自学回家路上把稻草垛移马路上"装鬼"吓人……如今，山乡村小在人们的视野中渐渐消失，人和事也渐渐逝而远去，沉淀在生命中的记忆却美好如初。

遥远的山乡村小，清贫童年里花的学校。

求学路

近日，杭黄高铁开通，欢欣的人们一拨又一拨地体验晨起去黄山、傍晚回建德一日游。远在上海、南京工作的，终于实现了多年的心愿，再也不用辗转乘车，担心路途的拥堵。建德迎来了高铁时代，不禁让我想起三四十年前的乾潭罗村，想起那些年求学的经历。

大山深处的罗村，通往山外的乾潭镇有一条县级公路，叫大罗线，全长有二十五六公里，每天清晨、下午总共有两班客车来往。这是罗村通向外面的唯一公路，也是一条必经之路，更是连接山里山外的一条人生路。

向往山外，走出大山，大罗线承载着山里人的梦想与希望。那些时光，每一位求学在外的学子，大罗线上乘车来去的记忆恐怕此生难忘。每当开学，或是返校的日子，清早天色乌漆墨黑时，四邻八村的孩子已经在父母的护送下，背包提兜，打着手电，翻山过溪，早早地等候在过夜的客车旁。天色渐明，随着司机发动车子，亮起车灯，打开车门，整个车站就像被炸开似的，所有的人都朝着那小小的车门挤去，蜂拥而上。山乡寂静的黎明瞬间被打破，上车的不停地往里挤，车下的嚷嚷着往车窗递东西，整个一锅粥似的。所幸这是个起始站，没有座位总还有个站位，不用担心乘不上车而耽误了上学。可是车行越往山外走，上车的人越来越多，乘车变得越来越困难。每到一站，挤车门，爬车窗，踩到别人脚受责骂的，晕车呕吐的，直至车内乘客爆满，再也装不下一位。于是，司机每过一个村站，连车也不敢停，只得一边按着喇叭，一边探身窗外大喊：挤不上了！挤不上了！留下车后一群人跟着车跑，最后眼睁睁望着车子渐行渐远。

表弟赖照良，老家在离起始站还有近二十里地的浪源村半山腰上，初中毕业的他考上了杭高，从家里到学校来回一趟可谓舟车劳顿。每次开学，他得提前一天出门，山路步行到我们家入住，待第二天天蒙蒙亮挤早班车到乾潭，然后乘过路车去杭州，路上需要整整两天的时间。放假时，他又得先从杭州乘车到乾潭，再从乾潭乘晚班车回，往往到终点站已经是夜幕降临，于是得再一次入宿我家。每回碰面提起那三年经历，表弟无不感慨地说，我们家是他求学路上停靠的一个驿站。

有车如此，无车日子更糟糕。依山而建，随着山势蜿蜒的大罗线，遇上漫漫雨季，大小山体滑坡是常事，或者一场大雪，天寒地冻，十天半个月也通不了车。距乾潭十几里丁畈村地段，就有处一到下大雨就容易滑坡的地方，严重的一次整个山体滑落下来，掩盖了全部路面，足有三四十米长，泥石还冲到了路外侧下的溪里。大罗线生生地被截断，仅有的两班客车也停开，为此，四十多里长的大罗线，成了求学在外学子回家的艰难行程，完完全全要靠两条腿步行。顺利的话，清早出发，午后两点光景到家，吃上母亲蒸在大锅里的中餐；遇上坏天气，一路紧赶慢赶，终可在乡野山村亮起灯火时赶回家。也偶有幸运时，半路遇上一台拖拉机，厚着脸皮招手就拦，搭上一程是一程。有时，走得太阳都沉到山背后去了，两条腿实在迈不开半步，一屁股坐在路边沙堆上，焦急地期盼着罗村水库建设工地运沙车的到来……爬拖拉机，搭坐运沙、运水泥的车背，甚至靠托熟人关系，无数次乘运输木料、旧屋料、芒秆等大货车，或坐或趴在车背如小山似的货物上，抓着绳索，顶着烈日，兜着山风在大罗线上一次次地来回。

刻骨铭心的当数1983年冬天，丁畈村地段的山体再次滑坡，还没有等清理完工，一场大雪又来临，大罗线全线路面被积雪覆盖，连自行车也无法通行，只有偶尔见天上鸟儿飞过。学校放寒假那个大早上，和妹妹两人，背着包，抬着棉被（母亲曾交代，过年家里有客人，得带一床棉被回家才够用），一步一滑地往家里赶路。记不得穿什么鞋，反正湿透冰凉，整个脚冻得不是自己的，像没有穿鞋似的。好不容易过了山体滑坡点，途经丁畈村，已是中午时分，肚子饿得前胸贴后背，身上也没带什么吃的（那年代没有什么吃的干粮可带）。见到邻村同学阿惠正端着饭碗，站在她亲戚家大门口吃饭。她看到我们，和我们打招呼，身旁的亲戚连忙走过来拉我们进屋，说还有三十里地呢，先到家里暖暖脚，不管怎么吃了饭再和阿惠一起走。为此，平生第一次带着妹妹走进一户陌生人家里吃饭。后来，每每乘车经过此地，炭火的温暖、米饭的喷香、感激的泪水一次又一次从心底里涌起。

皑皑白雪的山村，屋里透出的灯火，父母等待的身影，永远照亮着每一位求学在外孩子回家的路。

网袋·饭盒·北佬罐

春节,陪父母看看电视,四处走走,聊些过往的事情。

父亲总不忘提起,那年他送我到学校,把我一人留在陌生的校园,离开时好像身上掉了两百块钱似的心疼(当年父亲一个月的工资也不过三十几元,两百元相当于是一笔巨款)。父亲回忆的是1982年夏天,他把读完初一的我,转学到离家四十多里外的一所县级中学——乾潭初中。这是我第一次远离家,在一个陌生的地方开始了住校生活,网袋、铝饭盒和北佬罐等生活物件,也一同走进了那段岁月。

寝室是几间连排的旧教室改建的,矮平房,砖木结构,外带走廊,掩映在高大的法国梧桐树的树影里。每个寝室十几张木床,高低铺,床与床之间的过道上错落着三两张破旧的课桌,桌上搁着饭盒、北佬罐等,二十几个同学就这样挤在一间屋里。

住校生每天蒸饭吃,用的是那种长方形的铝制饭盒,有大号的,也有小号的。新的饭盒,方方正正,周身泛着银白色的光泽。可是用不了多久,它的面目变得丑陋,坑坑洼洼,伤痕累累,沧桑得如苟延残喘的模样。吃的菜呢,都是自己家里带的,不外乎霉干菜和瓶菜(也叫咸菜),霉干菜是人人必带的,因为这是唯一能吃上一个星期而不容易变质的菜。上半年还能在霉干菜里见到肉的影子,下半年几乎只有靠想象着肉的味道过日子。

食堂蒸饭用的是那种大木框蒸笼,四四方方的,每框放二至三层，每层纵横着排满饭盒。开蒸时，食堂人员一框一框地叠上去，蒸好后，又一框一框地抬下来。一到饭点，几百个学生蜂拥而至。清一色的蒸笼，总是毫无章法地放在地上，蒸笼里冒着蒸汽的饭盒很是烫手，也不知自己的饭盒躲在哪个框里，总是你推我挤的，挨个地找，特别麻烦。有时，等你找到了，饭盒早已"身首异处"，露着米饭的饭盒仰面朝天，赤裸裸地呈现在众目睽睽之下。甚至，有时再也找不到饭盒的原配盖子，只能将就着拾一个凑合着盖上。为了快速找到自己的饭盒或避免饭盒被人错拿，每个人想尽办法在自己的饭盒上刻姓名做记号，把饭盒面装饰得花猫似的，个性鲜明。我也曾把自己的饭盒打扮得特立独行，每次蒸饭时还在饭盒外面置上一个网袋，就是那种用塑料绳或棉纱线之类编织的袋子，有窟窿眼儿，原本是用于往返学校路上提拎瓶啊罐啊什么的，这样每次拿饭时，既容易找到饭盒，又防失窃，可谓一举两得。

那时，最担心的是饭盒的不翼而飞，因为学校时有饭盒失窃事件发生。不是这个寝室有同学叫饭盒找不着了，就是那个寝室有同学喊饭盒不见了。至今还记得，室友饿着肚子遍寻不见自己饭盒时的那份孤苦无助的样子。所幸后来，真相终于水落石出，学校发现寝室天花板背面有一大堆的空饭盒，经调查原来是有一位睡上铺的男生，经常自己不蒸饭，每次都是随意地取一盒饭，吃完后悄悄地把空饭盒扔藏到床上方的天花板后面。

离家太远，交通又不便，至少半个月或一个月才回家一趟，家里带的菜最长时间也只能吃一周，周末解决吃菜的问题成了最大的问题。

一到周末，校园空寂冷清，特别想家。大清早一个人跑去车站，看看父母有没有托村里人带菜来。倘若收到一个网袋，还有网袋里装满霉干菜的北佬罐、粽子，有时还有鞋子什么的，欣喜不已，网袋成了离家在外日子里跟父母幸福的联系。

遇上收不到父母寄菜来的周末，只好拎个装着空北佬罐的网袋，步行十几里路去亲戚家蹭饭蹭菜，一次去姑妈家，下一次就去大阿姨家。每次姑妈都把装菜的北佬罐压得实实的，生怕不够吃一周，还寻思着再带个"活菜"（新鲜蔬菜类）什么的，她就用自家的铝饭盒盛上豆角、萝卜片等，一边扎网袋，一边吩咐："活菜"明天前一定要把它吃掉，不然要坏的，饭盒记得下次带回来，你姑父地里干活要用它带饭的（那个年代，虽是一两块钱的铝饭盒，却是家里必需的，若花一两块钱再去添置一个饭盒，也是非常心痛舍不得的）。不料姑妈的担心真的变成了事实，一天我用这个饭盒蒸番薯时，结果不仅番薯不翼而飞，连饭盒也寻不到半点影子。丢了饭盒后，再也不敢去姑妈家拿菜了。多少年后，姑妈还提起读书时的我拿了菜忘了还饭盒呢！

从此，每遇周末没有菜，我就只往大阿姨家跑。去的次数多了，心里又觉得不好意思。于是，一去阿姨家就帮着做些家务，扫地、择菜、洗衣服、拔猪草、带妹妹（那时两个妹妹都还很小）。大阿姨除了照常炒一北佬罐霉干菜外，再炒一两个时令蔬菜，不忘在网袋里塞上家里好吃的，大黄梨啊，冻米糖啊，糯米麻花……

离家住校的我，最让母亲牵肠挂肚。一坐车就晕车的母亲是极少出门的。但在一个秋意渐凉的早上，正在教室里的我突然被班主任方老师叫出来，说：外面有人找你！跑出教室，顿时被眼前的情景怔住了，母亲站在门口！她一手反转地拉着肩上扛着的一床超大的棉被，棉被用塑料布、布条结结实实地裹扎着，一手拎着个沉甸甸网袋，从窟窿眼里透出的北佬罐、熟番薯，清清楚楚。

"妈，你怎么来的？"

"坐小小阿爸拖拉机来的。"

陪着母亲坐在寝室里，她一边铺床一边和我说着话。

"这是专门为你弹的棉絮，特别宽，晚上睡觉的时候可以折一半到下面当垫被（那时候整个寝室基本就是一张草席、一床棉被过冬）。"

"带来两罐干菜，干菜里面有猪肉，最好隔个三四日蒸一下。"

"番薯是今天早上焖的，等下就好吃。"

食堂取来饭盒，想和母亲分着吃。

"你吃！你吃！我路上吃过番薯了。"

用调羹掏出一团霉干菜，搁在饭里。漆黑的干菜，白花花的油，在热腾腾的米饭上化开，慢慢润湿着，晶亮透明，香味飘逸。

"好不好吃？多吃点，多吃点。"母亲就这样看着我吃，有一句没一句地说着话，我却一句话也说不出来。

"你等下怎么回去？"我忍不住问。

"还是坐小小阿爸的拖拉机。"

从家里到学校，一趟四十多里路，一个来回就是近百里！想到母亲要在拖拉机上颠簸这么远，心里只有难过。

母亲好像看出我的心思，笑着说："坐拖拉机好，一点不晕车，就是风大了点。"

送母亲到公路边，看着她爬上拖拉机，小心地坐在车斗窄窄的侧栏板上，一边紧紧抓住车靠背边的把手。突，突，突，拖拉机在沙石马路上扬起了一阵阵灰尘，望着母亲离我越来越远，越来越模糊，泪水止不住地流下来。

网袋，饭盒，北佬罐，怀念的不仅是这些旧物，还有住在旧物里的时光和温暖。

307寝室的故事

20世纪80年代中期，我就读于浙江省严州师范普师班。时隔三十五年，依然记得校园东南角，有两幢学生宿舍，四层的水泥建筑，一幢是男生宿舍，还有一幢是女生宿舍，呈斜对角面对面，相邻处有半层高的围墙隔开。去女生宿舍，必先经过男生宿舍，再从围墙的圆门进入。每晚熄灯铃响，宿管员就会将圆门上那道可伸缩的拉门锁上，清晨再早早打开。

307女生寝室，四张床，高低铺，住七人。每间寝室布局基本相同，两边摆的是床，中间是走道。进门一侧靠墙立着个大柜子，一格一格的，像个超大魔方叠在那儿。每人一方格，门上一个小铁皮锁扣，挂一把小锁，锁住的是每位女生的小秘密。正对门那床的下铺，是公用的，用来摆放洗漱用品。新生入校时，被子、蚊帐、运动衣、洗漱用品都是学校统一采购发放的。开学初，学校还组织了为期两周的军训，在内务上对我们进行了军事化指导与管理。床板上，清一色的白搪瓷杯、白搪瓷碗、热水瓶，杯内的牙刷牙膏，连杯面上的学号也一致同向。床面上方拉一根铁丝，一块块对折的毛巾挂下来，有点像联合国悬挂的万国旗。床底下的白色脸盆、鞋子，床上支起的蚊帐，一律整齐划一。

走道尽头是玻璃窗，向外推开，开关时用那种风扣插销固定。窗前一张简易书桌，桌面常常放着个瓶子，偶尔室友会插上户外采来的各种花儿或草儿，迎春花、映山红、野雏菊、狗尾巴草……

除了学校统一派发的杯、碗、盆外,好像每个人的床头还有一样标配——饼干盒。铁皮的,立方体,上有圆盖,四面印有各种花色图案,牡丹花、天安门或大喜字之类的。盒里备着家乡带来的糖果糕点,盒边叠着一摞一摞的书。

平日上课时,大家几乎都泡在教室、操场或琴房里。早晚或周末,七八个人挤在寝室里,进进出出的,显得特别热闹与嘈杂。

周末时光,外出的外出,回家的回家,待在寝室的,往往喜欢放下蚊帐,静静地独处于这一隅小天地。

大多数室友来自农村,来自藏书贫瘠的学校。严师图书馆很大,可以凭借书证一周一借,每次借三本书。如果仍然不够看,还可以借同学的证去借,书源不再是问题,蚊帐内看书成了师范生活的一大乐趣。

有的在蚊帐内识学五线谱,一边划着节拍,一边轻轻地哼着。隔着蚊帐往里看,好像在演皮影戏似的。还有的,整个半天躲进蚊帐内悄悄地读信、回信。偶尔还会传出轻轻的抽噎声。在那个小小的空间里,可以与遥远的亲人、朋友如面而谈,静谧得谁也不忍去打扰。

倒是有一种声音,成了所有室友的集体记忆,也是那个时代每位严师生的集体记忆。学校大门对面,有一家著名的龙山瓜子厂,炒瓜子的香味弥漫在校园每个角落。瓜子零买一角五分一包,旧报纸、牛皮纸简易包装。傍晚或周末,三五成群的女生,一拨拨地拥进店里买瓜子,在校园的操场上,树荫里,石凳上,边嗑瓜子边聊天。尤为惊叹的是周末时光,室友们一个个放下蚊帐坐在床上,一边安静做事,一边嗑瓜子。有节奏的声音从静谧的蚊帐内传出来,时断时续,此起彼伏。只听声音,不见人影,会让人产生一种错觉,怀疑自己是否进入到某个旧仓库,发现一群老鼠正在偷食。

那个时代的中师生，国家包伙食和工作分配。每月每生还有生活费补助二十七块钱，三十斤粮票。

1984年入学，学校还没有专门的学生食堂，而是把学校的大礼堂当作食堂。这地方，白天是学生的食堂，晚上移了饭桌又成了学生的溜冰场，只有举办全校性大型文娱庆祝活动演出时，才成了名副其实的大礼堂。

几百个学生在礼堂集体用餐，一到饭点，甚是壮观。几十张圆桌，成三四列纵队摆放，从东头一直延伸到西头。每张大圆桌上，三个大脸盆，三个长柄勺，桌边无凳子，以寝室为单位，一室一桌，大家围桌站着吃。每到饭点，学生从操场、教室、寝室黑压压地涌来，进了礼堂，又像事先排演过一样，各自有序地走到自己饭桌前，看着食堂工友早已摆上桌的菜与饭，等待着室友们的到来，到齐了才用餐成了不成文的规定。

早上一盆稀饭，一盆馒头或花卷、油条，还有一盆是小菜，不过都是些什锦菜、榨菜皮和酱黄瓜。中饭，经常是一荤一素，有时会加个汤。人齐开始分菜分饭，整个礼堂顷刻间热火朝天，如同赴酒宴般的热闹与幸福。时间久了，一桌室友就是一家人，谁有事不来吃饭什么的，都会事先告知一声，生怕让大家等得太久。

室友们有时会带些老家的土菜来，比如淳安酱、霉干菜肉，一块儿分享。记得隔壁寝室的飞，她妈妈来看她，带来一大饭盒烧好的带鱼。两桌女生你一块我一块地品尝，像一家人在过年似的。那带鱼的香气、一桌人的快乐，至今还铭记在心里。

第二年，学校新建了食堂，结束了围桌站着吃饭的日子。新食堂每天傍晚三四点钟开服务窗口，会提供面包、花卷、包子等点心。近时间点，窗口前总是排起长龙，一直延伸到操场上。寝室每天轮流着安排人去排队买点心，然后叠罗汉似的盛在大瓷碗里，欢喜着一路小跑着回来，完全抛弃了淑女的优雅姿态。

女生们不管怎么吃，一个月下来，饭票粮票总还是有积余。有的回家前买些面包、花卷、麻球带回家，让父母也品尝一下学校的美味，也有的悄悄地把饭票、粮票塞给了喜欢的男生。

女生里，只有我和江波是建德的。她家在美丽的新安江畔黄饶村，每到周末只要坐船溯新安江而上就可到家。而我家呢，地处桐庐、淳安、建德三县交界，往右手翻山越岭是桐庐的分水、歌舞，往左手翻山一不小心就到了淳安界，距学校将近百里，每天早晚两次班车，交通极不方便。为此，我一个月才回家一趟，有时更久。

母亲大概太想我了，有一次父亲来信，信中说母亲周末要来看我，让我去汽车站接她。我很是惊喜，母亲是那种特不会坐车的人，每次坐车都晕车，除非坐乡村手扶拖拉机，一年到头几乎不出门。

母亲真的来了，拎着一个杭州篮。那是乡下人出门做客才用的篮子，不亚于当下时尚美女背的LV包包。只见满满一篮焖熟的番薯，如小山包一样拱出篮面，上面搭着一块毛巾，香味随着篮子的晃动慢慢地透出来。母亲说，她今天天刚亮就起床煮番薯，等水干后又让番薯在锅里多焖了一会儿，这样才香。一边听母亲说着，一边接过她手中沉甸甸的篮子。实在想掏出番薯，咬上一口解解馋，可篮子沉得必须不停左右换手，无法腾出手来。

领着母亲进寝室，"阿姨！阿姨！"室友们一个接一个地打着招呼，亲热劲没得说，母亲从来没有见过这样阵势，只晓得面含笑意地一个个回应。我把杭州篮搁在窗前桌子上，母亲又催我说，她想去梅城街严家弄看看多年未见的伯母。怕时间紧来不及，我转而陪着母亲就上街了。看看伯母聊聊天，还逛了街。母亲又急急地要赶车回家，临走时说篮子得带回，平时出门拎东西可以用。于是，和母亲又折返回寝室。

母亲径自走到桌前，准备腾出篮里的番薯。探身一看，篮里空空如也，只剩篮底一块毛巾！她惊诧地转头看了看我，又看了看我的室友们，用老家话说："怎么一根都没有了呢？"

实习散记

创办于 1916 年的严州师范学校,曾被誉为"浙西山区小学教师的摇篮"。1984 年,严师开始面向初中毕业生招收第一届普师生,一批优秀的学生通过预考、再考,层层选拔走进了这所学校。我和身边大多数同龄人一样,为了"跳农门",尽早减轻父母的生活负担,欣然地选择去读中师。

进入严师,我们的年龄也不过十六七岁,相当于高中生。但师范学习生活不同于高中,除了学习高中的一些基础课程外,更重要的是学习专业课,比如教育学、心理学,以及音乐、舞蹈、书法等技能。苏式楼的灰砖墙面上,白底衬得"坚持面向农村小学的办学方向"几个红色大字格外醒目,学校完全按照适应农村教育的师资素养培养教师,相当于现在的全科教师。

要想成为一名合格的人民教师,需经历多次实践学习,我们称之为实习。严师三年求学期间,从见习到实习,一直伴随始终。

严师有自己的教育实践基地——附属小学,两校一墙之隔,一扇小门连通彼此,进出自由,仿如行走在一个校园。

入学第一年,我们就逐渐开始在附小常态化见习,非常幸运的是,当时任教复式教学的胡建华老师成了我的导师。那个时候的农村,由于人口多、地域广,再加上师资短缺,到处是复式教学。一个班有两复式的,也有三复式的。上课时,老师有序地轮流给不同年级上课,像切换电视频道一般自然。严师附小为了提供这样的实习，专门开设了一个复式班教学，让非常优秀的胡建华老师担任复式班班主任和语文老师。胡老师带的是一、二复式，她个子不高，长得胖胖的，眼睛特别大，待人特别温和，坐在她身边听她细讲教材和教学方法，仿佛坐在外婆身边一样，一点没有紧张感。令人紧张与担心的是，见习期间她就安排我尝试复式教学，她说，只有自己上过课才知道上课是怎么回事。我至今清楚地记得二年级上课的内容是《黄鹂和山雀》，为了上好这节课，每晚躺在宿舍床上，伴着窗外皎洁的月光、婆娑的树影，一遍遍地默背教案，辗转难眠。如何更好地吸引小学生呢？在那个连一张教学挂图也难找的年代，胡老师提议我请严师生物老师帮忙，找一找黄鹂的实物标本，如果在教学时适时巧妙地用上，那课堂肯定出彩。"小朋友们，你们见过黄鹂吗？"上课那天，当我一边说着一边从讲台底下拿出"黄鹂"时，一双双小眼睛齐刷刷地聚焦于"黄鹂"，那场景顷刻间把初登讲台的我当教师的梦想与激情唤醒了。

除在附小的日常见习、实习外，学校还分别组织我们赴城镇与农村小学进行两次长短期的实习。

我所在的876班，按四五人一个小组，在梅城镇培红小学（后改为梅城镇中心小学）开展为期两周的实习。我们组的指导老师是魏敏红老师，她是一位工作相当认真的老师。实习老师的每节语文课教案，她都要求提前一周交给她，然后圈圈点点地批注，重点部分与环节还会示范性试讲。为此，我们不敢有半点懈怠，每一节课课前都进行试教，不断修改后才正式上课。每晚，大家集中在教室里，一位同学在讲台上试讲，其他几位同学在座位上当学生，模拟课堂师生问答。记得一回，同桌郭炎梅在讲台上有模有样地试讲识字课，她举着卡片问："这个字哪位小朋友有好办法记住它？"谁料，组内一名男同学站起来发言："抄一百遍！"然后一脸坏笑地坐下。教室内一阵笑场，试讲也进行不下去了。现在想来，还是忍俊不禁。

1987年的春末夏初时光，田野坡地的一片片油菜已经结荚。来自杭州不同区县的同学们将返回当地农村小学实习，从五一节开始，到六一儿童节后才结束。

我们组在下涯中心小学实习，学校坐落在一片田畈中间，仅有三排矮平房作为教室，几乎无空房更无闲置的床铺。学校趁五一假期，早早地用工具车将严师宿舍的上下铺拆卸后运往实习小学。

住宿怎么办？学校领导和实习组长严英俊与村里多次协商，于是男生安排在同班的陈云昌家里，女生则搬进一户村民家，农户腾出楼下一间房，高低床一安装，成了我们临时性的严师宿舍。

吃饭问题怎么解决呢？小学生每天走读上下学，学校日常只提供午餐蒸饭，是给远路带饭的孩子准备的。校长姓徐，瘦高个，总爱往校园某处一站，反背着个手，不苟言笑的样子，可他心里却火热着。校长让食堂阿姨每天为我们做早餐、晚餐，有时周末返校过了晚饭点，食堂阿姨也总会给我们烧上一碗热腾腾的青菜面。后来得知，食堂阿姨是校长的夫人。

我分在四年级实习，导师姓李，她产假刚结束，回校上班不久，就住教室对面矮平房内。每次上课，李老师总是坐在教室后面听课，你会感觉她的那双眼睛时时看着你，有紧张，有期待，有会意，还有欢喜。课后，她一边匆匆地返回宿舍，给襁褓中的宝宝喂奶，一边示意我在她身旁坐下，给我讲解刚才的课哪里是好的，哪里还需要改进。那一刻，吮吸着导师亲授的知识乳汁，犹如襁褓中的婴儿般幸福。

每天早上，我们顺着田间小路来到学校。每天晚上，备课、试讲，然后在星光里，或手电的照明下返回农家。

每年的六一儿童节，是乡村学校最盛大的节日，也是老师们最忙碌的时候。学校要组织一台精彩的节目来庆祝，各班出一个小节目，节目的排演自然落到了实习老师们身上。我们小组只有我是女的，另外两位男同学合力"赶鸭子上架"，我不得不硬着头皮，平生第一次担起了《采蘑菇的小姑娘》的"舞美指导"。每天傍晚，和班里的几位小姑娘，排练、配乐、做道具，忙得不亦乐乎。"六一"庆祝活动最精彩节目，当然是由我们班学舞蹈且有表演天赋的"戏精"同学江波组织了。她排演的舞蹈《小猫》惊艳了全场。"小猫小猫我问你，你有多大的本领，为什么满嘴长满胡须？"随着录音机里的音乐响起，一只只大脸庞猫咪陆续出场了，只见"猫咪"们手舞足蹈，不时露出嘴角用炭描画得长短不一、浓黑的胡须，还不停地冲着台下扮"猫脸"，"猫咪"神气活现的样子，逗得全场哈哈大笑，一群"小猫"把六一庆典推向了高潮！

读巴巴拉·库尼的《花婆婆》，故事中的爷爷提醒小爱丽丝一生中必须去做一件事——"让这个世界变得美好"。于是，小爱丽丝在她的村庄周围撒下鲁冰花的种子，使世界变得更美好。一所好的学校会改变一个人的人生，也会创造一个美好的世界。百年严师，培养了一批又一批乡村教师，他们就像一粒粒花的种子，也如一朵朵雪花，飞向乡村、城市……把希望播撒在春天里。

琴音袅袅悠我心

在严师三年，有一项基本功——练琴，恐怕每一位师范生都不会忘记。

学校高大的教学楼后，有一栋与教学楼并排的二层楼。从外观看，这楼的墙体上开着一扇扇立式窗户，间距小而整齐，单层有二十几个，楼顶是平面的，就像一个超大的集装箱。走进楼里，中间是一条狭长笔直的通道，两边是一个个小房间。推开门，一琴，一凳，一窗，这便是琴房。

白天，这楼里相对安静，偶尔有琴声传来。而每到傍晚，琴房就成了校园里最热闹的地方，小窗里先是陆陆续续飞出琴声，慢慢地，所有的窗户都传出了琴声，好像巨大的蜂箱被打开，嗡嗡的蜜蜂从四面八方朝我们飞来。

学音乐、弹风琴是每位中师生的必修课，人人都得过关。那时，我们弹的是脚踏风琴，它如老式缝纫机般大，靠空气压力使一组自由簧片振动，从而发声。弹琴时，要一边不断地用脚踩踏板，一边用手弹奏。偌大的学校就一栋琴房，学生又极多，势必带来每天练琴拥抢的现象。晚饭一吃完，同学们总是手上拿本琴谱，匆匆赶去琴房，唯恐迟了没有位置。

从简单到复杂，从单手到双手，每一点一滴的进步都是经历漫长练习后的成果。有一次，学校要考核《娃哈哈》曲目，为了顺利通过，免不了临时抱佛脚，临近考试的那几天只得先搁置晚饭，一下课就早早去琴房占位练习，整座琴房里传出来都是"拉—咪咪—咪咪—法—法拉咪，来—来来—来哆—来—

来咪拉……"

严师重视师范生音乐技能的学习,从收到录取通知书便可知晓。报到须知上明确规定,入学时自带一种乐器。家境条件好的,买了手风琴、吉他,我与绝大部分同学一样,买的是口琴。那时候由蒋大为演唱的电影《红牡丹》的主题曲《牡丹之歌》风靡校园,"啊,牡丹,百花丛中最鲜艳……"一到下课或闲暇时光,走廊、操场、树林、寝室,校园里到处可见吹口琴的同学,几乎人人都会,可谓声声入耳。

都说严师出高徒。每位同学对于练琴不敢有一点疏忽与懈怠,这与我们的音乐老师王素霞有关。她是位音乐素养很高的老师,但她的一只眼睛有些斜视,加上对学生要求极其严格,我们对她是又敬又怕。三年师范生活,琴房和音乐教室是我最怕,却又不得不硬着头皮去的地方。

毗邻琴房的那间大教室是我们的音乐教室。讲台空间特别大,木质地板,略微高于教室地面,一侧斜放着一架大钢琴,正面置一块长黑板,一角是个大纸箱,箱内有各种小乐器:铃铛、手鼓、沙锤、木鱼等。初识这些乐琴时不太熟悉,在后来的音乐课上才慢慢地逐一认识与了解。同学们坐的是长条形木制靠背椅,左右两排各五条,每条可坐四五人。

同学们大部分来自杭州周边地区的农村,在读师范之前,音乐方面几乎是零基础,只有极少部分同学接受过比较正规的音乐教育。而对于我来说,根本不认识什么简谱,五线谱更是闻所未闻。我经历过的音乐课,是那种老师唱一句歌词,学生跟唱一句的教学形式。进入师范学校,音乐学习才刚起步,需要从启蒙开始。面对这样的学情,王素霞老师先教我们简谱,从乐理、视唱练耳等声乐基础知识入手。课堂上,她总是一边口念"强—弱,次强—弱",一边用手势在自己的手掌上示范着打节拍,让我们感受音乐的高低强弱、节奏快慢,然后让我们尝试着练习。

练习时,她的眼睛像扫描般地一一扫过我们,发现有不对的,她会走到学生面前,一一教导指正。一次次地示范,一遍遍地练习,我们慢慢地感受音乐,尝试着表达音乐。

对简谱有了初步的了解,还没入门又开启了五线谱的学习。那小蝌蚪似的乐谱实在是太难记、太难唱了。它们不仅长得一样,还随着C调D调E调的主音不同,位置也不断变化。学校为了加强师范生音乐学习与素养提升,统一安排晚自修前十五分钟为班集体练唱时间。每班推选出音乐尖子生,每天轮流带大家唱。有时候唱新歌或流行歌曲,更多的时候复习或学习视唱五线谱练习曲。一到晚自修铃响,灯火通明的教学楼里传出咿咿呀呀的歌声。我们班的小武、亚春、红霞几位同学,乐感好,表情丰富,在讲台前声情并茂地教唱,领着我们反复练习,在成为正式老师之前,他们早已经是我们的音乐小老师。

王素霞老师对工作的尽职、对学生的严格是出了名的,对学生满意或不满意,全都毫不保留地写在她脸上,为此很多同学都从心里怕她。为了落实教学目标与要求,王老师一贯采用过程性记录评价,每课一查,每人必查,她的音乐课很难有"南郭先生"的生存余地。

音乐课始,是雷打不动的学习检查环节,也是最让同学们紧张的时段。每次进音乐教室,我是从来不敢挺胸抬头、大声说话的,常常低着个头溜到自己的座位上悄悄坐下来,生怕与王老师的目光相遇。但被抽查也是逃不掉的,有一回,王老师让我视唱一段新学的五线谱练习曲,一听到她报我的学号,整个人就开始紧绷起来,更张不开嘴。老师看我半天发不出声来,无奈一笑,重新坐回钢琴前,弹奏起视唱的练习曲,用钢琴来帮助我起音定调。彼时,她琴键上流泻出的琴声,仿佛有一种神奇的力量，是鼓励，是唤醒，是导航，突然感觉在课前练唱了无数遍熟悉的旋律，在那一瞬间被她的琴声唤醒了，我用右手划着节拍，一节一节地唱出来。唱完，眼睛一眨也不眨地看着老师，像在等待一个重要的宣判……"可以了！"王老师说出这三个字时，我的内心简直欣喜若狂，但是又强忍着不敢表现，怕日后被她经常"惦记"。

为了教好每一首新曲，为了传授更多的音乐技能给我们，王老师在课堂上会像变戏法似的组织我们进行实操性练习，比如现场组建小乐队。她从大纸箱里取出各种乐器，鼓励同学们上台去表演，有弹，有唱，更有各种乐器伴奏，几平方米的小讲台成了临时小舞台。整整三年，她用美妙的音乐引领我们，熏陶我们，如春雨入土般在我们这些来自乡村的学生身上植入音乐的元素，让音乐深耕在我们的心田里。

毕业后，同学们如一粒粒种子一样回归大地，但是音乐一直伴随着我们的工作与生活。多年后相遇红霞，她正在音乐教室弹着钢琴，指导两位小朋友去参加市里歌唱比赛，如今的她是当地颇有名气的音乐专职教师。亚春，后来虽然离开了音乐课堂转行去了别的系统，但仍然热衷于音乐，利用业余时间组建了"尚香女子合唱团"，她亲自担任团长，歌声不仅唱响富阳，还率团出国到意大利的佛罗伦萨演出，音乐成了她的最爱。我，没有成为音乐教师，但是音乐加持了我的语文教学，在教材的理解、教学策略优化上，可谓锦上添花。曾经执教《月光曲》，在这一课的教学中我通过融合音乐和美术，创设真实的学习情境展开想象，将文字、画面、音乐和情感进行交织。学生在聆听《月光曲》中感受旋律的变化以及贝多芬情感的波动，并联系语言文字展开画面想象，像这样语言、画面与音乐融合的跨学科学习，实现了学习过程"理解—感受—表达"的进阶，突破了教学的重难点。

关于练琴学音乐，后来还听闻了一件非常富有戏剧性的故事。当年我们班的班长永祥同学，入学时以杭州地区第一名的高分进入严师，三年后，却因为音乐这门学科没有及格，结果毕不了业。第二年重新补考，方才毕业，谁曾料到，多年后永祥同学成了一名优秀的音乐专职教师……

载歌载舞是课堂，也是青春

最近在读李政涛的《活在课堂里》一书，他说，所有教师的人生之路，都通向这样的目标：上好每一堂课，成为一名好教师，过好自己的课堂生活。

严州师范，曾被称为浙西教师成长的摇篮。作为一名20世纪80年代的中师生，我常常回忆与思考：当年步入严师的我们，教师成长最初始经历的是怎样的"课堂"，那些师范老师又是如何教我们学当老师的？

（一）学跳集体舞

书法、绘画、唱歌、跳舞，是每一位中师生必修的基本功。

同学们大多来自杭州周边地区的农村，不过十六七岁，一个个看上去是没有见过大世面的山里娃。在来这所学校之前，所受的乡村教育极其局限，再加上当时资讯很不发达，估计很多同学如我一般，除了在电视上偶尔欣赏过舞蹈（20世纪80年代初农村电视还没有普及），在生活里是极少看到身边有人能歌善舞的。

面对这样的学情，严师把运动操场当作大舞台，从学跳集体舞起步，努力让每一位中师生成为舞者。

王春燕是我们的体育老师，也是我们的舞蹈老师。她身材高挑，样貌好看，说话轻轻柔柔的，连吹哨的口令声也透着无比温柔。

在王老师的指导下，同学们开始学跳二十四步舞。三人一组，每组前后间隔两三步，一组连接一组，围成一个超大的圆圈。当录音机里播出舞曲时，每组中间的同学，高举双手如树杈般向两边伸着，一手牵起一位同学，在他的带动下，踏着音乐节奏，忽而顺时针旋转，忽而逆时针旋转，行进着向前舞动。有趣的是，开始三人成组时，每组都是全男生或全女生，但随着一小段旋律结束，各组中间的那位同学必须顺势向前，加入新的小组。此时，倘若遇上男女牵手，有同学便会在空中做个虚拟的牵手动作，低下头隐匿一脸的羞涩，当然也有幸运地牵到心仪人的手后藏不住的喜悦。王老师看在眼里，她围着圈跑前跑后，一边纠正大家的动作，一边喊着："牵起手来！牵起手来！"在老师的反复督促之下，整个圈渐渐地随着音乐流动起来。现在想来，当时我们呆板机械的舞姿，肯定如提线木偶似的滑稽好笑。

集体舞评分标准有一条，一个都不能少。大赛前，最难的是训练时让男女生自然牵手、自然地舞动。由于那个时代所受教育观念的影响，男女生之间的交往明显存在着隔阂，像有一道鸿沟横亘在面前。班主任老师在，大家碍于面子，男女生拉个手摆摆样子。一到班级文艺委员独立组织练习时，一部分同学便不见了，于是班委在校园里漫天寻人，甚至求奶奶告爷爷地请。

比赛当天，阳光投射在绿莹莹的草坪上。我们全年级统一着装，穿的是入校时发的运动装，深蓝色的，肩臂与腿的两侧镶有两条细长的白色条纹，其实就是我们现在内穿的棉毛衫。硕大的操场上，整个年级同时展示，组成六个人形大圈，随着舞曲响起，两百多人动作整齐划一地舞动起来，似蓝色的大海翻起朵朵白色的浪花。

集体舞比赛，让我们这些山里娃在大庭广众之下勇敢地迈出自己的第一步。

（二）体操队亮相

如今，当我们说起艺术体操，会情不自禁地联想到奥运赛场上，体育健儿们表演艺术体操时那精美绝伦的动作和柔美的舞姿。

可在20世纪80年代，刚从山里跑出来的我们，别说欣赏艺术体操，连听也没有听过，而三年后的我们即将担负繁荣山区教育的重要责任。要让未来的山里娃也能享受艺术的熏陶，势必要从培养山村教师开始。

学校组建了一支艺术体操队，从每个年级挑选了一批爱舞蹈、素质好的同学加入。体操队的指导老师，也是一位体育教师，叫姚美姣。她身材微胖，嗓门粗犷，但跳起体操来，却显得轻盈有力且眉目传神。她带领这群体操队员练功、集训、排演，有如老母鸡带小鸡般温暖，呵护着学生们。每每学校大型集体舞比赛后，体操队便在万众瞩目中闪亮登台。鲜亮的橘红色紧身体操衣，胸部两条并列的黑白条纹从左肩斜插到右侧腰部，他们或手托彩球，或手持彩练、彩圈，身姿挺拔地出场，顿时成了全场的焦点。

观看艺术体操真是一种美的享受啊！彩带在队员们的手中时而画出一道道优美的弧线，时而被抛向空中，然后自由落地，再次抛起……它以高雅的技巧、优美的舞姿，伴着动听的旋律、协调的色彩创造出了赏心悦目的意境，给予所有在场的师生，一种轻盈、一种力量、一种奔放，令人心驰神往。

（三）迎新大会演

当年流行穿军装，我去读师范时阿姨送我一件黄色军装，的确良布质，是她亲自裁剪制作的，也算是追了一回时髦。为此，春秋两季几乎天天将它穿身上，也不管身材粗壮发胖，把衣服塞得满满的。有同学就戏说我像个女兵（能当女兵是让人羡慕的），也有人戏说像个老干部（严肃认真的古板样），听后有点哭笑不得。

学校每年举行迎新年文艺会演，节目由各班自编自导。我们班创编的节目是歌舞剧《血染的风采》，由朗诵、唱歌、舞蹈组成。文艺骨干策划分工时，竟然选了我，让我和军达同学朗诵，稿子当然由才子玉林同学撰写。

说一口浓重"建普"腔调的我，可谓压力重重。于是，我常一个人躲在教学楼西头僻静的角落，对着窗外那棵孤独的柳树，练读、背诵、默记手势……那段日子，连走路、吃饭、睡觉都挂念着此事。

演出那天，穿的是真军装。也不晓得同学们哪里借来的，衣服宽大，配有深卡色的宽皮带，中间有个方形搭扣，可以根据腰的粗细自由调节伸缩。虽说整个演出过程中，我只两次出场朗诵，但油然而生的自豪感和神圣感让我明白人生的意义是要不断地去超越自己，还让我对未来职业有了美好的憧憬。

新疆姑娘上场了，白纱裙，红背心，头戴绣花帽，手执小铃鼓，翩翩起舞。"走在乡间的小路上，牧童的歌声在荡漾。"小伙子们弹着吉他唱着歌走来，一下子把我们带到了辽阔的大草原，带到了美丽的山乡田野，听到鸟鸣，看到老牛、蓝天、白云和夕阳。

压轴的节目是大家期待已久的《黄河大合唱》，从钢琴伴奏、指挥，到合唱，完全由同学们独立完成。当舞台两边紫红色金丝绒幕布拉开，合唱队员整整齐齐地亮相，穿着燕尾服的指挥出场，行礼，站定，示意，随即琴键上流泻出旋律。"风在吼，马在叫，黄河在咆哮，黄河在咆哮……"指挥的手势无声胜有声，似有千军万马奔来，那雄伟的乐曲，那激昂的歌声，让人激动起来，充满了无穷的力量。音乐老师默默地站在舞台一隅，静静地看着听着欣赏着，眼睛里充满着紧张、期待、欣喜、欣慰。

演出总有落幕时。短暂的三年，地处新安江、兰江和富春江交汇的严州师范学校，如同三江之水汩汩流淌着、奔涌着，用艺术的养分滋养着莘莘学子，让我们的师范生活绽放出最美的青春姿态，同时带着生而为师的责任、生而为课的命运奔赴新征程。

初为人师第一年

初为人师，距今正好三十年。

这期间，从乡村到城镇，辗转过几所学校，时间也在指间慢慢流失，记忆还是常常会跑回我初为人师第一年工作的学校——程头小学，想起那座校园，那些孩子，那些同事和食堂蒸饭菜的奶奶……

这是一所乡村完小，地处乾潭镇包家村。校园大门紧挨320国道，一天到晚货车、客车、拖拉机来往不断，校园北面朝向开阔的田野，远处的青山，山脚下零星的农舍。学校规模极小，推开两扇锈迹斑斑的铁皮大门，豆腐块大的操场，呈凹字形排列的一幢带走廊的平房，走廊前一排挺拔高耸的白杨树，一览无余。全校总共五个年级五个班，一百多名学生和六位老师，路近的孩子回家用中餐，路远的像程头、黄立垟村的孩子每天得背书包带菜步行几里地来此上学，学校食堂提供中餐蒸饭蒸菜。除了我之外，学生和老师每天都是早来晚归。

大概考虑到我是新老师，学校安排我包班中段的三年级，担任班主任，任教一个班语文、数学、音乐、美术、体育所有学科，还兼种植与管理平房后面本班分得的两畦菜地，我成了一名真正意义上的全科老师。一个老师一旦拥有了自己的班级，就像农民拥有了自己的土地，当孩子们用一双双新奇的眼睛和"新老师来了"的叽喳声把我迎进教室的那一刻，欣喜、惶恐、期待与责任同时降临于身。学校教学条件极其简陋与简单，除了基本的课桌椅、黑板、粉笔之外，几乎没有配套的教学挂图、模型等教具,于是我根据教学内容自己动手绘画、制作教具,到山上采集教学所需的植物做教学用。三年级的孩子刚刚起步学写作文,为了激发他们的写作兴趣,于是把课堂搬到了村庄、田野,带孩子们到程头村那棵大银杏树下、校园后面那片油菜花地里上观察作文课。音乐课,整个学校没有一台风琴,连简单的打击乐器铃啊鼓啊都没有,我们就用最传统的口口相传的方式学唱谱、唱歌词,老师唱一句学生跟一句,用自制的竹筷、竹节、竹板当乐器,感受音乐的不同拍子、节奏快慢强弱和旋律,努力地解决教学中遇到的各种问题,生动活泼每一天的课堂,愉悦每个孩子的学习。没有资料,单元、期末测评练习怎么办?跟着老教师学会了用蜡纸在钢板上刻试题,然后用滚轮一张一张地油印,油墨不小心沾在鼻尖上、额头上,走进教室被全班交头接耳窃笑的情景依然历历在目。

六一儿童节是孩子们最盛大的节日,每所学校要选派一至两个节目参加全镇庆六一文艺汇演。这样的任务自然落在了我们班,大家一边紧锣密鼓地排演《采蘑菇的小姑娘》,一边兴奋着期待着。我们把家里父母采茶用的竹篓用彩纸、彩线装饰起来作为采蘑菇小姑娘的演出小背篓,有裙子的小女孩穿裙子,没有裙子的小女孩发动大家帮着在整个校园里借,只要色彩相近就喜出望外。节日当天,小演员们早早化好妆,然后排着队步行七八里路到镇上参加演出,一路上欢天喜地,如同枝上的喜鹊喳喳叫。

班级分得的两畦菜地,成了我和孩子们课余最大的乐趣。我们完全从零起步在这个劳动实践基地开始学当菜农,从平整菜地、选秧种植、拔草施肥,到收割分享,从来没有辛劳只有快乐和喜悦,还有成长的体悟。他们自带小锄头,两三个在平整,一圈人围着看;两畦地儿,你种他种我种,菜的品种五花八门;培育管理到位,早看晚看课间看,每天十八趟才安心。

菜地新闻天天有人播报，一会儿跑来说什么发芽了，一会儿又告诉你什么开花、结瓜了，一会儿又说辣椒红了、茄子紫了、南瓜黄了，每天像发现新大陆一样的欣喜。当然负面消息也是接二连三，有发现蔬菜长虫、菜苗被风刮倒了，也有看到调皮捣蛋的男孩子直接小便浇到菜上，或遇见别班的同学打闹奔跑冲到了菜地踩坏了菜蔬等，小小的菜地成了全班孩子关注的热点、焦点，着急、担心、责怪和欢喜不时在每个人的脸上传播开来。

劳动是最好的学习与成长。学校食堂缺柴了，带着孩子们到远处的山上去扒松毛丝、砍柴；小秋收时节，带着孩子们到四五里地外的五七大学茶园采茶叶；班里有孩子家油菜、稻子来不及收了，我们一大帮地蜂拥去帮忙，割的割，捧的捧，忙得不亦乐乎！在跟土地的亲密接触中，孩子们不仅认识了庄稼，认识了大自然，更是了解了父母，体会了长辈的辛劳与苦心。劳动教育的润物细无声，从来都是教育的一支生花妙笔。

与孩子们的朝夕相处，一个班慢慢地就成了一个家，像一家人一样生活。班里有一个孩子的父母每天在村子里做豆腐卖，他们总是隔三岔五地让儿子捧个白瓷碗来上学，里面装着一大块白豆腐放讲台上，说是给老师的。时间久了，心里实在过意不去，于是再三告诉孩子家长"不要再送"，结果孩子母亲总是说"便宜得很"，隔不了几日，白豆腐又捧来了。橘子、李子、梨等水果熟了，这个孩子掏出一捧，那个孩子抓出几个，桌子上总是堆了一堆。端午节的早上，教室讲台上的粽子五花八门，各家送来的堆得像一座小山似的，然后纷纷抢着说：老师，你先吃我家的，我家的是什么粽，好吃。怎么办？为此，我只好把所有的粽子放到食堂蒸笼蒸热，午餐时全班同学一起分享百家粽子大宴。

乡村小学的生活有欢喜，也有清苦、寂寥。我的房间就夹在自己班教室与四年级教室之间,刚好在凹字形教学楼的弯折处,东西朝向,长方形,中间拉一根铁丝,一块蓝色的确良布将房间一分为二隔开,外间小厨房,一桌一电磁炉一辆自行车,里间是卧室,一床一桌一台灯,还有一条骨牌凳。朝西的窗正对一户农家菜地,菜畦、篱笆墙,还有一株桃树。那株桃树的一根枝丫斜斜地横在窗的一角。伏案备课、批改,抬头则是窗含桃枝。白天,偶有鸟雀在枝头跳跃、欢鸣;黑夜,桃树影婆娑隐匿在银白的月光里。最忌怕的时光就是夜色来临,孩子们和同事忙碌完一天的学习与工作陆续回家,热闹了一天的校园慢慢沉寂下来,静得只有虫鸣与风声。曾经有村里的一个坏小子,趁着漆黑的夜色,抓起操场上的乱石子投在房间的屋背上,一阵噼里啪啦的乱响,让人害怕与恐慌,一个人躲在房里不敢吱声也不敢合眼。幸好那晚食堂奶奶住在学校,她半夜起来,骂走了坏小子,敲开了我的房门,拉起我坐到她房里。"如果你不嫌我脏,今晚就跟我睡吧?"那一晚躺在奶奶的身边,就像睡在外婆温暖的臂弯里。因为此事,学校负责人找村干部反映,村里安排了一位在校办厂上班的姑娘每晚陪同,与温厚贤惠的姑娘相处,亲如姊妹。

　　因为有缘这一群孩子,初为人师的日子总有无微不至的关心,温暖的相伴。每天,孩子们用琅琅的书声、笑声,表达他们成长的喜悦;患重感冒了,同事冒着狂风大雨连夜骑车送药;9月10日教师节,发小春风从遥远的杭城寄来贺卡祝福与鼓励;节假日,同学军军总邀我同她的家人一起欢度节日。

　　第二年8月我接到调令,匆匆去学校搬走了家当。没有勇气和三十三位孩子当面说再见,再也不敢见!

斗智斗勇亦教育

每次清理旧电脑时,"校园小故事"总被小心地拷贝,那里珍藏着无数和孩子们在一起阳光灿烂的日子,还有那些斗智斗勇的故事,讲个三天三夜也说不完。

(一)对不起,小蜜蜂

语文课上,我正和同学们一起感受着《山里的孩子》那种充满幻想的意境,突然听到"啊"的一声尖叫,循声望去,见第二大组的祝锐从座位上跳起来,不停地甩手顿足,一副惊恐的样子。顿时,安静的课堂混乱起来,同学们站的站,嚷的嚷,后排的同学甚至跪到凳子上张望,想探个究竟。出了什么事?带着嗔怪的心情,我走近祝锐,发现祝锐的袖子里竟甩出一只小蜜蜂。"一只蜜蜂!"不知谁又惊叫了一声。这下可不得了,全班同学几乎都围了过来,看着受惊的小蜜蜂在桌面上慢慢地爬着,大家叽叽喳喳地议论起来。祝锐委屈地捋起袖子,手臂上露出了一个红肿着的小包。这该死的小蜜蜂,蜇了同学不说,还扰乱了我们的课堂秩序!想到这里,我不假思索地拿起教棒朝小蜜蜂打去⋯

第二天一早,我照例打开了孩子们的生活日记本,不禁惊呆了:

"多可怜的小蜜蜂啊!老师发现了它,举起手中的教棒一棒打下去,结束了小蜜蜂幼小的生命,它的妈妈一定伤心极了!"

"小蜜蜂想走进我们的生活,但老师拒绝了它!"

"我的手虽被刺得很疼,可小蜜蜂死了,我的心更疼!"

"小蜜蜂,如果你能再来我们的教室,我一定用窗台上的鲜花迎接你!"

…………

数了数,共有十七位同学不约而同地记下了我在课堂上这一瞬间的举动,字字句句震撼着我的心。在孩子们的眼中,我竟成了一个扼杀小生命的刽子手!当时的我怎么就这样欠考虑呢?我在不断地谴责自己鲁莽的时候,也感谢这十七则沉甸甸的日记,它们分明表达了十七颗童心对生命的热爱,呼唤爱心的回归……小心地重新打开那十七本日记,怀着歉意而又感激的心情,我在每则日记的结尾郑重地写上:"对不起,小蜜蜂!"

(二)将错就错

"谢老师,我们家女儿琪琪早上就是不肯起床,每天一早把一家人的心情搞得很烦躁,你看有什么好办法吗?"我打开手机一看,是琪琪妈妈的短信。看来她是遇上女儿管理难题了,不然不会求助于老师的。

说起琪琪,她可是我们班一位优秀的女孩,是我们班的语文课代表,上课发言、做作业、画画、唱歌、跳舞,样样表现都令人啧啧称赞。我想,每个孩子都会有她可爱与独特的地方,在老师、同学面前处处表现出让人欣喜的一面;在家里呢,她也许有另一个样,撒娇啊,赌气啊,做起她的小公主角色。

"琪琪妈妈,有难题了?有什么情况你说。"我拨响了她的手机。

"每天早上赖床,叫了三四遍才懒洋洋地起来。起来后也是不紧不慢的,一直要拖到很迟才上学。有时候上学迟到了,完全是她自己造成的。"

"她在学校可是个非常上进的女孩,样样表现出色。"

"可她回家后就是霸王花,唯我独尊,爸爸妈妈根本不在她的眼里。"

"噢,"我乐了,原来她也有如此霸气、懒惰的一面啊,"是好事啊,我正担心我的好学生过于顺从,一点缺点、一点叛逆的性格也没有呢!"

"瞧谢老师说的,是在安慰我啊,嘿!"

"学会宽容,容许孩子有缺点,只要不是心理上的缺陷,不用大惊小怪啊。我看,明天早上你就别叫她起床了,由她睡到几点,迟到了看她怎么着急,你看行吗?"

"就这样办!"我与琪琪妈妈就这样达成了共识。

第二天早上,学校塔钟敲了九下,才见穿着粉红羽绒衣的王雨琪,低着头径自朝教室走来。她在教室门口驻足了好久才叩响了前门。门一开,全班同学齐刷刷地看着她。

"你今天怎么迟到了,是不是身体不舒服?"我故作不知地问。

"不是,是……"雨琪支支吾吾地半天也说不上什么,头一个劲地往下低。

她脸红了。从那以后琪琪的妈妈笑得是如此开心。

(三) 是他,那个特别的音符

已经记不得这是第几回上《植物妈妈有办法》这一课了,"蒲公英、苍耳还有豌豆妈妈"这些内容早已烂熟于心,围绕着植物妈妈办法的"妙"读诗歌、说办法、拓展内容、创编诗句,这样的学习流程似乎基本定格。

课堂上蒲公英妈妈为娃娃们准备的"降落伞",苍耳妈妈让孩子穿的带刺铠甲,那个在太阳底下晒宝宝的豌豆妈妈,让班里的孩子们惊喜得睁大赞赏的眼睛。他们一边快乐地读着,一边感受着植物妈妈的神奇与得意,感受着宝宝们的快乐与幸福,教学按事先的预设进行着。

"老师,我有一个问题!"高举小手的是阿明同学。

"你想说什么呢?"我示意他站起来说。

"我认为豌豆妈妈的办法真是不好。"

"为什么呢?"我顺势问下去。

"她的宝宝们蹦着跳着出来,离妈妈太近,不能像蒲公英宝宝那样到处旅行,四海为家。"

"那你的愿望是什么呢?是希望豌豆宝宝们也能到处旅行,是吧?"

"是啊,第一节说植物妈妈有办法让宝宝们到处旅行,可是豌豆妈妈的办法不是这样,她的办法很不妙。"

我欣喜地走过去,看着他激动的表情,说:"你能联系前面的诗句来读诗,真是了不起!"顿时,教室里响起了雷鸣般的掌声。"阿明同学特别会思考问题,那你们的小脑袋里是不是也有小问号冒出来呢?"这一下可不得了,教室里就像炸开了锅,始料不及的一幕上演了。

"老师,我担心蒲公英宝宝要是落到海里怎么办?"是立新的声音,满眼流露的是担心的神色。

"你是一个很有爱心的孩子,担心得有道理。"我肯定地告诉他。

"希望蒲公英的宝宝落到我脑袋上,我会轻轻地把它拿下来,找块泥土多的地方,让它再长出来。"敏龙小朋友的想法让人忍俊不禁。

暄暄同学按捺不住自己的激动,站起来说:"水蜜桃妈妈的办法才好呢,她让宝宝的外面长了甜甜的肉,我们班的'小馋猫'最爱吃了,吃到哪儿,她的宝宝就可以在哪儿安家喽。"

他的发言引起了班里小朋友情不自禁地大笑,我心想:笑得最开心的,说不定就是爱吃水蜜桃的"小馋猫"们。

"松树妈妈的办法更妙了,她让调皮的小松鼠帮她传播种子宝宝呢!"

…………

"豌豆们都会生小宝宝,可是男人却不会生宝宝,为什么一定要妈妈来生呢?"又是阿明那个小脑瓜子冒出新的问题。

"人有男女,可豌豆没有……"一场更激烈的辩论又要开始了。跑题!我赶紧"刹车",不然没完没了了。

儿童是充满灵性的天使。倘若儿童在教师周密安排下被动地学习着,灵性之光会越来越暗淡,创造之泉会越来越干涸。如同,多少次亲历《植物妈妈有办法》的教学,似乎都未能留下特别记忆的痕迹,而这一次面对新课程实验的学生,感到自己在课堂上有些手足无措,生怕教学不能满足学生求知的欲望,生怕教师的智慧不能激起学生更多的智慧。感慨啊,这批学生的心中真是有着无穷无尽稀奇的想法,原来创造力的生长需要自由作为土壤,需要个体主动参与的思维经历,需要保护天然的敏感性和直觉,那么,他们心中的小问号就会一个接一个如泉涌般冒出来。

(四)一把木头尺子

早晨第一节是语文课,我刚走到讲台前,只见桌面上躺着那把熟悉的米色木头尺子,不过已经断成三四截了。到底是谁干的呢?我迟疑了。班主任数学老师这两天又在省城培训。

怎么办?甩手不管,上我的语文课呢,还是停课处理?那三四截断裂的尺子刺目地闪现在眼前,我当即断定,绝非一人所为!我怎能无视它的存在。教室里那一双双童眼注视着我,似乎也在说，老师你管还是不管？是放纵他们呢，还是只管上你的语文课？我稍稍安定了一下复杂的心绪，在讲台前站定，轻轻地将讲义夹放下，又默默地将断裂的尺子一截一截地收拾起来。

我一边手举这把断裂的尺子，一边面向全班同学，说："你们哪些同学下课时动过这把尺子啊？请站起来。"

"安安！""吴明！""子昂！""阿煜！"……同学们七嘴八舌地叫起来。只见叫到的同学一个一个地站起来，一数有十几个同学。

"还有于勤！"

"于勤也玩过！"又有同学们举报说。

"我没有！"一个响亮的声音在众多声音中跃出来，仿佛要压倒一切似的。是他，我们班出了名的调皮蛋鬼精灵啊！

"如果你认为同学们说的是真话，那你就站起来！如果你觉得自己一点也没有玩过那把尺子，那你坐着就行！"我目不转睛地看着他。

"是他带头玩的！"

"还用尺子当剑舞呢！"

…………

教室里又是一阵嘈杂，那些不服气的声音一浪盖过一浪！这一会儿由着他可不行，我得对他的成长负责。想到这儿，我继续对大家说："我们每个人都会有犯错的时候，当一个人能认识到自己错的时候，他就在长大！"话音刚落，只见那个"鬼精灵"慢悠悠地站了起来，一脸的羞愧。

"同学们，数学老师在外学习天天记挂着你们。她回来时，如果看到你们把她的教具尺子折成这样，她一定比我现在还难过！玩过尺子的同学想想有什么办法弥补？"

"损坏东西总是要赔的，我也不知道一把尺子多少钱，你们玩尺子的每位同学交两块钱给于勤同学，请他代大家去文具店再买一把吧。不过要买一把同样长的但必须是不锈钢的才行！那样下次就不容易断裂了。"

晚上八点刚过，电话铃响了。"谢老师，我找不到你要买的不锈钢长尺，都已经跑遍街上所有文具店了！"电话中传来于勤焦急的声音。"那就再找找，再问问有没有。木头尺子对我们班不适合呢！"我搁下了手机。

大约又过了半个多小时，手机再次响起。"谢老师，我还是没有找到不锈钢长尺，我买两把木头尺子可以吗？"听着那个熟悉的童音，感受着他内心的焦虑，此时的我忍不住想笑出来，因为我的教育目的已经达到了，让他经历好不容易买尺的过程，让他有一个亲自改错的体验，这就是我要买不锈钢长尺的真正用意所在："行啊，就这样吧！"

第二天一早，我刚走进教室，于勤一手递过来两把一模一样的米色木头长尺，一手还悄悄地塞给我一个无花果，说："老师，你尝尝，很甜的！"

双井弄9号

1988年夏天,我调入梅城镇小学工作。学校不提供住宿,于是租了梅城镇房管会位于西门街双井弄的一处住所。这是一幢北京胡同四合院式的房子,白墙灰瓦,砖木结构,整个院落由一幢高低组合的住宿楼、六间矮平房和一个木门楼围成,叫双井弄9号。

双井弄是因为这条弄堂中部有连着的两口井而命名,双井弄9号坐落在双井弄的北出口,一出门就是西门后街。院落相邻梅城印刷厂,仅隔两步之宽的弄堂,东面大门正对高高的厂房,一天到晚从窗户里不断地传出"咣当咣当"的印刷声,南面挨着职工宿舍。

院子中间是一堆乱砖乱瓦,上面全是破盆破坛破缸,里面种着凤仙花、一丈红等花草。楼前并排着四棵水杉,高大挺拔,直冲天空。水杉下靠墙有六七个水池,一字排开,每户一个。每天清晨,小院总在哗哗的水声中醒来,洗衣的洗衣,淘米的淘米。

院子里一共住了六七户人家。左边住的是一家两地分居的夫妻,女主人在"杭表"上班,在广电局工作的先生平日带着儿子住在新安江。周一至周五,女主人如我般过的是单身生活,一碗雪菜或青椒肉丝面,或者一个菜一碗饭打发日子,清清静静,简简单单。一到周末,小厨房又是蒸又是炒又是炖,饭菜满桌,欢声笑语。

右边住的是一对退休老夫妻,女的瘦小,但脾气大,嗓门尖，一天到晚就听她对老头大呼小叫的。老头子倒乖，闷声不响地被使来唤去。女主人退休前是梅城针织厂的一名工人，她有一手绝活——补线衣，绣图案。经常有人找上门来，请她帮助补线衣，她总是找一块有太阳的地方，拿出一个椭圆形线篓，摆上五颜六色的开司米，安静地坐在那儿补着。那是我第一次看到开司米竟有如此丰富的色彩，也第一次看到一件破洞的线衣经过她的手能完美如新。

对面第一家算是个大户人家，老夫老妻、女儿女婿，外加外孙，三代同堂，有时候还见老人的儿子、媳妇带着孩子一大帮人来。他们一来，院子里更闹开了，厨房内外都挤得满满当当。女主人每天会变着法子弄吃的，做包子、包饺子、擀面条，有时还蒸老南瓜、焖番薯当点心，见谁家厨房有人就往谁家送。

对面中间的那户，一对热恋着的小青年带着一位拄拐杖的白发奶奶一起生活。年轻女孩一天到晚像只喜鹊似的，喳喳喳喳聊个不休，而且常趿着一双拖鞋，见谁家厨房有人就串谁家去，眉梢眼角声音里都是喜悦。记得男青年好像在梅城有机厂上班，特别勤快，一下班不是烧菜做饭，就是打水拖地擦桌子，忙得不亦乐乎。拄拐杖的奶奶喜欢麻将，早上待在房间里，半步不出，午饭后，不是出去麻，就是约人上门来麻。

还有一间闲置的厨房是那对刚结婚的医生夫妻的，他们早出晚归，难得生火做饭，白天几乎看不到身影，只有到了晚上，他们房间里的灯才会亮起来。

我是个喜欢热闹的人，最怕有时学校夜学回来迟了，院子里漆黑一片，楼道里空荡荡，一个人上楼，吱嘎吱嘎的上楼声让人发慌。快步进房关了门，就再也不敢迈出一步。也常常一个人驻足窗前，久久地眺望几百米外的母校——严州师范，恍惚间回到校园。当一拨一拨严师学生从严师附小走出来，说着笑着从窗下走过时，离愁别绪与寂寞孤独顷刻间涌上来。我非常庆幸先前的那位住户，虽然不曾相识，但他搬离时却留给了我几大抽屉的书。夜深人静时，读《红岩》，读《平凡的世界》，读《红楼梦》，读生活，读孤独，读生命的意义与价值……

不久后，那对热恋的青年结婚了，小院的大门、厨房，房间的门上、窗上贴满了大红喜字，整个院子洋溢着幸福与祝福。后来，我的男朋友部队转业，找了工作，分了房，领证结婚，我也从此搬离了双井弄9号。再后来，工作又一次调动，我们带着孩子离开了梅城……

把楼梯踩成钢琴

无论工作的忙忙碌碌，还是日子的平平淡淡，都需要寻得一份好的心情与心境。

培训在外，突然间放下了手头上那些看不完的文章、理不完的材料，心里陡然间空荡得不知所措。环境变了，角色变了，生活变了，每天除了聆听专家报告外，还是会有太多的闲暇时间可以安置心灵的去所。于是，傍晚时分，一个人踱步出校园，找个街边的小书摊，东翻翻西看看，拾上几本闲书带回，躺在宾馆的床上尽情阅读，享受这份难得的宁静和快慰。清晨的鸟鸣声里，沿着横穿校园而过的余塘河漫步，杨柳依依，桃花灼灼，人影绰绰。小径上健步行走的，空旷平地上扭腰身的，河岸边拉网闲捕的，石桥上来往穿行的，闲庭信步般遛宠物小狗的，紫藤、樱花、山茶，还有那些说不上名的植物，他们都在春天里绽放着自己的生命气息，我用手机一一捕捉，留存记忆！

生活中更多的时候，我们一不小心就会把自己的心情埋没在成堆的材料里、琐事中。这个时候，像我们这些长年生活在电脑前的，一定不要忘记让"屏幕脸""鼠标手"有个喘息的机会，哪怕让它们有一刻属于自己的表情！不妨约上几个好友，趁着人间四月天，走进卧龙山庄，走进诸葛八卦村这样有着千年历史文化遗存的乡村，看灰瓦白墙，木制栏杆，你可以把自己浸淫在浓郁的文化流里，一边吃着"草船借箭""桃园三结义"（菜名），一边行走在历史的小道上；你也可以把自己放纵在江南的山水间、古街巷、油纸伞下的诗情画意里，突然间侧转身向同伴们回眸一笑，表达你们的相逢是喜、温柔婉约，做个宛如丁香一般的女人，沉浸在画一般诗一样的惬意里，也许不能自拔，也心甘情愿！

突然想起什么时候看到过这样一则故事，题目叫"把楼梯踩成钢琴"。

故事讲的是一对穷困潦倒的父女，在一个漫天雪花的时节，在城市的一处地铁站出口处乞讨。父亲以"等舅舅"这种善意的谎言隐瞒生活落入困境的事实，失明的小姑娘一无所知，竟一直在地铁口上下的步行梯上飞奔着。"爸爸，你看我像不像踩钢琴啊，有音乐。我给你唱歌吧，有钢琴伴奏。"父亲泪如雨下，却不让孩子发现，感受着女儿像精灵一般游荡在钢琴键上。

把楼梯踩成钢琴，这是多么有诗意且浪漫的想法啊！我为这位父亲的良苦用心而深深感动，他可能一时落难，却生怕在女儿的心灵上落下伤痕。每个人都会遭遇困顿、不得志或失意，没有哪一个人的一生写满风顺，只要不被生活所淹没，拥有"把楼梯踩成钢琴"一样的气魄和心胸，一定会迎来曙光。

许多时候，我们缺少的，正是"把楼梯踩成钢琴"的诗意、胆识和力量……

纸短情长

> 信,这是一座纸做的花园,我们在这座花园里跳舞。
>
> ——顾城

又是一年高考时。

窗外,沥沥的雨声。屋内,静谧恬淡。书桌上一个蓝色布包,布包里齐整整地码着一叠书信。这些书信,真实地记录了十多年前女儿的高中生活、我们母女相伴走过的心路历程。

如今重读,女儿信中的每个小细节都温暖如故。信尾署名时配的简笔画笑脸,空白处精心点缀的"送信小白鸽",生日时手绘的"水果蛋糕",还有信里夹的手工作品"牵牛花",内画"带院落的小房子",配词"不管走得多远,一回头就是家",每每打开戳中泪点。

"用了这么多的笔墨,其实就是想告诉妈妈,在写信的这一刻,我是快乐的。"进入高中,每个孩子都会面临着巨大的压力,做父母的亦如此。半月一面,或一月一见,总是匆匆,为了不影响相聚的欢愉,做父母的往往连说话、做事都小心翼翼,唯恐掀起波澜。如何亲子沟通,如何缓解压力,书信成为那个特殊时期我们母女间的一条绿色通道。

父母爱孩子无可置疑,也因为这种爱容易变异为一种通病,对孩子无休止地唠叨、攀比与责怪,还有不切实际的期待与施压。如果一厢情愿地我行我素,忽略孩子的感受,所有的教育和爱也许付诸东流,或者适得其反。唯有聆听孩子的心声，体会他们的切肤之感，方能理解孩子，懂得孩子，同时点醒我们做父母自己的行为，真正实现亲子间的共同成长。

"妈妈，在学校这种地方，每天都无形中被迫与周围所有人竞争。特别是成绩不太理想的，你必须每时每刻做好下一秒受挫被击打的准备。今天进步了一点，明天又退步了；这一门前进了几名，而另一门又落下了，不断地面对分数的轮番轰击。在这起起伏伏中颠簸，像坐海轮时晕船，令人想吐。"

"妈妈，恐怕当老师也是个令人痛苦的职业，看着学生们在学海中苦苦挣扎却无能为力。有同学游到了对岸令人欣喜，而有些从此'葬身海底'。面对这种现状，老师依然将我们赶下'海'，因为只有游到了彼岸才有出路。在中国科技经济取得巨大进步的同时，落后的教育制度却与之格格不入，真是一种悲凉。面对强大的制度，面对竞争，人如蝼蚁，只能学会去适应，去奋进，这才是王道。"

除了心痛，还是心痛！透过这些文字，我们可以想象作为一个高中生有多难，他们得承受着多大的压力，来自同学、老师和学校，还有来自追求梦想的那颗脆弱的心。如果我们一味地加压，就如不断给气球吹气，终会因承受不住发生爆裂危险。倘若孩子连身心健康都不能得到保障，又谈什么梦想与奋斗？

作为母亲，唯有选择与孩子站在一起，共同去面对，去承担！书信，正好规避了母女间面谈时因话语不妥或理解偏差造成的情绪激化，反而多了些深思熟虑后的平心静气。我们在信中聊得最多的话题是关于学习，想方设法给予她欣赏、鼓励与宽慰。

"说真的，我很喜欢你的网名smile和QQ空间名'微笑的鱼'，我的空间是'散步的鱼'，我们母女不约而同地同属于鱼类，同属于向往自由生活的一类鱼呢！女儿，从你一生下来，我和你爸为你取名笑蕊，就是希望你笑如花开，做个阳光女孩一生幸福！你笑起来的确特别甜，嘴角露出两个小小的酒窝。关于笑，你自己也有独到的理解，小学时你曾写《微笑是世界上最美丽的花》一文，荣获浙江省读书征文大赛二等奖，并参加了宣传部组织的延安红色之旅活动。这一笔收获，一直是你引以为豪的！妈妈也喜在心里！"

有时，借书信交流探讨一些学习方法。

"今天，妈妈陪送教建德的特级教师去学校，趁机向她请教如何学好高中语文，她给了我如下建议：一是利用电视观看一些关于'商道''对话'类专题节目，了解商家、创业人的为人做事观点，从中获得别人的智慧，提高自己的认知，打开自己的视野，站得高看得远！二是学会规划自己的学习。她说，一天最忙的时间是每天中午，这个点她的学生纷纷带着困惑来跟老师'约学'，探讨与解决学习上的难题。我想，如果女儿也能掌握如此学习法宝，那肯定了不得！"

母女间书信交流逃不开的话题自然还是考试。每次考试，势必影响每一个高中生的喜与忧，像张晴雨表。尤其是成绩不理想时，女儿会在来信中表达内心的情绪："我怀着难受的心情给你写信，因为我正经历着又一次考试的失利。上了高中后，我曾一次次在考场上跌倒，以为自己应该疲倦了，看淡了，可没想到心里还是一紧，涩得揪心。虽然表面看起来平静，还跟同学调侃，心里却早已泪流成河，却找不到释放的闸口……""每门科目积累下来的错题如一条条沟壑，又如一座座高山。唉，为什么总让我跌倒，总让我去体味自由落体的失重感和坠落感？"

读着女儿这样的来信，想着她今天正面临另一场考试，我独自静坐办公室，努力调整自己的心绪，一个字一个字地落笔："想念女儿的情思如窗外的秋雨，<u>丝丝缕缕</u>地袭来。女儿，你别急,也别过于担心、焦虑。高中里的考试如家常便饭,把它当作人生体验罢了,不必太在意结果!在妈妈面前,你早已是个学问家,把我甩在了身后。想起日常生活里,妈妈闹出的那些知识性笑话,定让你开心得不得了吧。"

三年高中生活,女儿有幸遇到了很多称职有爱心的老师。不晓得性格内敛的女儿有否当面对老师说声谢谢,但我深知她用书信把对老师的喜欢、感激珍藏在文字里。

"班主任孙老师被我们叫作大圣,谁叫他跟孙悟空同姓呢!而班里那些害怕他的同学都称自己为香蕉,因为猴子爱吃香蕉嘛!

"汤老师已经帮助我分析了生物试卷,过程中我和老师都很开心,尽管面对的是一张不及格的试卷。我们一起分析错题,寻找做错的原因,算一算本可以拿来的分数。我感到收获很多,不想再陷入无畏的恐惧中,尽管这对我来说还有些困难。

"只要心中的理想不灭,我就不会失去力量。许老师曾对我说,'最美的梦想可能并不是用来实现的,而是用来追求的。'

"今天我遇到王老师,是他先看到我,还微笑着向我打招呼。他嘱咐我千万不要把物理落下,也非常欢迎我以后常到他那里请教问题。见到王老师,真是非常开心,他可是我第一位老师朋友,这份师生情格外值得我珍惜。"

还有南老师、冯老师、伊老师……

每每打开一页页的信纸,作为母亲也在不断地思考如何做个称职的家长。学着站在孩子的视角,放下作为母亲的架子,努力地让自己笔下流淌的文字,多些对女儿的体悟、鼓励和发现,像山涧清泉般汩汩地流入她心田。

记得参加女儿高二家长会,不仅看到女儿上台发言,还读到她在座位上留给我们的信。她在信的结尾悄悄问我们:"你觉得我刚才的发言怎么样?值得成为你们的骄傲吗?"

回家的当天晚上,我立马伏案回信,想把内心的喜悦最早最快地传递给她。

"坐在高二(10)班的教室里,我热切地期盼着你上台发言,看着穿粉红羽绒衣服的你从我身旁走上讲台,从众多的家长眼前走上讲台,我内心就开始激动起来……这是我的女儿,这是让我骄傲的女儿!看着你站在台前,落落而大方!听着你的声音,娓娓道来如乐曲,充满着深情,感受着你对同学,对班级,对老师,对生活的热爱!你的讲话,没有客套,没有做作,没有精雕细琢般的矫情,有的是内心的真诚表达!真水无香!"

有时候,女儿会在信中主动跟我们谈人生,谈梦想,但似乎又感觉她对人生很迷茫。她在信中说:"我常想起泰戈尔的一句诗:'我渴望着穿越这狂啸的、波涛汹涌的大海,到那歌的岛屿去。'这是我的渴望,但我知道或许这一辈子也只能可遇而不可求。"信里还写道:"我特别欣赏这几个词:蛰伏、韬光养晦、筚路蓝缕、以启山林。这都是一般人难以做到的,而高中就是给每个人一个这样去做的机会,我不惧怕而应珍惜,又怎能放弃?"

话语不多,但字里行间,我读懂了女儿的梦想和困惑,更读懂了她的坚毅和坚定!这是一个高中生多么令人钦佩的品质!

于是,我回信表达自己的理解:"女儿,你在信中写道:我渴望着穿越这狂啸的、波涛汹涌的大海,到那'歌的岛屿'去。这是一份多么美好而可贵的愿景,'歌的岛屿'不必理解成上北大、清华,不必理解成世俗眼中的风风光光、出人头地,只要是契合自己的生活,是自己的努力能达成的美好就行、健康、幸福、快乐永远是我们生活精髓所在！'我们往何处去，并且怎么去？'这样的问题不仅仅困扰着你、困扰着妈妈，同样也困扰着像史铁生这样的作家们，这是需要一生去探寻与寻求解答的难题！妈妈愿和你一起去探索人生真谛。"

有时借着写信，也跟女儿讲述自己初中时代在外求学的经历："不怕你笑话，妈妈是个特别胆小怕鬼的人。但是为了找个清静的学习环境，我每天傍晚穿过教学楼后面山坡上的一个个坟墓，爬到小山最高点，找块草坪坐下来看书复习，一直到山脚下的教室灯一盏一盏亮起来……临近考试，时间不够用怎么办？我就趁宿舍熄灯后，悄悄溜到厕所外的路灯下看书。现在想起来那灯真是太暗了，灯泡悬挂得高高的，得拼命睁大眼睛才能把字看清楚！遇到老师查岗，还得像小偷一样迅速溜回宿舍。"

高中生活，并非风平浪静，也会掀起狂风巨浪。清晰记得高三开学前那个晚上，女儿独自在楼上房间整理行装。突然听到窗户突然打开的哐当声，随即传来她大吼："我不要去学校！"我和她爸吓得飞一般地冲上楼。

第二天，送女儿回校后，悄悄地在她被窝里藏了一封连夜赶写的信。

"说真话，你开窗大吼'我不要去学校！'着实让妈妈惊讶又心跳，那个温柔内秀的女儿，竟也有如此狂风暴雨般的怨气深埋于胸，那吼叫绝不亚于'河东狮吼'！不过，妈妈觉得那样喊出来是件好事，要是憋在心里那该多折磨人啊！人，是需要释放情绪的，只是每个人选择的方式会有不同。有人会用笔记录自己的心情，心随文字旅行；有人会找个朋友聊天倾诉，话语宽慰内心；妈妈面对困境时，喜欢选择江边散步，看青山绿水，呼吸清新空气，心情慢慢舒畅！"

人的一生总是在不断地成长，无论是父母还是孩子。意识到自己行为不妥时，我会跟女儿说，妈妈也是第一次做妈妈，也会犯很多错误，你要多理解与包容。书信正好为我们母女构建了这样的一个共同的成长营。

作为母亲同时又是语文老师的我，有时也难免会犯些自以为是的毛病，爱把女儿当学生，以为自己懂得多，习惯于指指点点。不曾料想，有一次对女儿的作文进行评价，她给了我重重的回击。在回信中，她一针见血地指出了当下作文教学的弊病，她的认知与思考深度不仅给予我惊喜，更给予我作为老师的震撼与深思。

"信上你说我的文章格局还不够大。其实我明白，一个人有什么样的性格就会有什么样的文字，我个人更钟情于迟子健、苏童、周国平，他们的文字真情、朴素，充满勃勃生气。

"为什么赋予了真实泪水和情感的文字却得不到好评？为什么真情流露的文字被一个个攻击性的红色数字打入冷宫？为什么高分都青睐于那些镀上了历史、国家，以及沉重世俗却毫无发自内心深处的冷血作文？为什么对历史人物的赞美却总是压过了对亲情的歌颂？难道作文的分数要逼迫我们走进冷漠的深渊，走进千篇一律整齐工整'令人喜爱'的模式吗？"

阅读是母女俩共同的嗜好，也是母女间经常联结的话题，借着书信谈读书，谈感受，谈生活。

"你那么有才气，妈妈最幸福的事无疑是做你创作的第一读者！'书店从不会拒绝那些想要进来的人们，也不会强求那些不想进来的人们，她总是选择等待，等待着有人与她相遇。可能在那一个转角，那一排书架上，那一本书中，那一页那一行里，有你从未见过的风景。你永远也想不到在下一刻你会经历怎样的传奇，永远也猜不透她会为你准备怎样的惊喜。'在你的文字中，妈妈常常陶醉着……渐渐地也喜欢上文字。"

女儿会借读书谈阅读，与我们一起探讨人生，探讨生活，隐喻式地告诉作为成人的我们如何处理各种关系，拥有积极的心理面对生活。

"妈妈，我们一起分享毕淑敏的《学会维持自己的快乐》：'喜欢会像沙漏一样，在不知不觉中溜走，只留下一个回忆的空壳，令人惆怅。要学会维持你的快乐，这就是不断地感恩，不断地将脸朝向光亮的地方……'"

有时候读到一本好书，我也赶紧向女儿推荐："史铁生写的《病隙碎笔》，很不错。他的写作与他的生命完全同构在了一起，在自己的'写作之夜'，史铁生用残缺的身体，说出了最为健全而丰满的思想。他体验到的是生命的苦难，表达出的却是存在的明朗和欢乐，他睿智的言辞，照亮的反而是我们日益幽暗的内心。"

三年时光，信短情长，留下无数美好而珍贵的回忆，也留下无数的思考与成长。正如女儿在一则信中所言：

"书信给了我们一个可以安静下来细细谈心的空间。你的信，对于我的影响将是一辈子的。我的回信，只是轻轻地叩了叩门，没想到却收获了一座花园。"

人生是一场旅行

女儿去南京上大学，这似乎是命里注定的。

多年前的一个夏日周末，我们一家三口开车逛南京，终因突如其来的一场特大暴雨，行程提前结束，女儿计划好的去处，一个也没有去成。南京，于是像个未圆的梦，一直挂在她的心里。

有梦总是好的。她在追梦的途中，视线从未离开过南京。填报大学志愿时，她毫不犹豫地选择了这座城市，终于如愿地来到六朝古都——南京读书。

人生是一场旅行。平平淡淡，曲曲折折，近的，远了；远的，近了。

山脉连绵，溪流淙淙，葱郁的树林，绚烂的野花，寂静的村舍，淳朴的乡人……这是我的童年，我的外婆家。春天，倾听百鸟呢喃，和邻家的小伙伴在山岗上、田野里、树林中自在地撒着欢儿；秋天，采山苍子，打板栗，摘野果子，有时上树寻找鸟窝，满地里追逐跳跃。即便过去了三十多年，还记得寒冷孤寂的冬天，围坐在炭盆旁或躺在被窝里，听外婆讲故事。

外婆走了，泥墙倒了，弯弯曲曲的山间小道远了，模糊了……回首来时路，仍能在生命的某个角落找到那个遥远的小山村，想起山里的那些事，还有永远慈眉善目的外婆。做子女的，注定目送，目送亲人长辈渐行渐远。

人生是一场旅行。

儿时，总像个跟屁虫似的尾随在父母身后，洗衣，择菜，采茶，割稻，看电影……家，让他们形影不离。

长大后，总想挣脱父母的束缚，逃离他们的视线，寻觅灵魂的自由。一旦生活或工作遇到了挫折，回到父母身边，再也不想分开，然而却又不得不分开。

像父母一样老了的时候，生活的全部就是牵挂、等待、回忆与相聚，幸福简单得就剩下牵挂、等待、回忆与相聚。家，永远是儿女旅行的终极地，有家才有归属。

爱在爱中盛开

有些事情的发生,往往让你始料未及。

单说昨天吧,这是个有些特别的日子。对于我们家来说,女儿远行后,一个人第一次回家。无论有多少关于动车的负面报道,她还是欣喜地选择了坐动车回杭。对于从来没有坐过动车的我们一家来说,对于动车的概念,那就是一个字——快!

女儿坐动车回家的路线设定很简单:两点二十分南京上车,大概两个小时后,也就是四点半左右到杭州,如果不打的到汽车西站坐快客,可以直接去汽车南站坐快客到桐庐,然后我们下班后到桐庐去接车,估计再迟也就7点半到家。上网查询杭州西站、南站的时间表后,一家人在等待中期盼着重逢。

"我坐上地铁了。"

"我坐上动车了,靠窗的。"

在女儿手机不断传来的信息中,两地距离越来越近,我的喜悦之情也随着不断升温……

看看电脑右下角的时间,已经是接近四点半了,女儿说还在江苏境内。原来设定的四点半到杭已经不可能了。这时,老公的电话打过来,他也发现我们事先设定的到点时间已经不可能了,于是把女儿乘坐的车次输入电脑一查询,天哪!这趟车要六点三十四分到杭州。可是杭州西站到新安江最后一班车是六点半,南站到桐庐的最后一班车是七点。看来女儿下火车后再打的去车站乘快客,恐怕来不及了。

去杭州火车站接女儿!我们果断地做出了决定。

女儿对家的依恋是没得说的。

"小时候乡愁是诗里的月、歌中的游子，现在乡愁是三百七十八公里的高速。"中秋节那天，女儿在QQ空间里如是写道。其恋家之情可见一斑。从新安江上高速去南京的路标上写着两地正好相距三百七十八公里，还有更神奇的是，家里的车牌号也是378。

近五点了，我和老公匆匆收拾完当日的工作，驱车去杭。秋雨随着夜色的降临慢慢大起来，水雾弥漫着车前的玻璃。一路上不断赶超身旁的大货车，货车一侧扬起的水雾和水汽模糊了视线，但我们的车子一刻也不能减速，我们需要用一个半小时赶到杭州火车站。幸好老公上车时，顺便带了几只烧饼，边啃边开车，这或许是我们多年来最简单的一顿晚餐了。

六点三十四分，女儿准时到站。

我们在杭州南下高速至六和塔后，正好遇上晚高峰。七点钟左右，我们终于挤进了杭州火车站。

下车，扫视，打电话，我从火车站的南边出口一直跑到北边的出口，人影子也没有。

再打电话。

"你所在的位置有什么醒目标志？"

"售票处和世纪联华啊。"

我抬头看四周，火车站周围到处是售票处和世纪联华，闪烁的灯光让我在这个繁华的城市里找不到东西南北。

"有没有关于火车站的特定标志啊？"

"一号候车室门口！"

又一轮的寻找开始。从北边到南边，从一楼到二楼，到处都是人流，一拨一拨的，前来后往。一号候车室门口根本没有。在车上等不及的老公也下车寻找。此时，时间已经过去了半个多小时。

"妈妈，我的手机快没电了。"

急上加急。情急之下，我向工作人员打听，南京到杭州的动车出站口在哪里？工作人员说，在萧山。天哪！女儿在钱塘江的那边。

此时，杭城的雨越来越大，眼前除了乱眼的灯，就是一辆接一辆的车子。我们在环岛处转了好几个圈。再打女儿的电话："对方已关机，本次呼叫将会以短信方式提醒你拨打的用户。"埋怨与责怪，担心与期望……幸好，转了一个小时左右，车子终于开上了去往钱江三桥的清江路。过三桥，过风情大道，离萧山动车站越来越近了。

"见面后别怪女儿！"

"下次让她选择杭宁快客！"

"女儿从六点半站到现在，一定累坏了。"

"已经两餐没有吃了！"

…………

一路上，我们相互提醒着。

"我在第一候车厅，售票处。"这是女儿在电话中告知的信息。

飞奔着下车，急速跑上台阶，呼喊着女儿的小名，在售票处的指示牌下，女儿疲惫地站了起来……

拯救天堂鸟

搬新办公室时，朋友阿兰送了我一盆天堂鸟。

天堂鸟又称鹤望兰，也叫极乐鸟花。这是原产南非的一种单子叶植物，一根根的叶柄青绿修长，叶柄上大而壮的叶子，又长又阔，酷似芭蕉叶，分成两排呈扇形，向上方无拘无束伸展。

为什么叫天堂鸟呢？

查阅了资料才得知，天堂鸟会开花，花从茎端上长出，肉穗花序硬极像鸟喙，由于垂直于茎，仿佛一个鸟头。开花时，花朵有三块鲜艳橙色的萼片及三块紫蓝色的瓣，橙与蓝在碧绿色的叶间特别醒目。不过，我至今没有看到过天堂鸟开花，她的花到底会是什么样的呢？

一直期待着。

阿兰告诉我天堂鸟吸附甲醛特别好，于是我将它紧挨办公桌左侧摆放，一面紧贴办公室东面的墙，宽大的叶片就像一顶绿棚，罩在办公桌的一角，最长的几片叶子一直伸展到我的眼前。

其实，天堂鸟好养，省心，只要每隔一周或半个月，用水将它浇透，然后就不用再管它。

办公室有了这盆天堂鸟，绿意葱茏的，显得特别安静。敲击键盘时，它默默无语；阅读文字时，它悄悄陪伴；凝神思考时，它静待花开；分享快乐时，彼此相视而笑……

从此，我爱上了天堂鸟，把它当成了自己的知心朋友。

也许，是我太过于自私，太过于溺爱，天堂鸟长时间靠墙而立，终日远离阳光，它的茎随着生长渐渐显得疲软，细长嫩绿而无力，长到一定高度，再也支撑不了宽大的叶片。

我们对一个事物或对一个人的爱，往往也是如此，总是以爱的名义一厢情愿地把你的意志与想法强加给你爱的人，却忽略了对方的感受与需求，那么，你的爱就成了枷锁，成了囚禁与伤害，被你爱的人会处处感到不舒服。爱是需要空间的，爱是需要营养的，爱也是需要自由的，就像我对眼前的这盆天堂鸟。

终于，我将它从办公桌边移至窗前，一缕缕暖暖的阳光透过玻璃照射进来，绿色的叶片开始泛起了亮光。

爱不是一厢情愿地付出，也不是一味地索取，爱是生命与生命的理解、相知与相扶。

一寸一寸地离开

键盘敲下"离开"一词,是因为面对了离开。人生的变故往往出其不意地违背人们对相聚的美好期许。

插在驾驶室左侧车门上的两张照片已经数月之久,三番五次地准备去送给主人,终因种种的未成行而搁置。所幸当月户外活动去黄山顶,没有迟疑当即应允,同时将两张照片小心翼翼地放进背包里,希望再次走进那座土墙泥屋,递上照片时看到两位老人笑容洋溢。

不得不承认,年初的一月二十六日一家三口自驾去黄山顶的画面还是如此的清晰。当天的日记这样写道:"清一色土黄色的泥巴墙,黑漆色的瓦,三十几间土坯房坐北朝南零星地排列,疏疏朗朗,村子左手面和右手面是葱葱郁郁连片的竹林,房子前面是一丘丘的吊瓜子棚,呈梯形状,只是空空的棚架上只有枯黄的藤蔓稀稀疏疏地相互扯着,很安静地等待着什么似的。""时值正午时光,奶奶请我们到家里坐坐,忙着给我们找杯子倒水,还盛邀我们在他们家吃中饭。'饭有着呢,可能我烧的菜你们吃不惯。'在我们的再三推辞之下,爷爷和奶奶才围坐火炉对桌而坐吃起饭来。饭后,知道我们想买土鸡,两位老人在门口地里追赶家里的那几只鸡,那些鸡连飞带跑得无个踪影,奶奶又从邻居家寻访到一只土鸡,她用自家的秤称了称,四斤二两,一百二十六块钱!爷爷忙着找来一块蓝布条,将母鸡的翅膀扎上,还嘱咐说:'不能扎太紧。'当我们将鸡放入后备厢正准备离开时,爷爷还站在大门口大声地对我们说:

'下次要买鸡的话，早上要早点来噢！'"如今已是绿意葱茏的夏天，春天里所有的希望随着万物生长也越发蓬蓬勃勃起来。可手里揣着的希冀、随着脚步的越来越近的一寸一寸的欢喜，却并没有因为内心的急切、渴望与欢喜而圆满，再次踏进两位老人泥墙土屋，厅前一桌麻友的喧嚣已经淹没了原先熟悉的那份安静，人群中再怎么用力找寻，走过来的只有那位头发花白、面容清瘦的老奶奶。她的女儿告诉我们，一个月前她父亲因为脑出血已经突然离世。那个端坐在门前阳光下晒太阳的老人走了，再浓的亲情也挽留不住亲人离去的脚步，短暂的四五月，照片上的两位老人已是阴阳相隔，不知何等的孤独、寂寞和无尽的思念将陪伴眼前这位奶奶。人生自古伤别离。面对生离死别，无语！

土屋后面山坡上的蓝莓已是挂满枝头，村子左右侧面的竹子长势郁郁葱葱，吊瓜子的棚架上开始密密麻麻地爬上青藤，人的生命随着四季更替，但终将没有像四季那样重来。一个生命走了就永远地向世间谢幕告别！

亲人与亲人之间是一寸一寸离开的。在这端午节，在家人团聚的日子，黄山顶的两位老人让我情不自禁想起那些已经离开我们的亲人，曾经的那些温暖画面，一点一点地被忆起，也终究因为他们的离开也一点一点被岁月剥落，抽离而去。慈爱的外婆曾育有三女一儿，看着大女儿出嫁了，二女儿出嫁了，儿子求学在外成家在外，好不容易将最小的三女儿嫁在邻村留在身边以备养老有人照顾，但最终小女儿还是随着经济社会的冲击而外出打工，举家搬迁。那个身板子硬朗的外婆，那个走起路来脚底生风的外婆，那个为人热情爽气的外婆，那个上山下地像男人一样做活的外婆，那个在我们遭受父母责骂与棒打时候唯一可以避难的外婆，终禁不住岁月的残酷，含辛茹苦、含饴弄孙走过一生，最后直至孤身一人空守一座老屋。随即，她会在家门口走走路摔骨折了，过个马路需要人搀扶了，最后行走、吃饭，甚至大小便都需要人帮助了，在看着她一寸一寸即将离开的时候，我们才恍然醒悟，她这过往的一生我们总在她免费付出的时候有着太多的索取，而在她需要体贴的时候，我们却有着过多的吝啬。曾拜读好友日志悄然落泪，她用自己的笔记录下父亲病后最后与亲人告别的那些日日夜夜，那些伤感，那些不舍，那些自责，那些无奈，锥心的连骨之痛再饱满的文字也是苍白无力的。人的一生，总是无尽地目送，伴之无尽的悔之晚矣！

　　黄山顶，满山满垄葱翠的万物，勃勃生机；乌黑的蓝莓挂满枝头，嚼在嘴里，酸酸涩涩甜甜。两个生命的相逢，是一寸一寸地欢喜，同样两个生命的告别，也是一寸一寸地离开。存在，让我们最好活出生命的本来意义！

家里来了飞行员

朋友送我一只鹊山鸡，临走前还一再交代：当心，不要让它飞走了。不可能吧？半信半疑的我把鹊山鸡提回家，刚把纸箱子放在地下，箱内立马传来"笃笃笃""咽咽咽"几阵有力的声响，显得很不耐烦，听那声音非等闲之辈。

找来塑料绳、布条、剪刀，还有一只老公的大拖鞋，从纸箱内拎出鹊山鸡，体型小巧，一身乳白色的羽毛，脖子处、尾部间嵌着几条没有规律的灰色褐色细条纹，看起来整体色调搭配淡雅，临空的两腿却蹬蹭有力，尽显筋骨不错。按惯例一阵捆扎，它的细长腿系上了绳子，绳子上拖上了一只大拖鞋。刚把它放在露台上，它就几个急步跨越，伴着踢踏声躲到种花的一只大缸边上去了。借着夜色，它用警觉的眼神回望了我几眼，然后慢慢挨着缸壁蹲下身子，贴着地面缩着身子一动也不动，像个受过惊吓的孩子。听朋友说这种鸡平日白天养在山上树林里或竹林里，跑起来飞一样快，晚上睡觉飞到树枝上睡呢！飞到树枝上，睡在树上，听起来这样的生活真是不可思议。不过，露台近一人高的围墙，再加上结结实实的捆扎，看你还能逃哪儿去！

清晨起来第一件事就是喂鸡，我用小碗盛了一些米料，正待小心地去推开露台的玻璃门，透过玻璃窗看到的一幕着实让我惊呆了：鹊山鸡昂着头，高高直立在露台的围墙上，脚上还拖着那只大拖鞋。它是怎么上去的呀？听到推门的动静，它转过头来，眼睛直直地瞪着我，一副毫不畏惧的样子。我得赶紧把它抓下来，如果飞走了，周末女儿回家补充营养的计划可就泡汤了。想到这儿，我轻轻地推开门，门刚开了一条缝儿，它就立马屈膝蹲下准备往外飞的样子。莫非它真的会飞？我家可是住在七楼啊，脚上还系着大拖鞋呢，飞下去也是没命的呀！再一想，如果真的飞下去了，偌大一个小区，我可怎么逮住它啊？于是，我又小心地退回脚步。它呢，重新站直身子，转过头来直愣愣看着我。只要我往前欲推门它就做立马欲飞的动作，就这样对峙僵持了好久。总这样站着不是个好办法，它总得吃食吧，一天到晚不吃它也是会饿死的，也许它只是做做飞的样子，不会真的飞下去吧，那可是七楼啊，相当于你平时睡觉的那类树的几倍的高度哪！别想用假动作骗我了！想到这儿，我举手推门，随着门框的打开，只见鹁山鸡再一次快速地屈膝蹲下，转瞬间腾空而起，那双黑色的拖鞋随着它乳白色的身子在我的眼前画出了一道弧线，眨眼间消失了。

真的飞了！！！鸡飞走了！鸡飞走了！我边喃喃边穿鞋飞身下楼，一路小跑来到楼下。露台下的路面上什么也没有，再跨进路边的花坛里寻找，什么也没有。要不飞到花坛栅栏外的幼儿园的室外活动区里去了？我小心爬上花坛的外沿，低头往里看，除了孩子们玩的轮胎啊椅子等玩具外，还是什么也没有。我抬头看我家的露台，七楼的露台那该有多高啊，谁都可以想象。但初来我家的这只鸡不会想象，也没有高度的概念，因为它真的纵身一跃飞下来了！飞身而下的这只鹁山鸡，它不可能跑远啊，我下楼才用了一两分钟啊，难道就在这一两分钟内有人拾了？就是拾了，他也不可能走远哪！它更不可能飞远啊，它的腿上还系着一只大拖鞋呢！会不会躲在花坛的矮树丛里。我蹲下身子，屏声细听，希望听到鹁山鸡喳喳的叫声，最终什么也没有听到。会去了哪里呢？四周围转了一圈，影子也没有看到。这时中心花园区走过来一遛狗的老人，他看我东转西转的样子,也关心起这事来。他说,鸡最怕狗,我让狗帮着找找。于是,老爷爷牵着狗在房子的四周围、花坛边又绕了一圈,还是一无所获。看来,它是真的飞走了,或是被人拾走了。

"昨天我就有预感要飞走的!"老公面对空手而归的我说着他的风凉话,"飞下去时到底落在哪里,你有没有先看看?你肯定没有看!"我无话可答,当时急得哪顾及爬到露台围墙上去探个实情啊。飞走就飞走,周末不吃鸡可以吃鱼啊,买鱼买虾不也挺好的。不帮我找尽说风凉话,昨天也明明看到我找绳子捆扎鸡,也没有帮个忙,马后炮说说谁不会啊。洗脸刷牙后,我啃上一个苹果,心里还在不住地嘀咕:它会到哪里去呢?无意间我走到客厅的阳台上,居高临下地再望一望,我把路面、花坛、幼儿园的室外活动场地、远一些的中心花园重新又扫视了一遍,除了去上班走动的人之外什么也没有。就在我失望地收回目光的时候,无意间发现对面幼儿园的楼顶上有个白乎乎的影子在走动,再定睛一看,是它,就是它!鹊山鸡!幼儿园跟我家房子相距一条八九米宽的水泥道、一个四米左右宽的大花坛,再加上十几米宽区域的幼儿活动场地,它就这样从高空飞越几十米而下,我没能亲看到它飞行的壮举,也无法想象它当时的勇气,只愣愣地看着它拖着个大鞋子,正悠闲地在屋顶散步呢!此时正待开车去上班的老公听到我的叫声,立马跑进幼儿园,借梯子上屋顶,哪想到正待他小心靠近时,鹊山鸡在他面前重新上演了一幕"飞行剧",呼的一下又从幼儿园的屋顶飞身而下,飞过了孩子们的运动场地,飞过了宽宽的水池,飞出了幼儿园,稳稳地落在了小区的中心花园内。

从老公手里接过失而复得的鹊山鸡,这才真正领悟朋友送鸡时交代的那句话的分量,也知道老公得知鸡飞走时大清早就说风凉话的真正缘由,等明日女儿回家时,一家人一起分享鹊山鸡的故事和美食。

家有小龟

不知道小龟今年几岁了,反正我们全家都一直叫它小龟、小龟,虽然它来我们家都已经是第十八个年头。

小龟刚来时,特别胆小怕生。假如你去水池边喂食,哪怕它已经饿了好几天,一旦有人靠近,它都会瞬间游得远远的。为此,我会把肉片放到池沿的卵石上,装作不管不问地走开。等我假装离开它的视线,它就小心地游过来,伸长它的脖子,迅速地啄下肉片,藏进水里吃起来,一会儿又钻出水再啄一片,再藏进水里,反复如此。

不知道是哪天开始,突然发现去喂食,它不再是迅速地逃离,而是一旦你靠近池沿,它便划动四肢,从水池的某个角落向你游来,一双小眼直勾勾看着你!它最喜欢的食物是肉,当你捏着肉片想小心搁到池沿卵石上时,它早已伸长脖,张开嘴,以迅雷不及掩耳之势,朝你手上啄来。活螺蛳也喜欢,一袋新鲜的活螺蛳扔进池里,没几天,池底到处是吃剩下的螺蛳壳。不过,这些壳清理起来实在太麻烦,这道美味也就鲜有机会品尝。家里如果缺肉时,面包、面条凑个数,也算是荤素搭配,健康饮食。

小龟很懂得生活的,也是很霸道的。平常,它不是在池子里游来游去,就是舒展着四肢趴在池沿上晒太阳,惬意得很。

在它来我家前,水池里种着两盆睡莲。每到夏天,油绿的叶片间,粉的、紫的睡莲浮在水面上,小小池子美得像一幅画。自从它来后,睡莲算是遭殃了,刚刚抽出几片新叶,就被扒拉掉，有时它整个身子趴在睡莲盆里，连花茎叶脉也一并折断。慢慢地，池里再也不见睡莲长叶，更不见开花。

心想：这么大一个池子，只有一只小龟，是不是太孤单。我们自作主张地买来几条鲫鱼、红鲤鱼和锦鲤，一心想着让池子人丁兴旺。谁料，没过多久，池子里已经惨不忍睹。我们不断地发现鱼的身上破皮、发烂，然后一条一条地死去，最后整个池子又只剩下小龟一只。

偌大的池子小龟单独居住，它也是很不安分的。一遇雨天，水漫池子，它就轻松地爬上池沿，哪怕平时水很浅，它也想尽办法爬上来，不知天高地厚地从高高的池沿上翻跌下来，然后在露台上东游西逛，搞得满身脏兮兮的。我们担心它每次从池沿上跌下来，摔坏了脑袋，故在池沿外搭了个斜坡桥，让它顺着这个桥爬下来。我们看到它大多数时候，都是从桥上连爬带滚着下来的，不过没有了直接摔下来的危险。池外的它，自己到底能否顺桥爬进池子呢？我们故意将它抱出池子，经过多次观察，发现它竟然能顺着斜坡桥往上爬，爬到池沿上毫无方向地移动身子，一不小心掉进池里，随即"咣当"一声，溅起一片水花。

从此，能自由进出池子的小龟，玩得越来越猖狂。它，不再只是躺在池沿上晒太阳，竟然爬到露台上那些太阳花的花盆里，躺在上面休息，四条脚扒拉来扒拉去的，太阳花脆嫩的茎哪受得了这样的折腾，枝折花落，几天就损毁了好几盆。为此，我只得把太阳花一盆一盆地挪置围墙上，看你怎么办。露台通往家里的门有两层，一层纱窗门，一层玻璃门，日常喜欢开着纱窗门通风。谁料，小龟的探秘空间从露台转移到屋内。一天喂食时，池子里、露台上都找不着它，发现纱窗门底有个洞，最后在客房一个角落里看到它正趴在地板上。假如它再爬进家里，不是爬去客房什么的，而是从楼梯上滚到下一层，那就太危险了。从此，进出露台不忘随手关玻璃门。

小龟每年十一月左右开始冬眠。我们没有给它准备沙堆什么的，它喜欢钻到露台西侧的沟渠里冬眠。不过，倘若你不给它喂饱的话，它是不肯安心冬眠的。虽然已经钻进沟渠里，但只要听到你的动静，它即刻从里面爬出来，等着喂食！吃饱了，又钻进去，有那么几次后，随着天越来越冷，它也不再爬进爬出。冬眠后，它一动不动地待在里面，不吃不喝，直至第二年春天。当春天来临，天气渐渐回暖，开始记挂它的时候，某一天，它"窸窸窣窣"从沟渠里钻出来，探着头看着你，那一刻有一种久别重逢的欣喜！

与小龟相处久了，它是越来越亲近人的。每每在露台洗衣，它就爬到你脚后跟，一步不离地待着，有时竟爬上我的脚背，如果不是害怕它咬一口，还真不舍得将它赶走。倘若我去露台东边晒衣服，它也不厌其烦地从西头爬到东头，又从东头爬到西头，跟过来跟过去，一遍又一遍。当我从露台进屋内，它趴到玻璃门边，前脚搭在门框上，不停地抓挠，小眼睛一刻也不离开你，像个妈妈外出被置留在家的孩子一般，一副可怜巴巴样。有一回，忍不住地打开玻璃门，它竟激动地径自往里面爬。抱它进客厅放地上，它立马缩起四肢，把头也缩进龟壳里，趴在地上一动不动，慢慢地再伸出脑袋东张西望，然后伸出四肢，大概觉得没什么危险吧，开始把客厅当运动场，到处乱爬，不亦乐乎。

一日回家，照例去池边投喂，没有发现它的身影，找遍露台也没有。看到纱窗门底下扯开着一个小口子，于是从楼上找到楼下，一点踪影也没有。它会去了哪里呢？没有小龟，每天郁闷得很。

不愿放弃，继续寻找。上楼的木楼梯上发现有灰色的泥斑，小龟是不是进家里后，然后从楼上摔下来了，那又会去哪里呢？只有一种可能，书房是一直开着纱窗的，难道从书房爬到外面的阳台，再……如果掉下去，那可是六层楼啊！一次一次到一楼的花园里寻找，每次都失望而归。先生看我像丢了魂似的，悄悄地又买回了两只小龟，安慰说：以前只养一只，一定是太孤单了，它去找朋友了。这下有了两只，你放心，不会再跑了。

路过一楼花园，仍然情不自禁地往树丛草丛里看，希望有一天小龟突然爬出来。

邻居看到我，觉得很好奇，问："你是不是在找什么？"

"家里的一只乌龟找不着了。"我说，"会不会从六楼掉下来了，掉到你家花园里？"

"有啊，有啊。半个月前，我家园子里发现一只大乌龟，三四斤重，没有池子养它，我就送人了！"邻居边说边比画着乌龟的大小。

我一听，立马知道是我们家丢失的那只。随后，邻居一边说不好意思，一边带着我，从别人家的池子把小龟捞回来。

从此，小龟拥有了三口之家。

闲种

先前住的一套房子，因为面积不大，唯一的一个阳台又改装成了书房，只有把那三个窗台一一装上不锈钢窗架，尽可能多地摆上几盆花草。然一遇上大风大雨，又生怕花盆吹落砸到楼下的过路人，于是又把它们一一端下来统统挤进卫生间。

后来去看房，是顶楼，有一块可以自由耕种的大露台，足有二十几个平方，于是一锤定音，做个房奴心也甘来情也愿。

搬进新居，露台上陆陆续续地种了些花草。太阳花是最先入住的，喜欢它，除了好种之外，主要是因为它的花色彩斑斓，一茬一茬的，开满整个夏天。它们像极了每天朝夕相处的那帮孩子们，总是·脸的阳光灿烂！从数量上来说，吊兰也算是种得多的了，大大小小不下十几盆。吊兰好种啊，每年春天一到，只要从母体上剪下一个小小的，插入到泥土里，放到室内阴上个三四天，自然就成活了。然后施点肥，浇浇水，它们枝叶从一片两片生长着，越长越多，越来越绿。所以，我更多的时候是用吊兰来装饰客厅，茶几上、矮柜上、摇椅上、隔栏上、窗户上，挂的挂，摆的摆，一到夏天家里到处是吊兰，绿意葱茏。

清点一下近年来所种的花草，名目还真不少，但几乎没有名贵的。如果君子兰算是名贵的，那它是唯一的。从入住时间上来看，最早的当数万年青。农村里住新房、搬新居、娶媳妇等，喜欢图个吉祥。万年青意味着久久长长和和美美，于是婆婆从自家院子里搬来了一盆万年青，在乔迁新居的当天凌晨和我们一起进了家门。在经历了几个春夏秋冬之后，从一盆发展到两盆三盆，每个盆都长势旺盛。另外还有大丽菊、月季花、金针花、一丈红、五角星花、牵牛花、蟹爪兰、百合、宝石花、滴水观音、发财树、金钱草、珍珠吊兰、竹子……

今年春天，我在露台的北面又开辟了一块蔬菜种植园，三四个泡沫盒外加五六个小泥盆，组成了小小菜地。这份兴致是因为一日去一所农村学校，路过校园门口的小市场看到有农妇在卖各种小秧苗，于是择了丝瓜秧三株、苦瓜秧一株、南瓜秧一株和六株辣椒秧带回家，然后是运泥土、拾木条、找竹竿、搭架子、浇水、除草、搬挪盆子、清理叶子，忙得不亦乐乎。清晨的鸟鸣声里，我驻足于这一小片天地，听蜜蜂嗡嗡，鸟雀啁啾，看蝴蝶翩跹，瓜儿偷长，赏心悦目。一个周末，特邀先生一道采摘缀满枝头的青辣椒，剪下两根丝瓜，餐桌上有了青椒肉片和清炒丝瓜两道绿色有机菜，那样的喜悦在心头荡漾，唯有亲自劳作后才有。

露台正东面有个呈S形的小水池，池沿用鹅卵石铺成，两尺来高。我在里面养过鱼，但它们似乎整天躲在水里不露面，最终又因缺少氧气而死去。有意思的是我在里面养的那只乌龟。这可是一只超灵气的龟。刚来我家时，原本浮在水面上闲游的它，只要你一开露台的门，它就瞬间躲到水里不见踪影。给它喂食也是要等你将肉搁置在卵石缝里走远后，才悄悄地游过来大口大口地吃起来。现在呢，只要你一走到露台，它比谁都灵敏，睁着一双小眯眯眼，高昂着头，急急地划动着四肢朝你游过来，那种等吃的馋样，让你哭笑不得。大热天，它就爬上池沿，放松地伸展着四肢，趴在池沿上晒太阳。只有当你走得很近很近时，它才很不情愿地扑通一声跳入池里。

因为有个露台，因为种植花草蔬菜，于是用相机或键盘记录下每天的点点滴滴，晒在空间里跟朋友们一起分享。

退而不休的老爸

每次从老家返回，车后备厢里总是大包小包塞得满满的，除了时令的各种蔬菜外，还有玉米、番薯、粉条等。这些有机食品对我们兄妹三个来说，愈来愈觉得弥足珍贵，因为那是退休后的老爸租用了人家一块空地辛勤劳作的成果。

十多年前老爸从乡镇退休，在工作所在地购置了商品房，从此将家从胥溪的源头罗村搬迁至集镇乾潭。

老爸一直热爱土地。年轻时，当过生产队的植保员，每天踏着晨曦露水，或沐着夕阳余晖，荷着锄头田间地头跑，清理沟渠，引水灌田。后来进了乡镇工作，可他还是一个十足的农民，山坡田地种菜种茶种水稻，房前屋后侍弄花草果树，从来不肯消停。

退休后，老爸一直生活在镇上，他发现离镇子不远处的路边有一块闲置的荒地，有半亩左右，无人耕作，觉得怪可惜的。于是，多方打听，寻得主人，以每年一百元租金租下。经过他的精心打理，很快，这块地里就有了收获，我们家的餐桌上又有了自家种的黄瓜、茄子、豇豆、辣椒等时鲜蔬菜。

记得刚退休的老爸，特别闲不住，他进了一家私营企业做财务管理。说是财务管理，实际上是执行经理。因为老板是个甩手掌柜，除了业务自己联系外，厂里所有大事小事都交给了我老爸。老爸又十分尽职，每天最早一个到厂里，最晚一个回家。在一天的时间里，除了完成清点货物、账目记录等本职工作外，装货卸货、采购零件等事他也要管，甚至还帮着张罗职工的用水用餐。凡是厂里进货与出货、劳务与工资、成本与营利,老爸都理得清清楚楚,一目了然。奔跑的脚步、湿透的后背、忙碌的身影,全身心地投入。老板见了,自然喜欢。那个时候,老爸脸上所有的褶皱里全是笑意,比他自己赚了大钱还开心。这项工作一直持续做到那家企业转让为止。

退休老爸最为成功的转型是成了全家公认的家庭主夫、老妈眼里的暖男。老爸虽然从年轻时就忙这忙那的,但极少看到他洗衣烧菜做饭,家务活自然都是老妈和我们姐妹俩的事。全家移居乾潭后,老妈去私营企业打零工。私营企业工作时间没个定数,早六点晚六点是常事,遇厂里赶货加班更是没完没了。这下好了,一日三餐,老爸没有现成饭吃了,需要自己动手烧菜做饭,而且做好后,还得为老妈送饭。日子久了,老爸自然学会了做饭。节假日一家子团聚,厨房里系着围裙掌勺的大厨自然换成了老爸,老妈则降为打下手的。慢慢地,餐桌上老爸的拿手菜不断地推陈出新,红烧猪手、红烧白鲢、辣子石斑鱼、咸肉炖豆荚干、淀粉南瓜煎饼,每一道菜都成了抢手的美味菜肴。特别值得一提的是,如今全家最爱吃的梳子馃、玉米饼,还有烧饼、粽子、饺子等,都出自老爸的手。

最喜秋日暖阳下,家里满是阳光的味道。窗台外的架子搁着大竹匾,里面不是晒地瓜干,就是晒萝卜片,晒的全是勤劳与幸福。退而不休的老爸,种地,做饭,钓鱼,看报,健行,日子过得像散文似的,平淡而真实,自在又满足。

遇见

随户外俱乐部的驴友们步行至高岭村,这个坐落在云端的小山村。太阳已经早早地厚爱了这儿的青松翠竹、白墙黑瓦,整个村庄阴阳分明,向阳的一面金色发亮,背阴的一面灰蒙冷静。我们沿着村间小道顺山势而上。墙根的柴垛子、瓦砾片,坑沿边的野菊花、小金橘,小巷里散步的老母鸡,晒谷场上晒太阳的大黄狗,从小路上迎面跑来的胖男孩,门前晒萝卜片的男孩外婆,还有正扛着一捆柴回家的男孩外公,一股脑儿闯进眼里。

七拐八拐的斜斜的小道,把我们引向村的最东头,背过身来眺望,密集的村落顺山势而筑。山湾的最高坡处,有一座孤零零的农舍,白墙黑瓦。金色的阳光呈对角线从墙面上划过,落在门前台阶上。台阶右侧是晒衣架,两根竹叉上横着一根竹竿。就在我们举步向上时,屋里挪出一个身影,手上抱着的大棉被遮挡了大半个身子。她吃力地从台阶上往下走,颤颤巍巍的,然后转过身子移至竹竿前。竿子有点高,她踮起脚尖,使劲地把棉被往竿上搁。这一幕让我想起我八十多岁的奶奶,那一年,奶奶也是由于晒被子用力过猛,扑到门口的坑沿下,然后就离开了我们……

我走上前,顺手把棉被从她肩头提起,在竹竿上摊开拉平,阳光正好晒在了被面的一角。她有些惊奇地转过身来。"谁啊?"翕动的嘴唇上那紧闭的眼睛让我惊愕不已,原来她是个盲人老奶奶!

奶奶转身回屋，从屋内往外搬长条凳请我们坐，三姐动作快，接过条凳放置大门口，我们一起陪奶奶聊天。奶奶告诉我们，她五岁患眼病没有及时治疗而失明。后来好不容易成了家，育有三女一男，现在出嫁的出嫁，外出打工的打工，平日里只有她一人在家，只有逢年过节家里才会有些生气。

奶奶大门口是一块菜地，两畦油冬菜长势很好，一畦大白菜撑着叶子长着，一点也没有想包起来的样子。要是别人，早就把大白菜的外围圈上一圈稻草，可是奶奶没有。从奶奶的话里我们知道，她现在很满足，村里每月给她三百元生活费。有时一个人在家待久了，她会拄着棍子，沿着门前卵石铺成的小道，到下面村里走动走动。

走进奶奶的家，屋里地面很洁净，摆设也很整齐，尤其是锅灶间，洗脸架一旁站立，架上毛巾、脸盆各居所位，灶面干净，灶上锅盖、刀具、菜板井井有条，我们情不自禁地露出惊叹时，奶奶却说，一辈子生活在这里，已经习惯了，语气是那么的轻描淡写。

村子里终于传来欢笑声，六七十个驴友一起制造的喧嚣，淹没了老人的孤单。我们告别老人，回到驴友们的中间，但是那位老人的神情始终在我的脑际闪现，想起已经过世的奶奶、外婆……总有一种说不清道不明的情愫让我无法释怀。

乌龙山脚的奶奶

从求学,到工作,视线从来没有离开过乌龙山。来去间,巍巍乌龙山就是车窗外展开的巨幅画卷,四时不同。但每次途经程头包家村时,眼睛总也忍不住远眺那山,那葱郁的植被,最山边的那幢房子,从多年前的低矮泥墙房,到如今竖立着的砖式小洋楼。每一次的远眺,心底会泛起阵阵的涟漪。那是乌龙山脚的奶奶家,三十四年前我们在这个村的完小遇见。

还依稀记得,去村完小报到的那个傍晚。孩子们还没有返校,落日余晖下的校园显得空旷、寂静。进校第一眼就看见校园操场西侧的走廊上,站着一位老奶奶,六十多岁的样子。她身着蓝布斜襟衫,腰上系着已经褪得泛白的藏青色围裙,满面慈容地看着我。那一刻,突然有一种错觉,仿佛是最亲的外婆站在家门口迎着我,初为人师的胆怯与畏难,随着那暖暖目光的接近,渐渐地消融。

"你是新来的老师吧?!"奶奶向我走过来。

"是的,是的。"我忙不迭地回应。

"学校负责人让我在这儿等你呢。"奶奶领我到房间,和我聊起来,"你先把房间扫扫干净,抹布和水到食堂去取。"

"学校除了教室,只有这样的一个狭小的房间。你可以用布帘把它隔开,里面做卧室,外面烧饭。"她向我建议时,又接着说,"窗帘与隔布我已从校办工厂给你讨来了。旧课桌再去搬两张,一张当书桌好备课,一张当餐桌,放锅碗盘什么的。"

随后，奶奶转身从食堂拿来两块深蓝色的的确良布，开始帮着我钉钉子、拉铁丝，做了隔帘，还挂上窗帘。房间内阴凉舒适，窗外是一望无际的田野，还有农舍、远山。

　　村完小五个年级五个班，总共一百来个人。学生都来自乌龙山脚的黄立洋、程头、包家等村子，有部分路远的，每天上学除了背书包，还得拎上自家带米和菜的饭盒、搪瓷罐之类，中餐是在学校蒸饭。奶奶在这个村完小的食堂工作，负责师生每天的开水供应、蒸饭这些活儿。

　　食堂在凹字形校园的最西头，是一间教室改建的，分为里外两间，几块简易的木板隔开，木板间的缝隙大得可探进半个脑袋。外间，一个农家老式的土灶，灶台并排两口大锅，蒸饭与喝的水全靠这两口锅子。灶前一个大平台，五六张破旧的书桌拼接而成，搁置着几个四方形木制蒸屉。灶的左右两侧分别是一张小方桌和一个小碗橱。里间，是奶奶的房间，一张床，一张桌，一个木头箱子，简单得再也找不出第四件物品。食堂外的廊道上，一口盛水的大陶缸，缸上一圆木盖，盖上倒扣着一个葫芦瓢。靠墙一张旧书桌，立着一个白色搪瓷桶，桶内学生饮用水总是灌得满满的。

　　每天鸟鸣声起，奶奶生火烧水，开始一天的忙碌。当学生们陆陆续续来校时，她爱站在食堂门口，看着他们一个个如鸟雀般进来，有的走进教室，有的到食堂门口淘米蒸饭。见是刚入学的一年级新生，奶奶就弯下身子，手把手地教他们如何舀水、淘米，多少米需放多少水量，如何平整地搁到蒸屉里，不厌其烦地说着。

　　上屉蒸饭当是一天中最隆重的事。奶奶先是往大锅里续水，把蒸屉搁到大锅上，将桌上大大小小的饭盒一一检查是否盖得严实后，再一个个重新摆放进蒸屉。饭盒搁下层，菜罐之类搁最上层，左摆右移地反复调整，那些五花八门、大小不一的饭盒、菜罐,在蒸屉里高低错落、井然有序。一切就绪,奶奶稳坐灶台后,拿起长火钳,往灶膛里添柴,火苗轻舔着锅底,水蒸气从蒸屉里氤氲出来,伴着米饭的清香渐渐弥漫了整个校园。

饭点自然是一天里最热闹的时光。铃声一响,学生们从教室、操场蜂拥似的冲向食堂。奶奶总能掐准时间节点,用一块湿毛巾,将一个个冒着热气的饭盒小心地取出来,有序地排列在台面上。然后呢,她站在一旁,看着一个个猴急样的学生进来,不断地提醒:"烫!别急,慢慢找!"在奶奶面前,学生自然放慢脚步,变得斯文起来,不敢胡乱翻动。一旦找到后,又飞一般地跑出去,欢天喜地吃起来。

奶奶是绝不允许学生浪费一粒粮食的。饭后,她总是盯在那口水缸边,眼睛如扫描仪一般,一一扫视来洗饭盒学生手里的饭盒,一个也不放过。如果发现有学生想倒剩饭的,她必定厉声制止:"不许剩饭!要吃干净!"平日的笑意全然不在。日子久了,学生们就乖乖地把饭粒扒得干干净净,每次去洗饭盒时都主动把饭盒伸到奶奶面前,好像说:"奶奶你看,干净吧!"水缸边惯例备着一个木桶,洗饭盒里漏下的一点饭粒也都蓄积在桶里,奶奶都晾干带回家用来喂鸡喂鸭。

晚边,乌龙山吹来习习凉风,吹得树叶簌簌作响,校园冷清、寂静。我和奶奶搭伙做晚饭。我负责生火添柴,奶奶变着法儿做好吃的。光面食类都能变出很多花样,土豆煮拉面,稀饭配麦粿,什么米筛爬、薛菜、萝卜丝饼,简单、美味又丰富!大冬天里,奶奶教我在炭炉上咸肉炖豆腐,砂锅里滚沸的豆腐发出的扑扑声、围着炭炉大快朵颐吃豆腐的情景,多少年过去了还时不时地涌上心头,挥之不去。

夏日晚上,我们坐在教室外的走廊上乘凉、聊天,看星星,看月亮。冬日寒冷,我们围着炭炉东拉西扯。和奶奶相处的日子，你时时可以感受到她身体里的硬气与骨气。

奶奶告诉我，自从丈夫走了以后，她不想依靠儿子来生活，想出来找点事做做，正好这所完小需要食堂蒸饭的临时工，于是她就来到这所小学，至今十多个年头了。从当初的几块钱一个月的工资到十几块钱，目前也不过二十几块钱，不过一个人够吃够用了，想买点什么不用问儿子要。她儿子对奶奶还是挺孝顺的，有时挑点米、面和自家地里种的菜来，有时天转冷了，把家里的厚被子挑来，再把奶奶暂时不用的物品带回去。亲情有时就像这乌龙山与树的关系，相互依存，不离不弃。

其间发生的一件事，让我尤为深刻。村里有个坏小子，趁奶奶周末不在学校，半夜里跑进校园，往我房间的瓦背上扔石子，哗啦啦的声响，一阵连着一阵，吓得我大气也不敢出，躲在被窝里挨到天亮。奶奶得知后，气冲冲地去找村主任汇报，觉得还不放心，又赶往坏小子家里，责骂家长："光会生不会教啊！"骂得人家哑口无言。被惊吓到的我，再也不敢一人单独睡，连着好几个晚上和奶奶挤在一个床上，像巢里的燕子被妈妈守护着。奶奶说，你一个大姑娘家，总不能天天跟我一个老太婆睡一床，于是她又说服村里一位贤淑姑娘，让她天天晚上来做伴。深夜扔石子事件后，奶奶把周一一早回校的时间提前到周末傍晚返回，不再让我单独一人住校。很难想象，过去的这么多年，这么多个夜晚，她一个人住在这样寂寞的校园，日子是怎么熬过来的？

奶奶信基督教，每个周日都去村里的教堂做礼拜，雷打不动。回校的她，一刻也不闲着，教我打理学校分给我的两畦菜地，教我种青菜、大蒜和九头芥。高兴时，她一边劳作，一边轻轻地唱："天堂地狱，摆在人面前，任你挑选你在哪一边……"我就跟她对唱："月亮出来亮旺旺，亮旺旺……"那时，她会立马放下手上的活儿，朝你瞪上一眼，随即莞尔一笑，皱纹里全是慈爱。

有段日子，奶奶面色憔悴，情绪特别低落。多次问她，才悄悄告诉我，原来她肚子痛还便血，于是去镇上看医生。医生对她说，你这病不用看了，回家想吃点什么就吃点什么吧。奶奶不忍告诉儿子，一个人独自承受着。同时间，学校负责人又向她传达中心学校领导的意见，村完小食堂工作人员年龄不能超过六十五岁，超龄的都将辞退。做了十几年临时工的奶奶，又得知生了绝症，想在辞退前争取点退休的福利或一次性补贴，负责人又告诉她像这种情况没有什么政策可享受，也没有这样的先例可参照，学校没有办法补助什么。听着奶奶诉说这些伤心事儿，感受着她内心的难过，又想不出什么话来安慰她，只能默默地陪伴着。

巍巍乌龙山，绵延数十里。那年盛夏，我调离了这所村小，所幸的是得知奶奶的病只是庸医的一次误诊，她也从此卸下了食堂工作，回到乌龙山脚的家里，和儿子、媳妇一起生活。相处一年，温暖一生。

上乌龙山

（一）

"乌龙山高哟，新安江格外清，红旗飘得欢哪，鞭炮连天响……"站在乌龙山巅，唱响这首歌，是在严师读书的1984年，和同学们第一次登上乌龙山。

严师坐落在巍巍的乌龙山脚，三年的朝夕相望，暗生情愫。那绵延青绿的山，那山顶新建成的高耸的电视发射塔，撩拨得青春年少的我们争相登顶。

青春不是桃面、丹唇、柔膝，是生命源泉的涌流，总爱选择挑战。每到周末，严中、严师和冶金专科学校的师生们经常组织登山活动，举着班旗，倾班而出，乌龙山道上一队队，或三五成群，蔚为壮观。我们第一次登乌龙山，以百步岭为上山的起点，这条山路是用山石铺垫而成的古道，陡坡处台阶紧凑，我们拾阶向上。上山的路一直是连续的大上坡，时遇古树参天，时闻鸟鸣清脆。路经雷公庵，稍作休息后，快到山顶的喜悦终难掩饰，同学们蜂拥般地冲刺，目标电视发射塔！

站在九百一十六米高的山顶，远眺新安江、富春江、兰江在此汇流，严州古城风光尽收眼底，如同黄公望笔下的《富春山居图》在眼前徐徐展开。

下山返回，自然不走原路。选择的是最近的路，也是最险的路，即电视发射塔正南面一条贴着山体腹地的小路。这条路，陡峭，湿滑，临近山顶几乎直上直下，平时鲜有人走，已是荒废得难寻路的影子。但是无限风光在险途，一路上乌石矗立，大小瀑布飞悬，水花四溅，与青山相映衬，与欢声笑语相应和，格外动人。虽然摔跤了，滑倒了，有的连裤子屁股上也磨出了个洞洞，可多少年后耳畔还时而响起山道上噔噔噔的足音、密林中欢泉的清音和心底里荡漾的兴奋与欢喜。

（二）

最近几年来，爬山、露营这一时尚的户外娱乐方式，已经慢慢地融入了很多人的生活。

作为建德第一名山的乌龙山，它雄姿伟岸，它四时皆景，吸引着越来越多户外运动爱好者灼热的目光。但最令人神往的，要数雪后上乌龙山看雾凇、赏雪景了。

2013年的初冬悄然而至，乌龙山顶的雾凇开始挂满了树枝，那些有雾凇装扮的树木，如白玉雕琢而成，仿佛玉树琼花。一月，又惊喜地下了一场小雪，雪花飘落在山脚的坡地、田野、村庄，一会儿不见了影儿，可乌龙山的高处却是白茫茫的一片，看起来像戴着一顶白色巨型大绒帽。

有人说，南方人对雪的向往，像极了爱情。于是，几位好友相约择日去爬乌龙山。

我们这次的线路是从乾潭出发，越乌龙山岭，最后抵达梅城。古道旁枯草丛生，草叶上凝着霜花。山涧里溪水潺潺，飞溅的水花被冻成了冰花，悬在枝叶间，晶莹剔透。行至半山腰，山阴面的路上，积着一小堆一小堆的雪，有同伴已经激动得不行，飞奔着过去，蹲在雪堆边，捏雪球，摆造型，拍照晒微信。

离山巅越来越近，不光是山的阴面有雪，连山的阳面也有雪，路上的雪也越来越多，越来越厚。爬着爬着，不经意间就进入了白茫茫的山林间，进入了银装素裹的雪世界。听，雪从树冠上滑落的簌簌声；看，毛竹被大雪压弯后静静地卧着，感受着雪的宁静与韵意。一群不再年轻的我们，按捺不住欣喜，开始打雪仗、摇树上的雪，甚至于在雪地里打滚，或仰面八叉地躺着，忘我地嬉戏着，喧闹着，原来我们也可以如此"肆意妄为"。是这雪，让我们忘却年龄，忘却烦忧；是这雪，让我们重返纯真无忧的年代，重返童年。

  一步一滑坚持着，终于登上乌龙山金顶，千树万树梨花开，极致之美让人心醉。倘若此时，我们驻足在乌龙山下梅城古城的某处，远眺此时的乌龙山，一定再现陆游在严州任职期间，他诗中所描绘雪中乌龙山的壮美："乌龙如真龙，妥尾卧江碛；时时登楼望，爪尾略可识。"

  上山容易下山难，雪地里下山更难。狂欢之后的我们，选择从电视发射塔北面东侧的小路下山，沿着蜿蜒小道，连滑带滚地下来，费尽功夫地来到玉泉寺，已是夕阳余晖下。八个多小时的行程，双脚湿冷疲惫，肚子又饥又饿，每个人累得在寺内坐下后，再也拖不动半步。这个时候，玉泉寺的两位和尚抬出一只大钢筋锅，锅里正向外冒着热气，来到我们面前。他们用一次性的塑料盒，给每人盛上满满的一碗腊八粥：请喝腊八粥请喝腊八粥。一碗粥下去，大伙儿肚子饱饱的，身体也暖和起来。

  这一天，是腊八节。它以这样温暖的方式留存在我们这群爬乌龙山人的记忆里。

（三）

  乌龙山，景美情亦浓。对于建德人，对于曾在乌龙山周边生活过的人来说，一辈子都有与乌龙山着千丝万缕的联系，它承载着独特又悠长的情思。

  乌龙山北面乾潭镇上，有三位远近闻名的登山爱好者，每到周末爬一爬家门口的乌龙山，是他们的家常便饭，为此有人送他们一个雅号：乌龙山下"三剑客"。2021年年底连续下了几场大雪，直到来年正月初一那天，乌龙山上还一直被大雪覆盖着、包裹着，"三剑客"三人难同行，当中的一位照例背上包，向积雪皑皑的乌龙山出发，以这样的方式开启新年第一天。今年国庆节的十月三日，阳光特别暴烈，"三剑客"和同伴共十一人，从北面的乾潭出发翻过乌龙岭至南面山脚玉泉寺，休息后竟然又折回，从林场上山登顶，再返回乾潭，来回只用时五个半小时，听说一个人就喝了十五瓶农夫山泉。一年四季，乌龙山上景致迥异，不断地有外地登山者一拨又一拨地来爬山，名声在外的"三剑客"自然成为向导，于是选择不同的路线一趟又一趟地陪爬，迎来送往义不容辞地尽地主之谊。

乌龙山，究竟有着什么样神奇的魅力让这些登山者如此沉迷？

距离1984年第一次上乌龙山，已经过去整整三十多年，毕业后散落各地的严师同学，相约冬日暖阳，重逢严师校园，倡议再爬乌龙山。拄着登山杖，行走在百步岭的我们，两鬓已经泛白，步履不再矫健。又一次驻足于电视发射塔下，望双塔凌云，看三江汇流，念往事悠悠。逝者如斯夫，感叹时间像流水一样一去不复返，人生世事变化如此之快，也感叹人生如登乌龙山，爬多高的山，看多远的景。乌龙山始终如一位时光老人，见证着同学们的深深情谊，三江缘，一生情！

大美乌龙山！我在这里等你！

七夕在简庐

闲适在家，听刘惠芬教授《现代生活美学进阶》。她的课程主要讲"生活四艺"，即插花、点茶、焚香和挂画，聆听的过程虽说是一种体验智慧、高雅、优美的生活方式，终究是隔靴搔痒式享受，知晓一大通知识、道理，却不能尽兴。

身边结识一群特别懂得生活的女人，她们在忙碌的工作之余，常常给自己留足时间的空隙安放心灵。爬山，旅行；读书，写作；茶艺，美食，养花；瑜伽，游泳，散步……

七夕去哪里？怎么过？相约在简庐。

简庐，古朴雅致。推开木门，墙角，石磨、石臼旧物陈设；墙上，书法、画作精美装点；空间，花格、屏风隔而不断，虚虚实实，若隐若现。这既是书画室，笔墨纸砚，一应俱全，也是茶艺室，长条形大茶桌上，布置了四个小茶席。一块布，一把壶，配上几个杯子，插上花枝，摆上茶点，用颜色和材质营造出七夕夜宁静的美感。

女人们呢？今日，个个身着汉服，隆装盛饰了一番！

好美！一身汉服的宝主。

淡紫色的齐胸襦裙，薄而透的上襦袖口上，点缀着彩色花卉刺绣，裙摆垂坠，飘逸，纤腰不盈一握。额前乌发被掖到脑后挽成一个简单的髻，斜插一只金色簪花，长发柔顺如瀑布般倾泻下来。她，面似芙蓉，眉如柳，好一个绝美的宝主！

青，眉目如画，丰姿绰约。身穿浅蓝色的纱衣，淡黄色的长裙，透明的肩袖上刺绣小花为缀，双臂挽一条嫩黄色的丝带，如同春天的花园。平日一头短发的芳，总是透着一股书卷的清气。今日纱衣长裙，百褶拖地，尤其是走动时飘逸的裙袂与两耳的挂珠耳环声气呼应，妩媚而不失活泼。

她们，衣袂飘飘，浅笑盈盈，似七仙女天宫下凡尘。

> 银烛秋光冷画屏，
> 轻罗小扇扑流萤。
> 天阶夜色凉如水，
> 坐看牵牛织女星。

在这样的夜，和这样一群人，想起杜牧的《秋夕》。诗中的轻罗小扇摇曳了千年的时光，可眼前巧笑倩兮、美目盼兮的她们，或轻摇罗扇，摆拍留影，或喝茶聊天，体悟人生，享受岁月静好，早已不是那个孤坐台阶的宫女，仰望天河，满是清冷与落寞，而是温柔以待岁月。

"焚香、点茶、挂画、插花"乃古代文人四雅事，每每爱茶女人相聚品茗，当是玩起优美雅致的宋代点茶。今日为大家点茶的，一位是仙女般的茶艺师宝主，另一位是扮成牛郎的阿坚。她们俩面对面，端坐茶席前，仿如牛郎织女喜相会。先将茶饼碾碎放在茶碗中，注入少量沸水调成糊状，然后再注入沸水，同时用茶筅不停搅动，使茶末与水融在一起，茶汤表面不断泛起汤花，越来越稠，形成粥面，直到看起来"面色鲜白，着盏无水痕"。最后，吴老师用刻有牛郎织女相会的镂空纸模搁在茶碗上，将淡绿的抹茶粉轻轻地拍下，粥面上慢慢地形成了"牛郎织女"鹊桥相会情景，难舍难分，情深意长。阿坚则选了一支猪豪毛，蘸上抹茶粉在粥面上书写，一点一点地连成了"爱在七夕"四个字，最后缀以两朵祥云。"牛郎织女""爱在七夕"，柔情似水万古长，正如诗所言"金风玉露一相逢，便胜却人间无数"。

书画桌上摊开的七彩纸，赤、橙、黄、绿、粉、紫、青，如同每个人心里珍藏的无数愿景。一剪，一折，一粘，莲花灯里融进了所有人美好的期许。

月光下的新安江，流着一片银光。女人们用巧手亲制莲花灯，将美好心愿折进花灯。如水月色，粼粼水面，点亮一盏盏莲花灯，看它们顺流而去，带走的是无尽的牵挂、美好的祝福，期待着重逢的甜蜜，健康平安，一切安好！

沉潜在茶道里的女人，生活中有花有香，日子过得有趣、雅致，她们不再因生活的琐碎，将就地活着。闲适时光，约上几人，喝茶、聊书、吟诵、做茶点。外出旅行，行李箱内茶具必备，随时随地，摆上茶器，烧壶开水，慢聊慢饮。为了一场茶艺展演，分工合作，倾心准备，冲泡、朗诵、舞蹈、音乐、服装，各尽其能。一杯茶，一本书，一首歌，抽离开繁杂浮躁的世界，沉静下来寻找时光深处的平衡，文化浸润，丰盈精神，成全生命。

日子本是平平淡淡，三百六十五天四季更替，会打理的过得诗情画意，疏于经营的也许一地鸡毛。如何将平淡的生活过成一首诗？正像阿坚说的，每个女人眼中要有最明亮的星星，心中要有最深邃的宁静。

舒羽咖啡馆

初冬，小住在杭州百瑞运河酒店。它的前面，是运河广场，走过广场，贯通中国南北的大运河即在眼前，古老的拱宸桥横跨运河东西两岸。

站在拱宸桥上，远远看见桥西头临河那座古色古香的木结构建筑，依傍着一排繁茂的杨柳，又掩映在高大的泡桐树下。那一根根细长的柳条低垂着，温柔地贴于水面，那泡桐树上一张张阔叶开始泛黄，深浅不一，在渐冷的秋风里零星地飘落，落在那漆黑的瓦背上。这座小楼正是桥西直街1号的"舒羽咖啡馆"，它是桐庐籍诗人舒羽以自己名字命名的咖啡馆，也被称为江南的诗人客厅。

走进舒羽咖啡馆，洁净的吧台，香醇的咖啡，整面的大书架，楼梯通道还是书架，尽是齐整的书，可随手取阅。圆桌，沙发，书画，照片，画像，被这里的一切深深裹围着。拾阶上二楼，推开木窗，运河上的风摇曳着岸边的柳丝，随意地涤荡，悠然地缱绻。屋内，设有卡座，有二人的、四人的，也有多人的。卡座椅上的每一个抱枕，印着一幅幅江南风景画，画上所配的每句诗都是诗人自己创作的，显得别致又温馨。"那是一支唱给过去的歌，谁有过去就唱给谁听。至于爱情，爱情就是过去认为是那样，现在认为是这样的东西啊！"即使未与诗人谋面，读着这些诗句，也有一种如晤之亲切。

舒羽说，在舒羽咖啡馆留一本书的时间给自己，留一个坦诚的自己给桌子对面的那个人。于是，从书架上选了一本舒羽的散文集《流水》，坐在近窗的一处软座上，一边阅读，一边欣赏，享受着书的静谧。《流水》一书的装帧可谓别出心裁，书籍身上套着深蓝色的书腰，两侧是细细的水波纹，书籍的页边也是做成细波浪状，一页一页翻看着，仿佛听到流水的声音从岁月深处淙淙而来。游欧洲，访台湾，下江南，观富春江，听马友友，读普鲁斯特，赏花木，吃螺蛳，文字里充盈着生活的情趣，更多的是对时间的客观存在与持续流逝、生命的蓬勃与虚度的实质的一种哲思。

这到底是一位怎样的诗人呢？阅读了店门外橱窗里的介绍，又通过网上得知，2012年9月，诗人舒羽曾在这里创办了"大运河国际诗歌节"，她想以诗歌为载体，让更多的人了解大运河，知道大运河"从一条劳动的河，正在变成一条审美的河，漫长而复杂的历史赋予它难以穷尽的意味，引逗着人们去反复地咀嚼和书写，让全世界更多的人去亲近中国的这一段流动的文明史"。她自己也在《舒羽诗集》的跋文中写道："我渴望恣意生长，像原野中的一棵树，或是天际中的一只鸟。"曾采访过她的记者李华评价她："一半在阳光下妩媚地绽放，一半在思想里低调地奢华，是一个创造了奇迹的美丽女子。"台湾散文名家余光中先生为《流水》撰写序言，他盛赞舒羽的随笔语言多姿，语境多元，"法无定法，灵动之至"。现在的她，不仅仅是诗人，还被人们称为运河文化的"使者"。

每晚散步，流连于此。离舒羽咖啡馆不远有一家"六贤记"糕点店，门口总见顾客排着长队等待，他们为购得店内的爆浆牛角、提子奶酥、金丝蛋糕等甜点，而心满意足。离开杭州的前一晚，从"舒羽咖啡馆"出来，一个随意的纸袋装进了《流水》《舒羽诗集》和第130期《今天》，心情如同终于买得"爆浆牛角"般喜悦，书的美味某种程度上来说，绝不亚于"爆浆牛角"，给予人精神的滋养或许更为悠长。

每个人的心中都有一座咖啡馆。舒羽在《身世告白》这首诗中写道:

我来
来回应你穷极一生的呐喊
来成全你步履沉重而依然行行复行行的意义
来拥抱你要的永恒和虚无要的虚无

研磨时光,研磨灵魂,生命才会浸酿出浓郁的芬芳。这,就是生活的智慧与真味吧?

大华书场听评弹

临近新年,和明霞奔波在杭城。忙完一天的活儿,还有些空闲时间,适逢强降温,街头冷风肆虐,明霞提议去大华书场听苏州评弹——《珍珠塔》,两人一拍即合。

大华书场在青年路 48 号,是如今杭州唯一的专业书场。走进书场,旧时光、民国风的味道扑面而来,四百多平方米的场地,红木桌子,胡桃色藤椅,古色古香的灯笼,还有长桌、圆桌上白底粉衣仕女瓷杯和竹编小筐,小筐里盛放着花生、瓜子和小点,完全是旧时书场的布置。书场虽然地处青年路,但来书场里的尽是些七八十岁的老人。

评弹说唱的书台陈设也是非常简单。书台后背中央挂一把大纸扇,扇面画着一幅白梅图,两旁是一副沈祖安老先生多年前为大华书场撰写的对联:"说青史野史逸史辛酸史,全凭他一块醒木;表佳人才人趣人尴尬人,且由你半抱琵琶。"正中央是一说书台,中间摆一桌,桌上置一扇,一盘,一壶,两杯茶,椅身两侧分别靠着一把三弦琴和一把琵琶。

苏州评弹被誉为中国最美的声音,有说有唱,说唱细腻,吴侬软语娓娓动听。

第一次听评弹,屈指算来应该是六七年前的事了,和美仙、燕红、刘晶几位同学在苏州大学进修,我们相约坐船夜游苏州河。霓虹灯影里的苏州河,水波漾漾,来往游船擦肩而过,不时传来评弹艺人的说唱。我们登上游船,一位六十有余的评弹老艺人,一身旗袍,淡雅素净,怀抱琵琶,端坐船头。

游船动时,她亦轻轻拨起琴弦,吴侬软语的说唱从舱内飘起,轻盈,缓慢,深远……这声音,穿过古街旧巷,化作山水清音,千回百转地叩响了干涩的心灵……

儿时曾看过越剧《珍珠塔》,剧情大概说的是陈翠娥与方子文情赠珠塔、私订终身的爱情故事。今日大华书场为大家表演《珍珠塔》的是两位青年评弹艺人,男的,着一身紫红色长衫,足穿V形黑布鞋,手持三弦琴,端坐凝神;女的,玫红色旗袍,粉色羊绒上衣,怀抱琵琶,杏目含笑。他们将搭档进行"双档"表演。

书场的人越来越多,几乎填满了所有空位。在众人期许的目光中,台上男青年终于弹拨开唱,如鸟鸣在静寂的林子里响起,轻盈,悠长。但见书台上的他,完全把自己当作故事中的人物,用声音,用眼神,用手势,一一传达不同人物的喜怒哀乐。他,一会儿得心应手地弹奏,淋漓尽致地展现月色朦胧的夜晚,男女主人公的相会;一会儿声情并茂地演唱,表现了饱学多才、心高气傲的主人公不愿受姑母轻视、愤然告辞的情景。女艺人也在不停地转换着角色,相继弹唱,时而缓缓低吟,时而清丽委婉。特别是小姐陈翠娥下堂楼那经典一幕,那种欲进又退、欲行还止,错综复杂的内心世界,表现得淋漓尽致。戏里戏外,自如出入,有时会让人怀疑,他们到底是在"说书",还是在"演戏"?语气语调的把握,人物情感的揣度,场景环境的拟设……实在让人叹为观止!

"啥辰光。回到屋里相。面孔要红的啦。慢慢着慢慢着。碰(báng)不得个哎。讲(gáng)两句话(wó)把侬听听。勿肯讲(gáng)啊。没(mé),碰(báng)不得个哎。噢哟哟好!"泡在书场一个下午,被吴侬软语浸淫,为悲欢离合洒泪。以致至于在之后的很长一段时间里,耳边还回响着三弦、琵琶声,日子留香。

第三辑

山水淙淙
SHAN SHUI
CONG CONG

赶花

喜欢赏花，不记得从什么时候开始。

每种花，花开的时令是不同的。它们按照自己的性情、脾气盛放，总有一种无拘无束的自在与奔放。

就拿红梅白梅来说吧，红梅已经在枝头绽放，热闹得很，引得蜜蜂嗡嗡在花间忙碌，充满着泼墨春天的激情。那白梅呢，不紧不慢，虽然枝头已是花苞满满当当，白色花盘却是零星次第绽开，这儿一朵，那儿一朵，拖曳在凉飕飕的春风里，睡眼惺忪的模样。同样是梅，蜡梅却选在一年之中最冷的季节邀约了雪花，以雪里藏的方式登场亮相。

喜欢赏花，也就喜欢随着各种花开的时间节点赶花。

最爱赶的花，还是山乡那些本色的花。什么桃花、梨花、油菜花，还有紫藤、野菊和映山红，哪怕是茶树、香山籽、泡桐树开花，林林总总的，甚是欢喜。房前屋后，山坡野地，篱笆院落，随着季节的脚步，一茬接一茬，或零星点缀，或铺天盖地。这些花，没有华丽，只有素朴，更没有矫情，有的是随性。

赶花，错过花期那是常有的事，时间过早或延后都不行。明明是去看花，却只见满树娇羞的花苞，抑或满地飞落的花瓣。曾经两次去香雪梅海，落得截然不同的境遇。第一次去正是几百亩的白梅盛放，徜徉花海，浸润花香，心花怒放。次年再去，除了山脚村巷几树红梅露出朵朵笑意，满山白梅还只是花苞微微泛白，但见梅枝，不见梅花。赶花的人却仍旧三三两两地在梅林的山道上行走,靠想象与回味来填满赶花的日子。

喜欢赏花,赶花成了一群爱花女人的诗意生活。

什么花开了?哪个地方的花好看?到哪儿赏花去?花把大家联结相聚在一起。常常是看了绍兴的梅花,又相约去安徽看梅花。这周看了油菜花,又约下周看桃花。今年赏了十里荷花,又想着明年天池看荷花。路远,不怕。山高,不惧。花多花少,不嫌。即便遇雨,也欣然欢悦。只要有花,生活就有春天的感觉!香雪梅海,石潭油菜,金紫尖野菊,向阳畈桃花,遂昌万亩杜鹃……一年四季,循香而往,乐此不疲!

就说正月里的一天,朋友微信推送得知安徽有个赏梅村落——卖花渔村,于是当日策划,第二天就奔赴这个深藏在大山腹地的山村。卖花渔村当真家家种梅,户户植花,不只种在庭院内,并且植于房前屋后,山洼溪边,连屋顶的平台上也盆景摆置满满。行走在古朴幽静的村里,一钵钵盆景错落有致,如凝一幅幅画,如读一首首诗,让人心身愉悦,沉思遐想。登上村子四周的山坡,满山遍野盛开的梅花,一团团,一簇簇,一层层,分外抢眼,似万亩杜鹃之壮观。漫步流连在梅林,品花朵妖艳,闻梅香浓郁,听蜜蜂欢歌,满心欢悦地浸泡在粉的、红的、白的繁花里,那一刻,你已不再是你,我也不再是我。

赶花中也常有回味,温暖的记忆像花香。望着满山满垄的桃花,思绪也会在不经意间东奔西跑,跑到三十年前工作的那所小学校。校舍坐落在村子里,东西两面紧邻农户住房,北面朝向广阔的田野、远处的大山。住宿的房间朝西的窗正对一户农家菜地,菜畦、篱笆墙,还有一株桃树。那株桃树的一根枝丫斜斜地横在窗的一角。伏案备课、批改,抬头则是窗含桃枝。白天,偶有鸟雀在枝头跳跃、欢鸣;月下,欢快的童音童影隐匿在桃影婆娑里,陪伴着独自一人在他乡的每一个寂静的夜。春来时，沉寂了数月的黑色枝丫上，悄然地冒出一粒粒小花苞，慢慢地鼓起来，突然有一天，惊喜地发现，枝上开了一朵，然后又一朵，一天天繁盛起来，直至硕果累累。感叹"人面不知何处去，桃花依旧笑春风"的同时，更为感恩初为人师是在那桃花盛开的地方翻启了第一页。

赶花的路上，面对每一朵花，每一片花海，心里有美，有香，有祝愿，有思索，有憧憬，有纯净的世界！

春天，去富阳登山

走进富阳，走进龙门山，像走进了一幅绝美的山水画卷。蜿蜒曲折的古道，潺潺流淌的溪水，满目葱绿的群山，如约似的粉墨登场。春天，我仿佛听到了她奔跑的足音，看到了她欢欣的身影，一团一团地冲撞到你的眼前。

春天，是和太阳相约而至的。阳光里的春山，如黛，如妆。一缕缕的阳光从浓密的枝叶缝隙间倾泻下来，嫩绿的叶片儿闪着光亮，如薄翼般透明。

一群着装艳丽喜欢户外的人行走在古道上、阳光下，生活里的那点心事，如同树荫下斑驳的光点，在微风里欢欣而不显张扬，明媚而不事雕琢。喜欢这样的日子，背着包，随意地走着，看着，可以有点小忧伤，但却是淡淡的，不着痕迹。面对树枝间射进的一束阳光，我会将双手举过头顶，最大限度地与太阳亲近，那时，我的手如同树枝，枝丫间有阳光跳跃……每个周末，逃离聒噪的城市、机械的生活，纵情于山水之间，就为遇见蓝天白云、青山绿水，我心存感念，总是妄想留下住上一阵。

我以为，世界上所有的植物都是美的，所有植物的花都是精彩的，认同每一片山林都有无数条让我热爱的理由。春天，我喜欢到野外去，看到每一朵花都会忍不住凑上前去闻它的香。路边的青草高高低低铆着劲儿长着，我会情不自禁把它们拉至鼻尖，贪婪地呼吸。最豪情的莫过于林间的树木了，它们按照自己的方式生长着，所有的树枝都吊儿郎当的，旁逸斜出者有之，挺拔直立者有之，将自己长成一个球冠形的亦有之，风一吹，就尽情地摇头摆尾。前些日子开得最欢喜的是紫藤，只见绿色的山林间，点缀着一片淡紫色，像一条瀑布，从空中垂下，不见其发端，也不见其终极，只是深深浅浅的紫泛着点点银光，就像迸溅的水花，又像在和阳光互相挑逗，仿佛在流动，在欢笑。而此时，龙门山林场老屋前的樱花着实让人眷恋，白里透红，红中带粉，款款迎春。同行的美女们，她们乐于与樱花合影，与樱花相媲美，总是将自己最美丽的一面定格在青春岁月之中。

在龙门山的半山腰有一处林场，林场老屋前有一个不规整的椭圆形水库，叫杏梅水库，一汪碧水惊艳得让人心跳。她是如此的美，碧蓝碧蓝的，蓝得化也化不开。碧水倒映着蓝天，倒映着青山，倒映着翠竹，倒映着白色墙面已是斑斑驳驳的老屋……实景与倒影如此巧妙地融合在一起，成就了一幅色彩明丽的绝美山水画。

静静地坐在溪涧边大溪石上也是一种独有的享受。春天的山，就像情书一样，浓浓密密地包围着你，温润着你。满山色泽深浅不一的绿叶，就像信笺上爱人欢心的言辞；杏梅水库旁的青青翠竹、粉色的樱花，就像信笺上爱人精心的装饰，读着读着，喜悦从心底悄悄地爬上眉梢。

贴着溪石飞泻的瀑布，如白练般跃过。虽说春水还有些冷丝丝，但还是脱去球鞋，把一双脚儿浸入当中，一声惊叫后，就感到春水滑过脚丫时的那份温柔。

登山则情满于山。行走在山林间，用心感受着大自然的每一个音符，触摸草木最柔软的情怀，聆听花朵最柔情的耳语，用一双温暖的眼睛看世界，那么，世界到处都是风和日丽，到处都是花好月圆。

春到桐洲岛

咕，咕，咕——咕，咕——咕。

春天，在杜鹃鸟悦耳的声音里醒来！

读自然文学作家约翰·巴勒斯的《自然札记》，"我的书不是把读者引向我本人，而是把他们送往自然"。质朴的文字告诉我们要学会欣赏从自家门前延伸开去的风景。

我想起了去年冬日的一个傍晚，从鹿山新新村返回，顺道去了桐洲岛。天，灰蒙蒙的；夕阳，灰蒙蒙的；从富春江水面吹来的风，似乎也是灰蒙蒙的。走进桐洲岛那片硕大的意杨林，但见林木疏密不均，树干修长，直插天空，树林萧瑟，寂静。穿行在树林间，就像一幅巨大的立体素描画。于是，想象着，在万物生长的春光里，这里又该是一幅怎样的画卷。

春天来临时，陪父母同游桐洲岛。

岛上，碧水环绕，青山倒映，岛头绿树成荫，沿岸杨柳连绵。倘若空中俯瞰，橄榄形的整座岛就像一艘巨轮劈浪行驶在富春江上。

岛上的油菜花，一眼望不到边，金灿灿的，这样的巨作，只有水彩画家从空中泼墨挥毫方能绘成。村里的屋舍，错落有致，色调不一，远近疏密，恰到好处。踩在田塍上，擦着油菜花走过，裤腿、衣袖不知什么时候就沾上了花瓣，感觉就像把春天穿在了身上。

栅栏围着的桑树地，一棵棵桑树修剪得很齐整。粗粗的枝干上，正冒出肥绿的叶子。仔细看，叶片下已经挂了无数的桑果，青绿色的，出落得楚楚动人。

　　选一树枝丫挤满花的桃树作背景，给父母亲拍照合影："靠拢点，再靠拢点！"母亲一边靠近父亲，一边腼腆地笑着，藏不住的笑容里，全是幸福。

　　父母一前一后沿草坪边走着。母亲突然停下脚步，转过身来说："这块地这么平，空掉怪可惜的。"父亲"嘿嘿"一笑，说："你肯定在想，要是在这里种上土豆、番薯，多好！"母亲和土地生活了一辈子，自己从不闲着，自然也不肯让土地闲着。

　　桐洲岛上的柳树，个头低矮，柳丝细长，满树蓬勃。鸟儿的歌声从密密的柳叶丛里流出来。我情不自禁地，撩开柳丝钻进去看，不晓得是什么鸟儿，尖声鸣叫着，从我面前飞起来，好像语气严厉地抗议我对它的打扰与冒犯，转眼间又飞得无影无踪。

　　意杨林北面的草地上，有五六头黄牛，其中的一头母牛安静地卧躺着，小牛紧贴着它站着，看到游人走近，眼睛里有一丝的不安与惊慌。母牛好像在安慰它：不用怕，他们不会伤害你的。

　　　我想和你虚度时光，比如低头看鱼
　　　比如把茶杯留在桌子上，离开
　　　浪费它们好看的阴影
　　　我还想连落日一起浪费，比如散步
　　　一直消磨到星光满天
　　　…………

　　桐洲岛，就是一个可以和你一起虚度时光的地方。

山顶有个绿葱湖

跟绿葱湖结缘是因为映山红。

去年的 5 月 12 日，一帮女人从遂昌高坪村登桃源尖赏映山红，千挑万选的日子却是个倾盆大雨天，登顶之后更是风吼雨急，走马观花似的浏览，赏花成为憾事，不过也埋下对来年的期待。

看映山红去！

还未等高山映山红烂漫到放肆，4 月下旬的一个周末，我们再次出行。当然，为了避免走老路，我们没有再去桃源尖，而是选择了绿葱湖。

第一次听到绿葱湖这个名字，我心里是滑过一个小问号的，看映山红还到什么绿葱湖？不过，转念一想，山巅有个湖儿很正常，也一定很美。

我们从龙游的庙下乡毛连里村出发，途经里源村、双石岗村。古道上的小村落，泥墙老屋，修竹掩映，溪涧潺潺，古树守候，家犬迎客，这一路上除了遇见零星几位登山的年轻人外，遇见最多的是还一直生活在村落里的老人，他们有的收菜籽打理菜园子，有的挖毛笋晒笋干，有的照管着儿孙辈的娃儿，安静祥和地生活在这儿。看到我们，淳朴的老人们总是笑盈盈地迎上来，问我们是哪儿的，要到哪儿去，招呼我们进屋歇脚喝水，仿佛来到外婆家一样。

我们沿石阶古道穿过双石岗村，古道两侧的梯田随山势层层叠叠，闲置的田地长满了小野花。有一种小时候常看到的棉花草花开得正艳，嫩黄色的小花成片成片的，女人们禁不住诱惑奔跑进花海，尽情欢欣，尽兴欢跃。

继续上行，竹海深深，毛笋破土，溪水叮咚，蝶戏山花。山道边有很多金刚刺的花（我不知道它的学名是什么），花色是纯白色的，花盘很大很大，花茎是长条形的，像抛物线一样挂下来，形成一个弯弯的弧线，一丛一丛的花儿随着花茎垂下来。于是，我们的脚步又一次被勾住，拍照，欢笑，再拍照，再欢笑，走走停停，停停又走走，像花痴一样沉迷于花色花香之中。

我们自认为是一群放牧春天的女人，随着春天的脚步奔走，像蜜蜂一样在花丛中飞来飞去，与春共舞。

走过茂密的竹林，反复穿过山涧，泉水欢歌不断。路虽野，但不算太难走，整个人被浓郁的嫩绿色包围着，心底一直是欢喜的。抬起头看山顶，依然是高不可攀，要从海拔七百米左右的村子上升到近一千四百米，看起来有些吓人，但时不时在我们头上绽放的杜鹃花给了我们信心与勇气。

耳闻着山顶传来的阵阵人声由远而近，我们离山顶也越来越近了。

路边一块指示牌上写着：往左边山脊上行就是桃源尖，往右边山脊上行就是绿葱湖。原来桃源尖与绿葱湖是同一座山脉的两侧。

我们往绿葱湖方向登顶，几乎是在花径花海中行走，整个山岗开满了映山红，他们一簇簇地挨着，肆无忌惮地竞相怒放，间或中间还点缀着一两株紫色的、白色的高山映山红，给这红色世界增添了一抹别样的美，构成了一幅五彩缤纷的映山红长廊。深浅不一的映山红，似乎给整座山岗披上一件红锦缎；连绵起伏的山峰岭脊，犹如随风飞舞的红丝带。

山风徐来，花香袭人。置身映山红丛中，让人赏心悦目，飘然欲仙，情不自禁引吭一曲："岭上开遍哟，映山红……"

穿行在这连绵起伏的花廊，看看这一树很美，看看那一树也很美，每一株花儿，都空灵含蓄，如诗如画，美不胜收，让人流连忘返，我们只有不停地拍照，不停地赞叹，却怎么也表达不了心底的那份欣喜。

临近午后一点，我们终于登上绿葱湖（海拔1390.5米）。顶峰上立有一块巨型石碑，一面写着"三衢在望"，一面写着"绿葱湖"。原来绿葱湖不是湖，而是高山草甸。绿葱湖因其森林植被丰富，又名绿春湖或六春湖，现在写作绿葱湖。

站在山巅极目远眺，山势雄伟壮观，周围峰峦叠嶂，郁郁葱葱，云雾袅袅而游移，如波涛般汹涌。近处的映山红红艳胜火，在青山蓝天的衬托下显得更为娇艳。

绿葱湖绵延不断，绿波荡漾，如同一幅山水长卷，似有"天下唯我独美"之势。久久地驻足，更有一种"宠辱不惊，看庭前花开花落；去留无意，望天上云卷云舒"之感。

信步绿葱湖，满心的欢喜，久久不愿离去……

芹川古镇里醉一回

最早读到芹川古镇是在我先生的摄影作品里。依山傍水，黑瓦灰墙，小桥卧溪，悠闲，宁静，古朴。那些属于芹川古镇的元素以模糊写意的方式，悄然无声地生成想亲近她的念想，一直驻扎在心里，然始终未成行。

有幸在江南三月天走近芹川古镇，轻轻地撩开她的面纱。她其实是一个有着七百五十余年历史的古村落，现今有五百余户人家，是淳安县境内人口最多、最集中的行政村。古村落民居大多建于明清时期，为典型的徽派风格，小青瓦、马头墙，再加上雕梁画栋，随着时间的推移越发显得她的弥足珍贵。

进村，三棵参天古木香樟立在村口溪畔。它们的枝条上刚刚吐出新叶，张开的巨臂向四方延伸，肆无忌惮地伸展，竟在半空里相互交错，相携架起巨大的树冠，如撑起的一把硕大的伞。在南方村落中，古木香樟记载村落的历史与渊源，是一个村落的灵魂。拥有古木香樟，便拥有了一张承载历史渊源与骄傲的"金名片"。当我们从古香樟树下走过，溪里卵石筑起的堤坝上泛起的白色水花，哗哗作响；路沿边各色各样的植物泛着新绿赶来，脚步匆匆。

信步往里走，眼前不断地充盈着像古樟般不胜枚举的古色古香，村头四脚翘的廊桥，溪上横卧的拱桥、木桥，村里一排排的明清古民居，清一色的青砖黛瓦、飞檐翘角，连同斑驳的墙壁、古朴的门楣，都历经了岁月的沧桑，正无声地叙述着属于古镇自己的故事。走过，看过，触摸过，仿佛在聆听历史的足音！

　　村落历史沉淀下的宁静只在有心人的心里才能复活，才能生动起来。同行的翠娟似乎跟山村哪村落啊有着千丝万缕的情结，你瞧，她驻足在古民居的门前，总是不由自主地摸摸那门当、木门，坐坐那石墩、门槛，哪怕是那个落满蛛网的破窗棂，她都会探身一看。看到几位大伯、大妈坐在门口石板凳上聊天，她也一屁股坐在他们几个中间，俨然像遇见了乡里乡亲拉起了家常，亲切自然。我则对一座座民居的大门上的各色各样的门环（也叫铺首，门环原本是人们用来开关大门和叩门的实用物件）情有独钟，这里的门环造型别具多样，既有非常简单形状的，也有异常繁复逼真的凶猛奇兽的头部形状的，既有简易木制的，更多的是铁制的，大小也不一，小的门环直径只有几厘米，大的直径有几十厘米。经过每一座民居，驻足每一扇门前，仿佛顺着门环能推开一段难忘的记忆，一段久远的历史。眼前村里人习以为常的各式门环，一定是有着它独有的理解与诠释的。我想，这门环应该不单单是供人敲门或拉门的，它还是一种吉祥之物，是康乐，是太平，是富贵，是长寿，是幸福，是祥瑞。关于徽派建筑上的这些古旧门环是有讲究的，兽头状的门环配合如意纹，有了"寿如人意"之意，而最常见的圆形门环，有了"圆圆满满"之意，那些刚强坚毅的"兽面门环"成了驱鬼逐疫镇宅避邪的"门户"。

　　在村子里走走停停，看到一家小园子，木门背后的木闩很特别，我将那木闩推过来推过去，仿佛这样来回地推能够推开记忆的大门，找回在岁月里跑丢的童年。一路上，我的目光，我的耳朵，我的双手，我的脚步，仿佛都能跟眼前的一切深情对话。

　　往日沉静的小镇，如今已习惯了每日南来北往、熙熙攘攘的游客。一拨一拨游客造访的脚步，"咔嚓""咔嚓"的拍照声,也丝毫没能干扰古镇和古镇的主人。一位衣着鲜艳的农村妇女,挎着个竹篮子从桥上而过,照面时不忘招呼"到我们家来用中餐噢";几个村民正在一处溪沿边拌水泥,加固溪岸;有人在溪边洗衣洗菜,有人在店门口招揽生意,有老人坐在自家门前晒太阳,小孩儿欢快地在狭长弯曲的小道上奔跑来奔跑去;爱热闹的狗儿更是不闲着,无聊地狂叫几声后像个小孩似的随从游人的脚步东逛西逛,也有一条大黄狗竟旁若无人地躺在行道上,一副懒洋洋的样子,显得十分的安逸;小溪里的鸭子排着一字形的队伍,任性地划着嫩黄的脚掌向前游着,发出"嘎嘎——""呷呷——"的欢叫声……像我们这些匆匆过客,是否为了逃离城市的喧哗、钢筋水泥的冷漠,是否为了聆听春天的召唤、自然的音乐,在这古村落里寻找宁静与温暖。无论每天有多少人来到这里、逗留多久,陪伴着芹川古镇每一个日落、每一个天明的,仍然是祖祖辈辈在这里繁衍生息的芹川镇人。

　　站在芹川古镇的小桥上,看柳枝,看春花,看她们那般肆意地在古意盎然的民宅前、溪口旁吐芽,绽放。似乎在芹川古镇,春的脚步也格外从容、安稳,静静悄悄的,也蓬蓬勃勃的。站在如此宁静的古镇问候春天,与鸟语花香撞个满怀,我们自己不知不觉也成了春天。

三门源

春天的雨是恼人的，绵绵细细，断断续续，……然而，在热爱大自然人的眼里，她却是秀色山峦的精灵，是充满着诗情与画意的。我们就是在今年那场春雨的陪伴下，徜徉在龙游三门源的古村落里。

时值人间四月天，深深浅浅的绿满山满地地渲染着。白墙黛瓦、飞檐翘角、卵石巷道，高高低低的马头墙错落有致，一条山涧淙淙地从古村落中间穿过。

古村落的巷道，曲曲折折，窄处一二米，宽处三四米，背着包，打着伞，顺着巷道信步寻访。偶遇也在雨中漫步的小狗，小狗一边惊吠着一边急速跑进深巷，遁入一所老宅。我们随即紧跟其后，发现它避到古宅里一位老人身边，老人自顾自地忙碌着手头的活儿。小狗见我们走近，尽职地狂吠不止，老人制止了它，仿佛说了句，来的都是客，小狗就安静下来了。

临溪两侧上了年纪的老房子，墙面上刻满了岁月的沧桑，让人有一种穿越时光的感觉。我们首先走进的是"荆花永茂"，只见室内有天花藻井、走马楼、花灵窗、迎客塌、八仙桌，样样精雕细刻，细看又各不相同，有蛛网状的，有八卦图式的。门楼上的砖雕也很夸张，其雕工之娴熟，堪称一绝。古宅的主妇热情地跟我们打着招呼，拉起了家常。两个七八岁的小女孩，骑着小自行车，沿着天井开心地玩着，当我们举起相机时，她们却羞涩地从镜头里跑开了。

走出古村落，雨渐渐地小了，村外山峦间升腾起袅袅的云雾。下一步，我们将去看白佛崖瀑布。

我们在一片碧绿中行走，不多久，就有水声由远而近。那声音，不像鸟鸣，像是千军万马的奔驰。随着脚步的加速，瀑布的雄姿已经展现在我们眼前。白佛崖瀑布宽约三米，落差九十多米，从危崖壁立的白佛岩飞流而下，形若垂帘，溅如跳珠，散似银雾，响声轰鸣。它们如一群欢快的精灵，在你的眼前唱着歌儿，像童话，像诗歌，像仙境……它们起初是一股一股地从山崖上落下，碰到那突出的山棱，然后飞花碎玉般向四周飞溅，微雨似的纷纷落着。没有碰到山棱的，一路上也被扯成大小不一的几绺，温柔的山风吹来，它们轻盈地舞动起来，婀娜多姿。

我想，每一个来这儿的人，都会为瀑布的壮观而感叹的。美是多种多样的，有温柔之美，有娴静之美，有悲壮之美，有冷峻之美，但白佛崖瀑布属于哪一类呢？我真的无法言说，只有把这一颗被美不断撞击的心交给它，然后沉醉在这青山绿水之间。

小记黄山顶

陪女儿练车过三都，过马宅，路边有一指示牌显示"黄山顶"。也曾耳闻过"黄山顶"，大概是一个坐落在高高山岗上的小村庄，于是车子左拐进入上山的盘山公路。

说是公路，也仅只有一个车身的宽度，狭长的山路顺着山势盘旋而上，有几处急拐竟是三百多度的大拐弯，更有连续的几个大拐弯，车子在这样弯弯曲曲的山路上爬行而上，越来越高，越高越觉得险，有一种驶向云端去的感觉。

大约二十分钟后，车子驶向山巅，然后绕着山巅小路七拐八弯地前行，四周围尽是高高低低的群山山尖儿。一路上驶来，即使在山脚，车窗外还是雾霾沉沉，此刻的天空突然间放晴，明朗，透彻，豁然。

到了，到了！眼前一大块平坦的山坡上，清一色土黄色的泥巴墙，黑漆色的瓦，三十几间土坯房坐北朝南零星地排列，疏疏朗朗，村子左手面和右手面是葱葱郁郁连片的竹林，房子前面是一丘丘的吊瓜子棚，呈梯形状，只是空空的棚架上只有枯黄的藤蔓稀稀疏疏地相互扯着，很安静地等待着什么似的。

走进村头，阳光映照下的土房大门口，一位老人正坐着悠闲地晒着太阳，旁边还有一条大黄狗伏在老人的身边，虎视眈眈地盯着我们。门前的空地上，一只大公鸡正陪着四五只老母鸡散步找食，其中还有一只在哪篇小说里看到的"芦花鸡"。更让人惊叹的是老房子右侧的一扇小门上还有一只小黑猫蹲着呢，全身深黑灰色，一双深蓝色的眼睛，炯炯有神！

"土鸡多少一斤？"看到从老屋里走出一位老奶奶我忍不住问。"三十元一斤。"老奶奶一边往竹竿上晒衣服，一边说："母鸡不卖，要下蛋的。两只公鸡可以卖掉一只。"好啊好啊，那就买一只大公鸡吧！老爷爷随后从凳子上站起来，一边说："那我去抓抓看。"刚刚还在大门口的那只大公鸡，好像听懂我们说话似的，一眨眼工夫没了影儿。于是，奶奶和爷爷一块儿从房子前的菜地找到房子旁边的田地里，谁料那只大公鸡早已经跑到田里了，正迈开步子一个劲地往前跑，任凭奶奶在后面怎么嚷嚷，跑过一块地又跑过一块地，那么空旷的地在有人追赶的前提下大公鸡更有了施展才华的余地。我们想帮忙，但是邻居家养的两只黑狗对着我们狂吠不停，根本就没有机会近前。无奈只好作罢，爷爷奶奶似乎有些失望，我不知道卖掉一只大公鸡对他们意味着什么，也许手头上就拥有了可以买点生活用品的零花钱，或者还有更需要的用处！我不得而知，只是在想今天要是能逮到那只大公鸡多好啊！

时值正午时光，奶奶请我们到家里坐坐，忙着给我们找杯子倒水，还盛邀我们在他们家吃中饭："饭有着呢，可能我烧的菜你们吃不惯。"哪里好意思在他们家吃饭啊，素不相识的。在我们的再三推辞之下，爷爷和奶奶才围着火炉对桌而坐吃起饭来。不过，奶奶家今天的菜还挺丰富的，霉干菜蒸肉、青椒肉片、青菜，绝对的有机菜。就在这时候，老奶奶的邻居知道我们想买只鸡，正提着一只刚抓来的老母鸡进来问我们要不要？当然好啊！奶奶找来自家的秤称了称，四斤二两，一百二十六块钱！爷爷忙着找来一块蓝布条，将母鸡的翅膀扎上，还嘱咐说："不能扎太紧。"

当我们将鸡放入后备厢正准备离开时，爷爷还站在大门口大声地对我们说："下次要买鸡的话，早上要早点来噢！"我和女儿约定，年后我们再来，等爷爷奶奶家鸡窝里的鸡出窝前就来！

云深人家

连雨不知春去，一晴方觉夏深。

再次来到麻车，站在青源新村，眺望村后，重峦叠嶂，云雾缥缈，近赏联排安置新居，灰墙砖房，整齐有序，庭前屋后院落里，"鲜花璀璨蝶舞忙，万朵妆成满庭芳"，好一个恬静诗画的山乡新村。

自2015年以来，麻车片的青源、柳村、高垣、黄山岗等地实行下山移民新政策，山脚的新安置房，一幢幢一排排拔地而起，那些生活在高山上的一百多户农家，陆陆续续从册上搬迁至新村。

六年前的一个初夏，曾随户外俱乐部成员，冒着淅淅沥沥的小雨，探访深藏在海拔六百多米高的黄山岗。

车行蜿蜒山路，盘山而上，从车窗向外张望，满眼苍翠，生机盎然。车越往山上行驶，山林间缥缈的乳白色云雾由淡渐浓，一缕一缕飘飘袅袅，直至将整个山全都笼罩起来。一路上，偶见泥墙黑瓦的土屋顺山势而建。山路十八弯，车子爬过一岗又一岗，整个山湾山垄里到处是村民们开辟出来的田地，或长或短，或宽或窄，形状不一，阶梯状分布，那层层叠叠的梯田因为种植着不同的植物，呈现出不同的色彩，从上往下眺望，可谓是阡陌飞扬。

近一个小时的行程，车子停在山巅的几座老屋前。极目四望，整个山间被雨雾弥漫，朦朦胧胧，犹如人间仙境。打起花伞，脚踩泥地，行走在绿色之间。老屋是东一幢西一幢，散落在山坡间，有的甚至是远远地躲在云雾里。

同行的马丽指着路边一座老屋告诉我们，这就是她的阿姨家。土屋坐北朝南，一排四间，两扇大门。老屋的右侧还紧挨着两座老屋。老屋已不再挺拔，像老农的腰杆。斑驳的墙身，黑漆漆的瓦背也显颓废，像老太太的面颊。老屋低矮的门栏前，一位年近古稀的老太太探身向外张望。马丽第一个冲向前，奔向老人家，亲切地喊着：阿姨！阿姨！我们被这亲切的叫声感染，像看到自己亲人似的，也急步近前。

　　走进老屋，厅堂的正中间墙面上写着"崇德堂"三个字，下方贴着一张醒目的"百寿图"，中国红的色泽特别的艳丽，意蕴着无限的吉祥与福寿。厅堂正中间摆着一张八仙桌，主人已在桌上摆起了热腾腾香喷喷的农家佳肴，就像过年时节走进乡下亲朋好友家里一样，扑面而来的是温馨与热情。

　　热闹的气氛吸引了左邻右舍，他们拽过一条长凳，坐在堂屋中间，一边嗑着瓜子，一边抽着香烟，每个人都用好奇的眼光看着我们。

　　听马丽说，她的阿姨小时候并不生活在这儿，身体特别不好，曾病得吐血，家人都以为这孩子带不大，活不长的，于是，把她送到山上这户人家，不料她来到这儿，身体越来越好，气色红润，成家之后，还有了四个孩子。

　　黄山岗老屋后的山坡上，有大片大片的高山蔬菜基地，还有大片大片的茶园，这些都是坚守在这儿的老人们辛勤劳作的地方。

　　雨声渐渐小了，我们也要下山了。马丽的阿姨早已为我们准备了一大篮新煮的山笋，水嫩水嫩的，要我们带回家。

　　老屋，是祖祖辈辈黄山岗人的情感寄托。如今，政府为了改善民生，全面建成小康社会，山上农民带着对老屋的深情走进新村，开启美好的新生活。

鱼山村

一夜醒来，冷雨飘雪。可我们照例在疾风中出行衢州。

我们出行的第一站是乌溪江上的岭洋仙霞湖，有人美赞她是神仙居住的地方。今天的仙霞湖确如仙境，鸟瞰整个湖面，白茫茫一片，水波随着风浪划过而袅袅地升腾起缕缕的雾气，周围的群山只露出一个大概的轮廓，若隐若现。沿码头逐级而下，湖岸边停泊着几只小渔船，一字排开。岸边一顶银白色的大伞下，坐着一位渔翁，正在垂钓，目光静静地注视着湖面，他并没有因为我的走近而转过身来。

离开仙霞湖，看过乌溪江大坝，过抱珠龙村，我们的第二站便是鱼山村。

鱼山，并不是因为盛产鱼儿而得名，而是以耕读传家闻名，是坐落在衢州市衢江区岭洋乡的一个宁静古朴的山村。

整个鱼山村泛黄的老房子依山而建，呈阶梯状，错落有致。村子后面弧形的山峦层层叠叠，远眺就像一幅未完成的山水画卷，给人无限的遐想。

我们没有选择新建的水泥小路进村，而是选择了右侧的卵石小道往村里走。鱼山村最有特色的是连接每家每户的溪石小路，就连石磡、围墙也全用卵石砌成，高的石磡足有两层楼那么高。那些石砌的围墙有方正的，也有弯曲的，看起来特别精美。石磡和围墙上都已布满深绿色的青藤，温柔与阳刚在这里巧妙地合为一体。大小溪石铺成的小道，宽宽窄窄，长长短短，高高低低，上上下下。这些溪石小道，左邻连着右舍，这户连着那户，上村连着下村。细雨过后，溪石小路显得黝黑发亮，湿滑湿滑的。从这样的小道上走，穿过一座又一座老房子，小路上不时地有老人走过来。这儿的老人不管是男的还是女的，走家串户时总爱在手里提着一个小火熜。

有着几百年历史的鱼山村，村里到处都是老房子。我在一座老屋前，正用相机记录着老屋门楣、窗棂，细细一看，上面依稀有"吟风""读月""春满庭园"的墨迹。一位村民走过来说："你知道这几个字是谁写的吗？"见我一脸的茫然，他告诉我，这些字都出自村里一位已故的书法家柴汝梅之手，在他们这个村里，墙上、灶头，到处都可以看到他的墨迹。后来走进村里的文化礼堂，柴老先生的一阕《满庭芳》更是让人大开眼界："流水一湾，群峰环抱，鱼山景致清幽。东畴西陌，男女乐悠悠。不负一年四季，巧安排稻麦丰收。庭台上，花香鸟语，风光眼底收。"这位鱼山村"墙上的书法家"，用他的笔让这个古朴的村落更增加了几分书卷气。

已是午后一点，一位看上去六十多岁的热心老奶奶走过来，问我们吃过中饭没有？我们原计划看过鱼山村之后，返回岭洋乡政府所在地用中餐的，可是由于路况不熟悉，再加上天气雾蒙蒙的，所有的计划被打乱。既然已经来到鱼山村，我们宁可饿着肚子也不愿走马观花似的错过鱼山的景致。

老奶奶看我们的神情，已经知道了七八分，于是就说，要不到我们家随便吃点，方便得很。你们大老远出来，总不能饿着肚子啊。

我们五个人随老人走进她家。老奶奶立马灶间生火，然后又到门口割菜，还从厨子里拿出五个土鸡蛋，说一人一个。我们看着很是过意不去，执意自己动手做饭，然后就和老奶奶聊起家常来。

老奶奶说，她已经八十多岁了，高小毕业，由于家里成分不好，只能在供销社当售货员。她的儿女都在衢州工作，一个孙女正读华东师范大学研究生，不久前的一天，还带着十几个同学到家里住了一个晚上。

灵动山水是大自然赋予鱼山的最美礼物，而青山绿水中氤氲着的乡愁，才能留得住人心。小孙女走得再远，也会常回家看看。

谈话间，那种洋溢在脸上的幸福，那种骨子里流淌出来的气质，感染着我们每一个人。我们惊叹于在这个古老的村庄遇见这样一位老奶奶，一定是前世修来的缘分。

奶奶将小屋里的小方桌清理干净，摆上她自己做的豆腐乳，自己腌制的嫩姜、红辣椒，我们就着这些菜，吃着青菜泡饭，美味在心。

层峦叠嶂的山峰，纯美蜿蜒的小路，苍劲墨香的书法，厚重久远的古屋，像无形的手牵着我们来到这里。宁静古朴的鱼山啊，你让我们疲惫的心灵得到最好的休息，你让我们找到了可以诗意地栖居的家园。

春去夏来

油菜花黄金灿灿,一片片一垄垄地铺展,把春的信息尽情地泼洒。紫藤花开一串串一丛丛一束束地垂下来,点缀在青绿色的山林间。

桃花、樱花、杜鹃花,还有那些叫不出名儿的花儿,也不肯闲着,铆足了一个冬天的劲儿,竞相在各自的枝头热闹起来。公园、田头、山脚,到处是她们的身姿,穿着春的盛装出行!

春,如同叩门的使者,唤醒春风,唤来春雨,唤得满树的绿意融融。于是,二十多年前的同窗相约出门,在美丽的富春江畔,在孙权故里——龙门古镇,和春天来了个约会。

走进龙门古镇,诗情画意。

到处是卵石铺成的小路,弯弯扭扭,一道道,一条条,穿行,拐弯,然后隐没在长长的幽深的小巷间。

到处是明清古建筑群,"田"字形结构,"回"字形结构。卵石做墙垣的民宅民居,还有明代的砖砌牌楼,有塔,有寺,有祠堂,还有数十座厅堂……镇内屋舍房廊相连,长街曲巷联通。古街,古樟,小桥,流水,处处散发着山村的粗犷与清新,构成了古镇独特的风景。

一拨步入中年的男人和女人,三三两两,或前或后,或缓行或驻足,或侧身相视,或低声浅语,步行于古镇的长街曲巷。然后在一处私塾前停下脚步,个个在找寻当年做学生时的座位,力请已经退休的班主任吴老师再度出山。他抖擞精神,两手一撑走上讲台，正儿八经地环视整个教室……有学生举手发言，向老师报告在座同学的真实消息，用这种方法演绎逝去整整二十四年的课堂生活。

穿着校服写生的学生，在巷子里随处可见。学艺术的班主任吴老师，和身后跟随的这帮男人与女人，这儿评点评点，那儿指手画脚。当年喜欢画画的晓云，面对此情此景，感慨良多，不由自主地聊起曾经跟随寿崇德老师外出写生的故事。

就这样，一路上谈的谈说的说，慢慢地将散失在日子里的点点滴滴一一重拾。在这个古镇，回忆那些逝去的青葱岁月，脚上触及的每一块卵石，如同一道门一扇窗、一本本泛黄的记事本，只要轻轻地打开，就会跳出那些个熟悉的声音，那些矫健的身影，那些至纯至真的过往。

龙门客栈，古老的名字，古色的土墙，本色的篱笆，还有古朴的大方桌。围坐，聊天，对视，干杯。尽兴与释怀，苦涩与甜蜜，回忆与渴望，问候与祝福，将这个静谧的山野农庄包围、定格。

2011年4月8日的这个春日，龙门古镇—龙门客栈—鼎红会所—富春江畔，油菜花，紫藤花，杜鹃花，迎春花，笑声，歌声，闹声，叫声，一并写入我的记事本。

春去夏来，相逢更待何时？

初夏新安江

一夜豪雨！

晨曦微露，循江而去。

渐近江畔，只见雾气蒸腾。山啊，树啊，桥啊，道啊，模糊一片。沿台阶步入江堤，整个江面被浓雾笼罩，隐秘不见庐山真面目，涌动的雾顷刻间从四面八方向你包抄而来，仿如进入仙界，人世与仙界只一步之遥。

和这条江的最初缘分在于三十多年前我第一次来新安江，中考成绩上线，参加体检、面试，事后坐在老车站前面的江边树下，一边欣赏一边等待回家的班车。梦里新安，水光潋滟，皱碧铺纹。江的碧，山的绿，天的蓝，再加气势恢宏的白沙桥飞架南北，绝妙组合，美轮美奂。后来工作调动，这座小城成了唯一选择。如今，生活在这里二十多年，两易住房，唯一不变的条件是，择江畔而居。

沿着健康游步道，在浓得化也化不开的雾里，慢慢悠悠地行走。

你看，道旁的那株银杏，枝叶茂密。青绿的果子，圆圆的，小小的，躲于叶间，若不凝神注视，很难发现她们的身影。

绣球花也开了，这里一丛，那里一丛。淡黄，淡粉，淡蓝，淡紫，淡绿，淡玫，都是淡淡的，好像作画的人因为色料紧缺，只能用画笔大量沾些水，才把自己涂得如此淡如水痕。绣球花没有选择春天盛放，也许对她来说，春天太过俗艳，太过热闹，太过夸张，她喜静，不争宠，更愿按自己的性情，于绿原一片中寻觅本心。不为花开而喜，不为花谢而哀，心田自守自耕。

大雾漫天，一切都是悠悠然，朦朦胧胧的。那山峦，那建筑，隐约可见轮廓，如同海市蜃楼。探身近看，江水表面看起来缓缓流动，打起一个一个不规则的小波纹向前。步道上行走、跑步的脚步声也是轻轻的，踏，踏，踏，由远而近，然后由近及远，声音似乎被这湿漉漉的雾气消弭。跟在主人身旁爱跑爱跳的狗儿也优哉游哉。

一路行来，不见鸟影，但闻鸟声。那鸟声也是懒懒的，咕——咕咕，咕——咕咕，间或又从别的什么地方传来咕——咕咕，咕——咕咕，拖着个尾音不知道藏身哪里。岸上儿童嬉水的池子里住着的青蛙，偶尔也凑上两句，呱呱呱，呱呱呱！总是那两个词儿，老调重弹！最会搞怪的莫过于江里的鱼儿，极静极静的时候，它像怕被你遗忘似的，突然"扑通"一声跃出水面，待你定睛细看，只留下水面上激起的一圈圈水晕还泛着水花，欢愉的影儿早已无踪无迹。

初夏雨水多。随着不同的天气，新安江也是千变万化的。

天公说变就变，摇鼓，变脸，随即抛下雨点儿，扯下雨丝儿，拉下雨帘子。一会儿就铺天盖地，如倾如倒。转瞬间又转身离去，云开日出，一道彩虹挂天边，只见雨线儿与阳光在天地间缠扯一起。这样的雨，来得急急忙忙，像个毛毛躁躁的孩子，搞得枝折花落；走得拖拖拉拉，若即若离，脚步里像是藏着心事，一步三回头。

这样的雨后走近新安江，又是另一番景致。

那雾薄薄的，浮游在江面上，变幻莫测。或一缕一缕，或一团一团，忽聚忽散，忽高忽低，飘飘悠悠。

有时，团聚在一起，厚厚地铺在整个江面上，或盘缠在一艘艘静泊的船上，若隐若现。有时，又拉成一条细长的带状，在碧水与青山之间游动着，随着阳光的照射，水雾渐渐游离水面，一缕一缕的，一丝一丝的，不断地向上升腾，最后往那黛色的山峦尖飘去，隐逸不见。

山峦，云雾，碧水，渔船，人影，勾勒一幅最美江南水墨画。新安江，无论你是藏着整个面容，还是若隐若现，我都知道你始终是美丽动人的，更是亲切温暖的。

如果你是一位女子，此时特别适宜着一袭飘逸的长裙，像仙子一样，静静地行走。你完完全全地倾听自己，不被琐事打扰，用自己的方式养护心灵，寻找和安顿自己，把枯燥、劳碌，净化成诗意，如此的生命才真正写意。

雨后彩虹，可以相遇故友，邂逅一场生命中幸福的重逢。

新安江畔，咖啡小屋，静坐聊天。内心深处的陈年往事，质朴友好的身影，愉快的脸庞，永远不会过时。熟稔的名字，指缝间流走的岁月，不会遗忘的约定，仿佛从梦里穿越而来。往昔如春，桃红柳绿，华枝春满，碧水蓝天，百啭流莺。春色锦绣当留恋，然"桃花流水窅然去"。笑送春逝，心无悲戚！

初夏，如此宁静，如此欢愉，如此自然原味！

择一城终老，不悔！此城新安江，便是吾家乡。

夜宿醒山书院

初夏，于昌化镇上用过晚餐后，我们的车沿着昌文线赶往湍口。一路上开着窗，凉风穿进来，一阵阵的舒爽。山谷两侧连绵的群山隐匿在苍茫的暮色里，偶见零星的灯光，那是途经的一个个村子。突然，眼前夜幕中隐隐约约闪烁着一大片灯光，在巨盆状打开的山湾里，从山脚向山巅延展，直到与天相接，仿佛进入天上的街市。原来，温泉小镇湍口到了。

入住醒山书院。书院坐落在湍口镇湍源村外方家33号，由相邻两幢二层小楼组成，木质结构。一幢用于住宿，客房七间；另一幢简直是个独立藏书楼，大厅内除了一个简易的吧台外，整个屋子墙面立着书架，置满各类书籍，从一楼通到二楼，连通往二楼的楼梯也做成了书梯，顺着书梯拾级而上，还是书。大厅中间横竖有致地摆着三张大长桌，为解决乡村孩子资源缺乏问题，书院经常在这儿组织教师乡村支教、名家读书分享会等活动，来推动乡村孩子的启蒙教育，难怪有人把醒山书院也称为"醒山书局"。跨进门的那一刻，就有一种冲动，想把自己置身在这儿，住上个十天半个月的，把书看个够看个饱。

这是钱老师夫人开的一家民宿，年初他曾发出邀请，今天终于成行。此行，还欣喜地遇见了阔别三十五年的同学霞。我们趁着这美好的夏夜时光，虫鸣唧啾、蛙声一片里，借着若隐若现的山村灯影，散步于静谧的星泉谷小道。听着夏风吹过山间，溪水淙淙从脚边淌过。我们边走边聊，三十多年的时光如风如水般悄然而过。路经村口一棵大树，抬头一看，那树上装饰的霓虹，被黑幕布似的天空衬得流光溢彩，恍如重回青春岁月。

　　静静的书院，古琴悠扬。主人热情好客，长桌上准备了杨梅、蓝莓和李子等时令水果。大家围桌畅聊，谈兴甚浓。夜深，独处一室，读纪伯伦经典散文诗选《我的心只悲伤七次》，"爱没有别的愿望，只要成全自己。""思想是天空中的鸟，在语言的笼里，也许会展翅，却不会飞翔。""心门悄然地开了，喜乐在海面飞翔。"浸淫在这书院，在这文字里，感受与汲取着文学的力量，很晚才蒙蒙眬眬睡去。

　　"嚯哦——嚯哦——"睡梦中被书院后山传来清脆的鸟鸣声惊醒，一声长一声短，接着，又一声长一声短。以为天大亮了，摸手机一看，才凌晨三点多。这是什么鸟？醒得这么早，开始亮嗓举办个人演唱会。越听人越清醒，完全没有了睡意，慢慢地从心里和着它有规律的音律节奏，无声地回应。直到，清亮的鸟鸣声渐渐轻去、远去，山林里群鸟喳喳地热闹起来。鸟鸣让山村苏醒！

　　推窗见山。霞光已经渲染着对面的醒山，从山巅至山腰，随意地晕染开来。山边乳黄、灰白、砖红色的村舍，零星嵌在这茂林修竹里，半隐半现。湍源溪从绿屏似的山谷里穿出，淙淙向前。

　　走出书院，田园广阔。屋前南瓜，叶阔肥厚，藤蔓匍匐着向四周攀爬。竹架上的豆角，开出粉紫的花，这儿一朵，那儿一朵，小豆角悄悄地冒出来。地里成片的玉米，挺拔的秆，阔长油绿的叶，紫红色的花穗，像京剧里挂着红胡子的武净出场。还有那一片连着一片的水稻田，秧田平坦，浅水映着云天，映着山林、村舍。估计秧苗植下时日不久，正努力地齐刷刷地抬头向上。驻足于此，仿佛看到了这一片稻秧从插秧、抽穗、稻花盛开，乃至稻粒饱满，平和喜悦地感受着新生命一点一点成长的欢笑。

醒山的禾苗，醒山的鸟鸣；醒山的书墙，醒山的田园。书院何谓醒山书院呢？关于这个问题，特地请教了书院主人钱老师。他说，"醒山书院""醒山"二字的文化意蕴是：醒山、醒水、醒人生。

那晚，住103房间，名颂泉。

荷塘人家

天上飘起了毛毛细雨,没有适宜的场所,没有星星……露营的梦彻底破灭。后备厢里的帐篷两顶、睡袋两个、电筒一个都没有了用武之地。

深更半夜,双泉村的荷塘人家早已经客满,怎么办?打电话托朋友的一位远房亲戚帮忙,得到的还是原先的那个结果——客满。主人是位近五十的女人,同意我们在她家客厅挤一挤,将我们五个大人一个小孩迎进家里。

突然的决定让她有些忙乱。大圆桌上残羹剩饭、地上烟蒂纸巾,还没有来得及收拾。不过,一阵叮当咣啷,移桌子、搬椅子、拖地板、铺席子……六个人终于有了住的地方。

主妇告诉我们,当家的出门了,两桌上海的客人的晚餐是临时通知她准备的,大白天她可是一个人忙碌得像个飞人一样;饭后正想歇个脚,我们又突然来了,让我们住客厅,很是过意不去。她哪里知道,因为她的收留,我们才没有被抛弃乡郊野外,我们心里个个感激着呢。

开起空调,点上蚊香,关了电灯,躺在地板上,听着门外院子里哗哗的水声,是主妇独自忙着洗碗刷锅。

晨曦微露,公鸡打鸣,我们离开主妇家去荷塘摄影。

然而,相机一打开就显示电力不足,立马自动关机。不巧同行的三姐也因故没有带相机。没有相机去摄什么影啊?瞎逛呗。

于是,我们俩沿着田埂路走向荷塘深处。左瞧瞧,右看看，到处是荷塘，到处是荷花，到处是摄影爱好者。

前面荷叶间传来声响。走近一看，有一农民，肩背竹篓，手持木棍，足穿雨鞋——原来在摘莲蓬。一看到成熟的莲蓬，我俩情不自禁地喊起来："这儿有一个！这儿有一个！很大的！"

"你们摘一个吃吃吧，味道不错的。"他头也不抬地把话送过来。

三姐手脚快，立马前倾身子，拽过一个大莲蓬。剥开莲蓬，取出莲子，剥去莲皮，露出嫩白色的籽儿。你来一个，我也来一个，鲜嫩，清香，慢慢滑过喉咙。

田埂上迎面走来一农妇，手上捧着三个小甜瓜，还夹杂着几个青辣椒。田埂路窄，她先让道，踩到荷塘里，正要从我们身边擦肩而过。

"甜瓜多少钱一个？"

"你们要？那跟莲蓬一样，一块钱一个吧。"

"真的？"随口的一问，竟得到了这样的便宜价。

在荷塘里转悠了半天，重新回到小道。手心托着这个沾着露球儿的甜瓜，我们边走边乐。找了户农家想用刀切开，与同行分享。不料，从里屋走出来的就是刚才卖甜瓜给我们的那位妇女，我们都不禁笑起来，亲切自然。她好像也知道我们的意图似的，直呼屋里的家人"把菜刀拿出来"。我们就在水池边把瓜切成六瓣，一人一瓣，嚼在嘴里真的好甜好香。

妇女蹲在院子里的地上，从篓子里往外掏莲蓬，那些个大粒饱满的放一边，是准备到村口马路边卖的，样子难看畸形的则剥籽晒干。

只见她从一盒子里取出一块木头，夹层里是一把锋利的刀片，左手把莲子放在木板上，右手捏紧木块，在莲子的中间部位滚动式地划，嘿，薄薄的皮顷刻间裂开，露出嫩白的莲子。

揭开皮儿，籽儿就欢快地滚出来。

莲籽儿有芯，是绿色的，味苦，但特别清凉解毒，可作良药。接着她又从盒子里取出一个带柄的工具，柄中间插的是一根铁钉似的东西。在莲子的一头正中间插进去，莲芯就从另一头钻出来了。

看起来好像轻松，做起来可就难了。我们按部就班尝试了无数回，才渐渐掌握剥莲子取莲芯的方法。想想，每家每户那么多的荷塘，那么多的莲蓬，一粒一粒地剥，一片一片地晒，该是多么辛劳的工作。

也许整个夏天，荷塘人家就围绕着荷塘辛勤劳作，辛勤收获，把汗水与幸福点点收藏。

有人说过，孩童时代在农村生活是一种幸运。我们随行的几位都来自农村，看到无垠的荷塘和朴实的荷塘人家，聊着天，剥莲子，仿佛回到逝去的童年时代，感受着乡里乡亲，沉醉不知归！

溪畔梓州

从野马岭民宿到梓州"乡村画语",已是傍晚。太阳的余晖渐渐地从山巅隐去,白天蒸腾着的热气,开始一点点地被浓绿的旷野、山林吸附着。

如巨型扇面似的打开的马岭山,一条溪涧从山凹腹地钻出,溪水左突右拐,流经上梓州、下梓州、石舍、卢茨湾,像被大地母亲的手抚摸着,一路奔跑着向富春江、钱塘江而去。

为了防止汛期暴涨的洪水损毁村里的房屋与庄稼,村民沿着溪涧砌起结实的石磡,蜿蜒几十公里向外延伸,上面架起坚固的桥梁。村里新建的楼房一幢幢拔地而起,如雨后春笋般,或几家聚集,或单门独户,错落有致地随地势散落在溪畔左右。

与山为邻,择水而居,是中国人历来的传统,近水结庐自然成了现代人追求的一种理想的生活。"乡村画语"是一家民宿,坐落在梓州溪源头的山脚,溪水紧贴着墙脚石磡流向下游。由于前些天连降暴雨,溪涧水量猛增,溪水顿失往日的温和,顺着山坡地急速而下朝着大小溪石横冲直撞,在民宿屋前的平缓地带形成了一个水潭。站在潭前,循着山势向上眺望,大小飞瀑影影绰绰、若隐若现,它们一路翻飞,发出轰轰的水声,像个调皮的小孩欢快地冲你奔来。难怪,那晚入住三楼的"观潭"间,又遇半夜一场暴雨,一夜听潭,整个人如同置身于黄果树大飞瀑,如梦如幻。倒也心生另一种期盼,待溪水心平气和时,躺在隔壁"听潭"间舒适的大床上,听它窃窃私语。

　　溪畔的"乡村画语",不论从它的名称,还是从实地来看,都称得上是居住环境优美的代名词。民宿主人姚书记特别有创意,他在贴着房子的整个溪涧上,铺上水泥板,然后浇铸平整,不论何时进出家门,脚底下的水声有时哗哗,有时叮咚,日日弹唱不绝于耳,仿佛踩着琴键那般。屋前是个超大的院子,是花圃,是菜地,也是果园。到大小溪石巧搭的休憩处坐坐,看看绿草,赏赏杂花;菜地里的毛芋,叶大肥厚,长势喜人;贴着菜地的是一大片猕猴桃园,宽大的叶子像打着碧绿的小伞,藏在叶下的猕猴桃三两个或四五个挨在一起,好像课堂上顽皮的孩子,在交头接耳说悄悄话。

　　晚餐就在大门口,山风徐徐,溪水哗哗。四方桌,一家人,好不惬意与幸福!饭后散步,沿着溪边小路走,乡村景致如画。地里,成畦长须的玉米,匍匐爬藤的番薯,躺在草丛里的冬瓜,挂满架上的丝瓜、黄瓜;屋前,酒坛、彩瓷、花盆装饰的围墙;墙脚院落,凤仙花、鸡冠花、大丽菊灿烂一片。从农家大门望进去,偶见厅堂里摆的竹椅子、竹床、八仙桌,依然那么亲切、熟悉。不远处的村子中心,传来了跳广场舞的音乐,还有石桥上乘凉聊天的身影若隐若现……

　　早晨醒来,推窗远眺,雨后的梓州格外清新自然,美女峰在游走的云雾里羞羞答答、躲躲藏藏。"乡村画语"右侧,一条马岭古道,弯弯曲曲地向后山延伸,然后遁入浓郁的林子。拾级而上,山林里不时飞出鸟儿流动的乐音,石壁下搁置着小蜂桶,还有小溪涧的泉水顺着竹制水笕,细细地如线一样流入一只大水缸。

　　没走几步,便见民宿后面一座老屋,门廊上有"怡潭山居"几个醒目大字,细看是西泠印社沈正宏先生所书。院子里,风车、石槽、石磨、石臼,老物件应有尽有。院子左侧一堵石墙，爬满了木莲，墨绿色的木莲果藏匿其间，恍若走进时光深处。这时，一位正在晒衣的奶奶放下手中衣物，笑着朝我们迎过来，面容清秀的她原来是姚书记的妈妈。她告诉我们，大儿子在老宅前面建造了具有现代人居住品质的民宿"乡村画语"，二儿子保留着老宅的原汁原味，把老宅折腾成自己喜欢的岁月记忆里的样子。她和老伴至今还是习惯住在老宅，每天劳作生活。她还问我们他们家的梓州红茶味道怎么样？我们齐称好喝！于是，奶奶又兴致浓浓地跟我们聊梓州红茶的制作工艺，要选梓州高山上的头茶，在茶叶才伸展开两三片叶时就采，然后发酵、烘干，不能晒太阳，怕太阳气冲淡了茶的原味。想不到昨晚大家众口称赞的红茶是奶奶一手制作。

姚书记指着巨幅画似的马岭山告诉我们，"外婆家"老总将租赁马岭山云深处的潘岭村，进行整村搬迁整村改建，打造成既有舒适的居住品质，又保留老房子的岁月记忆，与周围的山林鸟鸣、明月清风和谐生趣的现代化民宿。

植物与庭院，山林、溪涧与村庄，无缝地对接，乡村自然气质不散。

对话千岛湖

日影飞去，已是6月末的最后一个傍晚，独自驱车前往千岛湖。这是个我喜欢的小镇，面湖傍山，清新自然，无论去过多少回，都不会生厌。

太阳金色的余光，映照着碧蓝的湖面，水光潋滟；青绿的群岛，环抱着浩渺的湖面，唇齿相依。湖的北面，是码头，各色大小船只一字排开，牵手着这个新兴的城镇——千岛湖。

落日余晖下的千岛湖，宁静而不喧嚣。

每到一处，最怕的是虚无的书写。千岛湖不是，她单纯也丰富，她写实也写意。

游船在不知不觉间驶离湖岸。飘飘悠悠间，你和你的心会一同置身于硕大的湖面。环湖的青山，随着湖岸边不断亮起的灯，渐渐隐没自己的亮丽，呈现在每个人面前的是黑幽幽的身影，不即不离。

"广林鬼"的魔术，川剧的变脸，美少女的歌舞，游客的互动参与……歌者、舞者、音乐、欢叫、表情、心声，恍惚间让你内心沉睡的那根神经也活跃起来，忘却自己。不知道这四周围宁静的湖面、这寂静的千岛湖、这一向素朴的自然，是否接纳这狂欢的灯光与声音，是否欢迎他们的不断侵入。

生活在这样的小镇，幸福指数一定很高。沿湖岸散步，坐游船休闲，登小岛吸氧，神往之至。可是真实的生活，未必是想象中的童话世界。也许为了生计，你或许离开这个家乡小镇，漂泊于外乡打拼，更多的是在梦里一遍遍地回望。

同窗好友雅梅,曾经生活在这个美丽的小镇,如今带着儿子已经去杭城打拼谋生。每次来千岛湖,心里总是会想起她。我觉得她永远是一棵开花的树,向阳,向善,追求的是真实自然的存在,一直做自己生活的主角。站在湖岸边,好久不见,也不敢给她打电话,怕惊起她的思乡之情,唯默默祝福她一切都好!

　　巧的是,跟我同居室的是位来自湖北的女人,名叫小兰。身材玲珑修长,着白色碎花长裙,名字和身材活脱脱是江南女子的范式。三年前,因报考教研员一职,从此夫妻分居,带着儿子远离家乡来到杭城。她的坚忍是第一次见面时她留给我印象最深的名片。

　　好久不习惯外出时带相机,只是用心聆听大自然中莲花开放、鸟儿鸣叫、湖水拍击岸岩的声音,用眼感受昙花开放、朋友相视、游人如织的样子。对话千岛湖,对话山水,对话生活,因为只有她们才是我心中的真相。

桃花岛短记

想去桃花岛，缘于金庸先生的武侠小说《射雕英雄传》，倒不是有什么英雄情结，只是想了解小说里那位古灵精怪的黄药师爱女——黄蓉这个人物，她的爱情，她的生活，还有她生活的桃花岛究竟是什么样的。

去桃花岛最佳的时机应该是人间四月天，可我们的行程正值秋意渐浓的9月。我想，心若有桃花，什么时间都行。

桃花岛古称白云山，位于舟山群岛的南部，是舟山群岛的第七大岛屿。也曾有传说中的仙人安期生隐居于此，采花济民。因有醉墨石上生桃花的传说，人们便将他隐居的岛屿称为"桃花岛"。

我们从沈家门码头坐游轮登岛，岛上风光秀丽，人文景观丰富。特别有意思的是，这里几乎所有的自然景观都和桃花有关，什么桃花寨、桃花峪、桃花阵、桃花会、桃花谷、桃花诗涧，等等，这些景观跟桃花扯上关系，顿然成趣含情，妙不可言。因此，桃花岛也有"海上仙山世外桃源"之美誉。如果可以选择，我也想做一做这里的桃花岛主或桃花仙子，在岛上遍植桃树，拥有一大片桃林，还有依山傍水的一座老屋，房前屋后种上芭蕉、杨柳、梨树、杏树、水杉等自己喜欢的植物，终年青山绿水怀抱。一到春天，桃花盛开，粉如朝霞，着一袭白色长裙，袅袅地在花下漫步，漫不经心地走来走去，任凭花瓣吹落在发梢或衣袂上。

金庸小说中的黄蓉是我最喜欢的一个角色，她武功与品貌俱佳，心机与谋略并重，同时又是位深明大义的女子。

　　黄蓉为东邪黄药师之女，幼时丧母，从小与父亲相依为命，自然继承其父之"邪气"。黄蓉七分邪中自有三分正气，心思机敏，机智无双，刁钻活泼，古灵精怪，加之黄药师对她宠爱无比，养成了她任性骄横的脾气。然而她机智聪慧、多才多艺，分外可爱。十六岁的她，离家出走扮小叫花子，开始了英雄侠义的生活，结识了郭靖，生死相随。

　　郭靖与黄蓉，无论从出身，还是从成长环境来看，两者都相差悬殊，黄蓉是一个极聪明极骄傲的女孩，出身好，又生得桃花般明艳，应该说什么都不缺，但唯独缺爱。虽有父亲宠着她，可是黄药师脾气古怪，控制欲强，让人没有安全感。

　　郭靖、黄蓉在江南相遇，郭靖好意请她吃饭，她却大肆铺张，这当然是她对郭靖人性的考验，也是对自我的一种保护。可是郭靖却不以为意，要衣给衣，要马给马，这一切的付出都是无所求的——在郭靖的眼里，黄蓉是一个脏脏的小乞丐。善良敦厚的郭靖以赤子之心对待黄蓉，这让黄蓉大感意外。一个敏感多思的少女就这样被一位忠厚至诚的少年打动了！

　　举世难寻一知己，谁人解我曲中意？因为父亲在她心中如神祇一般，可敬不可亲，她宁可远走高飞，在寻觅自己的幸福时，找到忠厚老实、资质平庸的郭靖，并决心相爱终老。

　　桃花岛，爱情岛。

月明如素溪西畈

晚霞映照下的乾潭驿站，习习凉风里裹着中秋佳节前的喜悦与期盼。酒店接送的电瓶车载着我们一行人，沿胥江西岸的蜿蜒绿道，左转右拐，前往溪西畈。近晚的胥江，已经没有船只来往，水面波纹细微而平静，向着富春江缓缓流去。两岸青山相对，佳木深秀，绵延起伏，一湾有一湾的景致。

溪西畈，原是坐落在青山绿水间，面朝胥江的一个小村落，几幢矮泥房，几棵大樟树、梨树，连片的毛竹林，因为在胥江的西面，故称为溪西畈。如今的溪西畈，成了一家五星级大酒店，"方寸之间，世俗之外"，居停在此，可听山水清音，仿入世外桃源之地，又称富春方外。

中秋前夜的溪西畈，月光皎洁，灯影婆娑，静谧得很。远眺，那山林、坡地、房屋、天色湖、胥江、亭子，自然地融为一体。走在酒店小道上，曲径通幽，山房竹影，灯色柔和，草丛里不时传来蛐蛐儿的小夜曲，浸淫在这清幽又雅致的意境里，顿觉自在的悠闲，安稳的幸福。

入住"愚木"。一个超大园子，七八间的两层小屋，青墙黛瓦，随山坡地形，散落有致，相互联结，又各自独立。屋前是硕大的天色湖，一轮圆月半露半隐于高大的香樟树树梢，湖面开阔，墨黑墨黑的，唯见湖心的一起亭亮闪着灯，灯饰把亭子飞檐翘角的轮廓描绘得一目了然。

顺小道，登石阶，攀上酒店的半山腰，林子间隐匿着一个泳池，叫空镜泳池，长方形，三面高耸的林木掩映。水，蓝玉般清澈透亮，林梢间悄悄移步的圆月，时而如玉盘一样投在池里，时而被游泳时划开的水波击碎，又瞬间成圆，始终与天上的圆月遥相呼应。泳池的一侧，另有温泉汤池两个，一大一小。室内的，小而精致；室外的，充满着野趣，用乡村最为常见的竹竿当栅栏作隔离，三面合围，栅栏外即是无边的山林，是巍巍乌龙山。泡在这露天的汤池，一仰头，碧蓝的天，飘忽的云，高耸的林木，还有山野吹来的风，说不出的惬意。

夜深，仍无睡意。于是披外套出门，去江边揽月。

胥江水流经溪西畈，水面陡然变得开阔起来，由西向东朝着不远处的富春江奔流而去。天上的圆月，穿过缕缕云层，银辉洒下来，盈盈江面泛起粼粼波光。氤氲着水气的草坪上，一轮超大的人工布景月亮，若隐若现着嫦娥、月兔、祥云、桂树，仿佛正从水面升上来。"春江潮水连海平，海上明月共潮生。"张若虚的诗境跃然于眼前，正是月满，心也满。

突然，远处江面上传来突突突的行船声，朦朦胧胧的水面上一闪一闪亮着灯火，那光亮离岸边愈来愈近。近岸停靠，原来是渔民夫妻二人夜捕归来，头顶探灯一束光将船身前的水域照得雪亮，他们小心地将船舱里的鱼移进水中人工搭置的一个网箱里。"未能抛得富春去，一半勾留是江鲜。"方外毗邻富春江畔，江鲜资源丰富。方外的食饮，讲究依食顺天，不时不食。鱼，自然是眼前这富春江的包头鱼、昂刺鱼、鲫鱼、鳊鱼、翘嘴等为上品。

月光所照，皆是故乡。苏轼望月，祈愿"但愿人长久，千里共婵娟"；李白望月，感慨"举头望明月，低头思故乡"；孟浩然望月，直抒"野旷天低树，江清月近人"。

溪西畈，明月光，在心里，刻着你。

木鱼小镇的夜

木鱼,是湖北神农架林区一个小镇的名字。多美,多有禅意的名字,让人联想到木鱼声声,联想到林木幽静,联想到大山的神秘。

到木鱼小镇的时候正是盛夏的一个黄昏,有风,大块大块的乌云在天空游移着。间或,淅淅沥沥地飘起了一阵一阵细雨,转眼间雨丝儿又被风不知带到哪里去了。走进木鱼,立马有了从酷暑遁入清凉世界的舒服与惬意!我们入住坐落于半山腰斜坡上的花园酒店,酒店依山而建,推开后窗,浓郁的青山逼近眼前,山风夹着雨雾扑面而来。听导游说,木鱼的天,孩子的脸,忽晴忽雨,说变就变。在木鱼的这两天,果真应验了导游所说,在同一天里,晴雨随意地切换,我们不仅感受了木鱼朗晴的明净,也经历了木鱼雨中的温婉缠绵。

木鱼镇地处神农架腹地,海拔一千二百米,年均气温十一点六摄氏度,层峦叠嶂,青翠寂静,云蒸雾绕,如同巨幅水墨画一般。一条美丽的香溪流淌着,潺潺地穿镇而过,清凉曲转的水流带着灵动通向山外。

华灯初上,四面八方来的游客,三三两两漫步于小镇。群山包裹之间,一条小街在脚下静静地展开,山水相抱的小镇在这样神清气爽的夜色里,随处散发着浓郁的山乡气息。街道两旁店铺林立,大多经营着山货土特产,香菇、松果、猕猴桃、野蜂蜜、黄杨木梳子、木雕、奇石、中药……再就是餐馆、酒店,这些店名也是够土够地道直白的,野人原味、巴人醉土菜馆、咱家菜馆、山野味道、乡里缘酒店、木楼人家，……土得掉渣渣的店名让人感到亲切，有如归家之感。几家五星级酒店沿着香溪两岸，依山近水错落而坐，耸立的高楼从谷底或溪岸拔地而起，酒店的阑珊灯火呼应着小镇街面、商铺、农家星星点点的灯，整个呈长条鱼状的小镇、山谷，灯光闪闪烁烁，如同天上的街市。木鱼小镇，静谧安宁的山林相伴着阑珊的霓虹，默默守候着属于自己最深的记忆。

晚餐就选在街面丁字路口的"农家宴"。当地的特色小菜一一上桌，神农架腊肉、香菇炖土鸡、冷水鱼火锅、懒豆腐，还有马齿苋、野山姜等地道的绿色山珍。邻座的男人们，苞谷酒满起来，一杯再一杯，喝到一个个亮开了嗓门。女人们，糯米酒喝起来，抿一口又抿一口，糯香醇厚，回味甘甜。

饭后，趁着迷人的夜色，三五好友继续散步，一会儿流连于烤玉米摊前，一会儿驻足在木雕工艺坊，一会儿又泡在了土家风情店……终究淘得一双心仪的藏青色手工绣花鞋，想象着配上青花瓷花纹的茶服，温茶，冲泡，闻香，香茗一杯品味心情。爽朗谈笑间，迷迷眼波里，霓虹灯闪烁下，木鱼小镇愈加清逸和浪漫。她以一种独特的魅力，或宁静，或温暖，或踏实，安妥每一个在风尘中赶路的人，让你的心此刻慢下来，静下来，聆听内心倾诉，享受岁月静好。

如此美丽宁静的小镇，总该有些故事的。手机查阅了资料，原来木鱼镇的来历就是个美丽动人的爱情传说故事呢！

相传秭归木坪有一个小伙子，他出身贫寒，三岁丧父，母亲为此哭瞎了双眼。母亲一心想把儿子培养成一个高明的木匠，给他起名叫望成木。望成木自小聪明好学，长到十二岁那年便能做一些桌椅板凳，橱具衣柜。十六岁那年，一个白胡子老人路过他家门口时，见他聪明好学，便送给他墨线和角尺。从此，他的技艺迅速提高，十八岁时便成了长江三峡边非常高明的艺人，从根雕盆景到起屋造船，从亭台楼阁到雕鱼画龙，只要经过望成木手的，便无所不像，无所不精。住在茅坪的熊员外听说后，就请他去造船建阁。小木匠聪明灵慧，人又长得帅气，员外家的小姐温柔贤淑，天生丽质，两人情投意合，就私订了终生。熊员外知道这件事后恼羞成怒，说什么也不让自己的女儿嫁给一个小木匠。一天，木匠看到长江鲤鱼打挺，于是灵机一动，用一块大木料雕刻了一条活灵活现的鲤鱼。鲤鱼放入长江里居然真的活了！八月十五的夜晚，望成木与心上人来到江边，将藏在岩洞里的木鱼放入水中，双双跨上鱼背，只见木鱼张开鱼翅，在江边画了一个圈，游进了月色迷蒙的三峡。木鱼溯江而上，游到了香溪河口，但见碧水清亮，芳香扑鼻，木鱼便调转鱼头，进入香溪河，游着游着，木鱼停了下来再不往前走了。木匠与小姐下了鱼背，看见这里溪水清澈，古木参天，是天造地设的居家之地。两人安顿下来，小木匠又乘木鱼返回家乡去接瞎眼老母亲。当他回到新家时，天亮了，那条鱼便又变成了不能动的木鱼。从此，他们在这里开荒种地，生息繁衍，代代相传，于是便有了今天的木鱼镇。

　　木鱼镇，大山里一颗璀璨的明珠，避暑休闲的人间佳境。看一眼，心生欢喜；小住两晚，流连忘返，一世情话。

诗情画意是绿道

"走绿道去！"每到周末，同事、朋友常常如此邀约，连父母召集一家人团聚，不知什么时候也改成了"来走绿道哦"。

约走的这条绿道，是指东起乾潭富春江支流"胥溪"，沿着富春江江岸，环绕着乌龙山，西至梅城这一段，全程十八公里的路。整条绿道森林覆盖率近百分之九十，跨越富春江国家森林公园七里扬帆景区二百五十平方公里无人区，一路皆是原生态、纯天然的自然景观。她一边傍着巍巍乌龙山，森林郁郁葱葱，另一边依着碧波荡漾的富春江。如果把乌龙山比作男人，巍峨雄壮，气势宏伟；那这条绿道则是女人，温柔婉约，旖旎秀丽。乌龙山、富春江和这绿道，自然丹青绘就的绚丽山水画卷，真是"一曲一种气象，一弯一种景色"。

行走绿道，两岸青山，满目翠绿，水中有山，山绕水生，水行山中。如遇小雨淅淅沥沥，远山云雾缭绕，烟波濠渺，偶见小船泛波江上，正是诗画江南的真实写照。时而云开雾散，墨黛的山峦清晰地呈现在眼前，温润的空气触摸着肌肤，使人心旷神怡。

这绿道，像是蜿蜒如龙的乌龙山脚的一条锦带，更像是大自然绝美的一条项链，用景观道、栈道、廊桥和观景平台，串起了溪西畈、子胥渡、傅家坞、乌石滩、姚坞等如一颗颗珍珠般的景点，开元芳草地和富春方外则是镶嵌在这条绿道上最闪亮的两颗明珠。

芳草地，烟渚湖，雪藏在建德的瓦尔登湖。乌龙山的溪水淙淙，汇聚成迷人的烟渚湖。湖畔半掩林中的木头船屋，贴着水面一字排开。后坡林地的一间间树屋，坡顶碧蓝的游泳池，与山光水色融为一体。每当夜晚，从屋里透出的灯光，摇曳在黑黢黢的湖面上，形成长短不一的波光倒影，林间客房繁星点点，烟渚湖里月近人，宛如奇幻的世界。

西溪畈，富春方外，心向往之的桃源秘境。它，外合内聚，藏风聚水，五十二间别墅式客房，依山而建，不同的房间收录不同的美景，房间的名字命名极具意境：沐风、映竹、听雨、望云。漫步于此，目光所及的丰茂植被都是我们熟悉的，水杉、榆钱树、枫树、竹林、松柏和芦苇。王崧舟老师曾如此盛赞它："雾气弥漫在山野间，行人浸润在烟雨中，水墨画风的白墙灰瓦，东方禅意的静谧风雅，犹如一幅穿越古今的富春山居图。青山绵绵，水天一色。方寸之间，世俗之外。"

绿道，走你千遍也不厌倦。2018年建成后，这条绿道使富春江、胥江畔隐匿在山水深处的纯粹之美脱颖而出，自然景致与人文传奇珠联璧合。它不仅成了建德人民的"新宠"，更是成了省内外无数人的神往之地。听父辈说，他们年轻时来往梅城，都是沿着乌龙山古道，或挑或扛，翻山越岭来回需走上几个小时。20世纪80年代初我的初中同学，也还有的住在乌龙山上或富春江南岸的东源、西源深山里，他们来镇上求学，挑柴、背米、徒步、坐船，光一趟就要耗去整整半天时间。如今，这些同学大多择居在乌龙山脚、富春江畔的美丽乡村、小镇，这条绿道成了他们闲情逸致生活的一部分。看，绿道边钓鱼的，静守在如画的富春江畔，看水浪一个接一个涌过来，听水声哗啦啦哗地拍击着堤岸，抛出的鱼竿钓来无尽的欢乐；有退休老人陪着老伴的，从乾潭步行到梅城，逛逛古街，吃吃小吃，带着严州烧饼、麻糍，乘车返回；年轻人爱上了健跑，顺着这依山傍水、景色旖旎的绿道，飞奔在这富春山居画里，领略"人行明镜中,帆浮翠屏间"的意境。一到周末,整条绿道更是活泼泼的,人来人往,络绎不绝,热闹而生趣。

  行走在绿道,如行于画中。江风微拂,波光涟漪;峰峦坡石,云树苍苍;景随人迁,人随景移,天籁般的鸟鸣声不绝于耳,多么宁静、多么安详!

野菊

若不是冬日暖阳下的清晨走进岩山，漫步在山野小道上，一路上灿烂的你，微笑的你，闹腾的你，或许已经是遥远的一道风景。

你选择在秋意渐浓时节亮相，斜坡上，山路边，沟沟坎坎，一丛丛，一簇簇，满山遍野肆意地绽放，好像要把整个村庄与山野浓墨重彩成金黄色似的。于是，所有人的眼球总是被你所抢夺，扛着锄的，荷着担的，背着篓的，喜欢走在你的布景里，喜欢花的乡下小姑娘，看着你细细长长的枝干上缀满星星点点的小花，更是乐了。随手折下几枝，几下一缠就盘成一个小花环，戴在头顶上，撒着欢在村巷里到处跑。

你从来不在乎周围的世界已经层林尽染，那些鲜红的枫林、金色的银杏、乳白的芒花到处都是，你还是铆足了一年的力量使劲地绽放，为秋天为冬天涂抹上自己的色彩。你也从不在乎自己身份的卑微或贫贱，虽然没有特地为你安置的精美花盆，没有园丁精心呵护培育的硕大花园，更没有一茬接一茬的人送来美言与赞誉，上天把你安排在何处，你就在何处生长、开放，任凭生命的随意自然，露出小小的黄色的小花盘，一朵接一朵，一片连一片，到处蔓延，享受着生命。

沿着野菊花铺就的花径台阶一路而上，想起近日读过的《塔莎的世界》和《塔莎的花园》，书中的主人公是颇有名气的插画家塔莎·杜朵，被称为世界上最幸福的人。塔莎·杜朵还是个小女孩的时候，她便清楚地知道自己想要什么：住在一个与世隔绝的农场，为童书作插画，周围是花园、各色宠物和家养牲畜。现在，这位插画家成功地实现了这两点，她居住在佛蒙特州东南部小山环绕的深山里，建造了自己的农庄，住在自己创造的环境中，饱经风雨的不规则的农舍和旁边附属的房屋依山而栖，攀缘的蔷薇，几乎吞没房屋的丁香，粉色和白色的沙果花，一片片黄色和淡柠檬色水仙花，深紫色、蔚蓝色和奶白色的飞燕草，房前屋后繁花不断开满四季，将房屋衬托得非常的柔和；几只大耳朵山羊在畜棚里吃着草；鸽子沿着屋脊迈着步子，理着自己的羽毛；一群颜色鲜艳的母鸡四散开来，在泥土地上争食；倘若有来访者敲门，那么伴随着就会响起一群狗叫声，而后塔莎·杜朵就会出现在一群活泼的柯基犬中。

"我们所希冀的，取决于我们的心。我有一颗幸福、温暖的心。"塔莎·杜朵这样说。她在为我们讲述她的成长故事：我喜欢做家务活，洗衣服、熨烫、做饭、洗碗盘。每当他们让我填调查问卷，问你的职业是什么，我总是填家庭主妇。

周末的山野道上行走着三五成群的人，极尽快乐。戴上野菊花扎的小花环，隐没在野菊花丛中尽笑，惊喜各类植物的蓬勃生长，在荒弃很久的农舍里包饺子，用砖砌土炉灶生火煮食，用两根长竹竿当轿抬……

野菊选择了这样的季节、这样的角角落落盛开，她的一生终有无限的快意与乐趣享受着。面对任何事物，只要我们纯净得只是喜欢他们、一心想对他们好、一心让他们高兴，那么，美好便会在平凡的时日与你不期而遇。

银杏

暖阳映照的秋天，是银杏最美的时节。住宅小区中心花园也植有四五棵，透过厨房的玻璃窗俯视，一览无遗。从抽枝长叶到茂密结果，从嫩绿到泛黄，直至剩下光秃秃的枝干，然后是新的一年重新开始，如此周而复始。它就像一本日历，记录着四季的变迁。

我生平喜欢银杏树，无缘无故地喜欢。选择去万市杨家村赏银杏，是个秋意渐浓的周末。杨家村的银杏树古老，姿态优美，特别高大，特别粗壮。一棵棵古老的银杏树散立在各处，有的立在村口，有的立在村里密集的房屋之间，还有的立在空旷的田间地头或山坡上。这样的古树，就像杨家村的一张金名片，让这个不起眼的小村声名远播。最吸引人的是村口那几株大银杏，它们高大挺拔，枝叶茂盛，金黄的树叶下有一幢老旧的瓦房，白色墙面上浸染着岁月的旧迹，这种沧桑的画面给人一种温暖的怀旧情怀。

银杏的美在叶，它用满树的金色将你的脚将你的整个灵魂勾住。也许我们来得稍稍早了些，高大树冠上的银杏叶，似青似黄，青中带黄，还没有我们想象中"满城尽带黄金甲"的壮观。凉秋里的美妙自在一个人的内心。为了与银杏叶的金黄色搭配，特地选择着了一件大红的羊绒衫，从村口往村里走，休闲地在村子里走走，慢慢地走进这片银杏林里。百年银杏，树冠弥张，金闪闪的一片。虽然没有阳光，也没有蓝天为衬，冷风里飘落下的杏叶，如蝶飞舞，一片一片静静地躺在地上。轻轻地拾起一片杏叶，放在掌心，细细把玩，它是如此精致、典雅。我好想做一片银杏叶，随着季节变换自己的色彩，或做一只斑斓的蝴蝶，绕着树冠自由翩跹，雀跃欢欣。

若是行走于古道、古村落，在路旁或村头邂逅一株古银杏或一小片银杏林，更如一声生命的重逢。曾和朋友登浦江千步岭古道，过雪塘村，见一路标指向半山腰的"果树坞村"，极目远眺，不见村落身影，却隐约可见去海深处有一片金黄色。随行者不约而同地拐道而上，兴冲冲地向着那片金黄捷足而登。

这是一座隐匿在山坳里的小小古村落，十几户泥墙土屋，苔藓布满潮湿小路，高低不平的石磉，呈阶梯状簇拥而居，有一种与世无争的宁静。村落左侧那一片金灿亮丽的银杏，与整个村落的黄墙灰瓦形成鲜明的对比。我们跑进银杏林，摇动着树干，满树的黄叶纷纷扬扬地飘落下来，落在头上、肩上、手心上……黄叶片片，所有的欣喜随叶子一同降落，一起飞舞。宁静的村落顷刻间被我们的喜悦和喧嚣打破，正在地里干活的农人直起身来，惊异地看着我们，也有老奶奶从老屋里探出身来，起初还不知道发生了什么，忽然又明白似的笑眯眯地朝我们走过来。

老人邀我们进屋喝茶。八仙桌底下堆积如山的老南瓜，地上堆满了番薯，竹架上挂满了一排排未脱粒的毛豆秆，柱子上是一串串的红辣椒，农家小屋就是如此温暖。老人从厨房里端出刚起锅的热乎乎的番薯、毛芋，说："都是自家种的……"我们一边品尝着农家的甜蜜，一边与老人聊起了家常。这时，在地里干活的家人也陆续凑过来，搁下农具，摘下斗笠，坐在门槛上，操着半懂不懂的普通话，也加入我们的聊天行列。

随着城市化进程的加快，年轻人为了生计，都拥向了城市，唯有他们还坚守在山村，过着日出而作日落而息的生活。

渐趋沉寂萧瑟的小山村，已经没有了青春的气息，有的只是清冷、孤独和思念，就像村边那一小片绿了又黄、黄了又绿的银杏。

　　银杏，如同美丽的梦和美丽的诗，都是可遇而不可求的。大自然，因为有了你而有了春的生机，秋的绚烂；生命，因为有了你而有了温暖的芳香，梦想的翅膀，行走的力量。

秋雨南山

桂香淡去，银杏叶泛黄，秋的韵味渐渐浓郁起来。

沿石岭村对面水泥路向南山上行驶，一路陡坡。拐过几个弯，山腰上的叶玉华家庭农场基地终于出现在雨雾蒙蒙的视野里。满山的枇杷树，绿意葱茏，树下的皇菊盛放，一片金色。"皇菊生南山"，南山皇菊，菊胎多，花盘大，色泽艳，细雨中的花盘花丝上缀满水珠，沉沉地挂下来，格外的明丽。皇菊不仅可供游人观赏，而且饮用价值更是极高，可消暑生津，祛风，润喉，养目，解酒。

南山人家坐落于农场基地的平坦高地，泥墙屋、民宿、茶楼，还有羊圈、猪圈，它们散点式独立有层次地错落。场主姓叶，在南山上除了种植枇杷、桃树、皇菊等植物外，还养了山猪、羊和大量的鸡鸭，池塘里养了鱼，多种经营，是个勤快人。

山猪的猪圈就设在山湾里的枇杷林与山林交界处。临近猪圈，看到泥泞路上有一串串深深浅浅的脚印，杂乱而密集，显然是山猪奔跑时留下的。即而在不远处的小茅屋里传来哼哼唧唧的声音，随着声音越来越响，欣喜由远而近，就在马上接近猪圈时，不料从茅屋后面鱼贯蹿出七八个黑影，慌乱地直冲山林里去了，转眼消失得无影无踪。是山猪！圈门怎么开的？叶场主说："没事，圈门是我开的。它们自己会回来！我要自由，它们也要自由啊！"叶场主还说，他养的山猪是野猪与家猪杂交的，猪的野性在。每天清晨，倘若场主早上起迟了，那猪一到点就朝着他的房间哼哼不断,越哼越响,像酒店称职的叫早服务生。他们家的一头母山猪曾经跑出去好久,家里人以为再也不回来的,谁料后来这头猪又回来了,竟然还带回来好几头野猪呢。场主说起他的山猪故事,绝不逊色于动物小说家沈石溪对动物的了解与喜爱。

倚栏茶楼,极目远眺。山峦连绵,云雾游走,忽而清晰忽而模糊,山谷里、半山上的村落若隐若现,层林山色或浓或淡,仿佛面对一幅淋漓挥洒的水墨长卷。静静闲坐,玻璃杯中,一朵黄菊悠然沉浮,生活的繁杂与工作的忙碌,恍惚间被清空了的感觉,无语而空灵。

山林里,不时传来清脆的鸟鸣,却不见树丫间鸟影。那鸟声,觉得是因喜悦而引起的。沿山脊小道,打着伞循声而去。宽大的板栗叶飘落于地,散落一地,或厚或薄,随心所欲的样子。矮矮的茶叶树与高大的山茶树正是开花时节,白色的花瓣,金黄的花蕊,再配以油绿的叶子,高低有致,左右相逢。一路上,野荞麦开花了,辣子草开花了,蓬蓬草开花了,还有些叫不出名儿的花花草草也开花了,仿佛走进一条开满山花的小径。那些花叶、花瓣、花蕊沾着露珠,还有一些小植物带小刺的,什么时候就粘在你的头发上、衣裤上,一路随行。在一棵松树底下,我们无意间发现三朵松树菇,有雨水滑过的菇面淡粉光滑生鲜,拿在手里欢喜心不言而喻。

翻上一座山岗,整个天地几乎都在云雾的笼罩下,模模糊糊一片。山岗后是坡地,石磡砌的层层梯田,梯田里大片大片的蓝莓树隐秘在云雾里,依稀可见坡地隆起的高地上有一座农舍。那农舍,黄泥墙,黑土瓦,大门紧闭。院门右侧墙上有一门牌,黑底门牌上写着"齿墨山舍"几个字。门檐下挂一铃铛,一拉,铃声惊动了主人。

踏进"齿墨山舍",好雅致的地方啊!山舍面山,院内整洁，墙上、门楣上有书画装饰，红漆木椅子、雕窗、石槽等，古朴简拙。山舍其实是民宿，开轩面山，可以听山听风听鸟鸣，可以与蓝天、白云、星星对话。稍稍驻足，酒香阵阵扑鼻，问主人。原来山舍内藏有大量自酿的蓝莓酒，酿酒的蓝莓就取自山舍外的南山坡地。正如"齿墨山舍"对联所写"羊潭秋水一房山，万树莓花千壶酒"。

　　南山，已经植入了文化因子，虽野，却高贵。秋雨里走进南山，超空灵，让人感受被风怀抱的那个曾经的自己，在时光中从远处缓缓返回。

严婺古道散记

快乐不是靠说的，对于爱好户外运动的人来说，快乐更是走出来的。

一个初春的早晨，天上飘下了微雨，敲打在屋外的阳棚上，滴滴答答的。选择这样的天气出行也是特意而为，因为烟雨中的古村落、古民居、古驿道，那些带有古字的一切，似乎都能在雨的召唤中一一回来。

（一）烟雨新叶

走进新叶古村，犹如走进一幅秀美水墨画。

我们一行十四人从中巴车上下来时，一抬眼就是著名的明代建筑新叶抟云塔，也叫文峰塔。它高三十余米，挺拔耸立，砖檐叠涩作腰檐，檐角微微挑起。塔身虽无任何雕饰，但造型秀丽、端庄。紧临抟云塔的文昌阁，飞檐画栋，是供奉文曲星的地方，抟云塔的高挑和文昌阁的稳重，形成了视觉上的极佳组合。

塔前是一个椭圆形不规整的池塘，池岸边一株株细柳，柳条已经垂到水面上，原来她是用修长柔软的胳膊亲近水，感觉水。顺手捋过一枝，悄然间发现绿芽吐露，细细密密。小雨绵绵而下，落在池水里，水面上泛起浅浅的小窝。池塘的水面，像一面玲珑的镜，倒映着塔、倒映着阁、倒映着柳、倒映着周边起伏的山峦。

塔的四周是高低错落的田野。梯田里碧绿碧绿的油菜长势旺盛，我想象着再过一个月左右，成片的碧绿将换装成无垠的金黄，那又将带来多少视觉的冲击与惊喜。一条条小道从阡陌中纵横穿过，沿着立有"耕读人家"牌坊的小道向不远处的村落走去。巷子两侧的楼房，砖木结构，素雅端庄；巷道宽宽窄窄，色泽青绿古朴，密如蛛网，有上百条之多。村落的最中心，是一个硕大的池塘，细雨中的池塘边鲜有人影，倒有一对白鹅正梳理羽毛，悠然自得。紧临池塘的门房里传来欢声笑语，往里探头一看，五六个老太太正在打纸牌。

青山、田野；小溪、白鹅；白墙黑瓦、亭台楼阁；淅沥的春雨，缥缈的云雾，墨绿的山峦，整个新叶错落有致。村前村后，街头巷尾，柳丝吐绿，李花含苞，杏花争春，油菜地里的油菜零零星星地擎起几束黄花儿，奔走相告着：春天来了，春天你好！

（二）走进芝堰

芝堰这个地方，已经无数次听同伴说起过。她那好听的名儿，让我生起无限的想象，若只停留于想象的世界，总归还是一件憾事。

此次雨中行走的第二站便是芝堰。

我在当日的微信中如此记下行走芝堰的感受：芝堰，严婺古道上一个原生态的古村落；深巷，溜长的青石板记忆着久远的故事；灯笼，灰墙黑瓦主色里最亮丽的一抹红。静谧、自然、平淡、古朴，是你的生命！

芝堰古村地处兰溪与建德交界，曾经是古婺州与严洲的重要驿站。它始建于宋代，明、清时期出现客栈、杂货等商业建筑，迄今已有八百五十余年。芝堰村建筑群分为宗祠、民居两大类。其古建筑或有家谱记载，或有匾额、题刻，建造年代可考，建筑时代演变清晰，具有很高的历史价值。芝堰村不仅人文气息浓郁，自然风光也很秀美。村外青山环抱，一股水系穿村而过，与村口的月牙形池塘相通。村里长长的月亮街（也叫古驿街），贯穿南北，两端都有古樟作为标志，全长三百余米，街道断面一渠一路，两侧铺卵石，中间铺石板，街道两侧分布有厅堂、邻街店铺，还有过街楼、民居客栈。漫步在古街巷，潺潺流水不绝于耳，只见村民在自家门口用活水洗衣洗菜，尽享大自然的恩惠。

芝堰村的生活是恬淡悠闲的，是城里人向往的幸福的慢生活。悠闲地在芝堰村纵横交错的小巷里走着，细细的雨丝斜斜地落在小红伞上、青石板路上、白墙黑瓦上，仿佛村庄的一切都笼罩在仙境之中。憨厚的大黄狗躺在厅堂的大门边，当你走近时，它慵懒地抬起头看你一眼；穿着花格衣的小姑娘，在小巷里一路小跑着，眨眼间消失在深巷里；胸前围裙里提拎着小火熜的老奶奶，慢慢悠悠地向你走来，转身又进了邻家院落。村头是个热闹的地儿，中间一口明如镜的半月形池塘，西北角有一棵上百年的古柏，周围一圈是齐整的民居民舍。天上虽飘着毛毛雨，村民们还是三五成群聚在一起唠着家常，还有一位竟捧着饭碗站在自家大门口边吃边看着聊天的，多么自然平淡亲切却又惹人喜爱的画面。

不知道你有没有尝过芝堰的水米糕，虽然名气没有龙游发糕大，但它颜色雪白，松软香甜。时值正午，我们就在早已预约的会做米糕的英才饭店用餐。饭厅里，一张大圆桌上摆满了一个个圆形的水米糕，还有靠墙的长方形台面上、大冰箱里挤得也都是。开饭时，老板娘首先端上两大盘米糕，热气腾腾，飘香四溢。我们你一块我一块，吃得开心，吃得香甜，乐得纷纷掏出手机拍照，发微博发微信，喜之乐之。菜还没有正式上桌，好吃的水米糕已经把我们的肚子撑得不行。不过，一会儿摆上桌的荠菜、水芹菜、盐卤豆腐、菜心炒豆腐皮、笋干，还有野兔肉、野猪肉，把我们的眼睛和肚子全装饱了。听老板娘说，每逢过年过节，芝堰村家家户户都会做水米糕，许多城里人会慕名赶来芝堰买。水米糕做法并不复杂，将米浸泡两三天后稍稍加工，再放入酵母、白糖待其发酵即可。边听边想象着大大的水米糕出炉，老板娘掀开蒸笼，瞬间，团团的蒸汽扑面而来，夹带着浓浓的香甜气息。

十五元一个的大米糕，我们两个两个一起打包，每人扛上两个，带着水米糕的香味继续上路。

（三）重抵源心

美是没有目的的快乐，当很多自然风光被现代所置换以后，你才觉得她存在的珍贵。

我们从芝堰水库乘船，渡轮行驶在碧绿的水面上，两岸青山相对出，层峦叠嶂，时有峭壁耸立，似有小三峡之俊美。大约半小时行程后，我们的船在右岸停靠，岸边一大片挺拔的水杉，却是墨黑墨黑的，甚是奇怪。原来是水库里水位上涨时，它们基本生活在水里，偶尔露出一个尖尖的树梢，而这阵子水太浅，它们修长的身材才有了亮相的机会，心里一阵小喜，能看到它们全貌也是一件幸运事。

芝堰水库的上游，已经成了大片大片的河滩，两道山湾里的水顺着大小分岔的河道流向水库，滩上行走的搭石早已被水没过，我们要去源心村必将蹚过河滩上的一条条水道。穿高筒雨鞋的两位师哥，上演了一幕"猪八戒背媳妇"。娇小玲珑的"媳妇"自然开心过河，重量级的只有悄悄脱了鞋，忍着冰凉透骨的水左摇右晃着蹚过，不过帅哥们没有袖手旁观，一直站在水里当了把手。最奇的是，我们队里竟有武林高手，踩着"凌波微步"，水上漂似的瞬间过去了。

路绕山行，山傍溪走，终于抵达源心村。源心村，是一个世外桃源般秀美的小山村。它并不大，只是在山脚边零星散落着几户农家，土墙土屋泥瓦房。背倚群山，面临溪水，房前屋后翠竹掩映，村前的溪水岸两侧是大面积的草甸子，绿绿地向周围铺开，两头老黄牛低头啃食着水草，纯朴自然，静谧空灵。久久地站在村子对面，忍不住在视野里寻找山脚下那座小茅屋，记忆中的那座茅屋，屋顶上盖着厚厚的芒秆，芒秆的枝叶从四面垂下来，屋前一位古稀老人静静地坐着，似乎在等待什么。云雾缭绕的山脚下，茅屋还在，只是门前空无一人，不知道老人可好？这个春节，他是否去了远在外地的儿子家团聚，还是儿子一家来此欢喜过年？

　　没有喧嚣、没有嘈杂、没有冰冷、没有虚假、整个村落静得只有静的声音，然而在这儿，生命却可以回归纯净、回归本真、回归自然！

徒步徽杭古道

这个国庆的计划，是走一走徽杭古道。

驴友界有这样一句话：只有穿越了徽杭古道，才是真正的驴。

徽杭古道西起徽州绩溪伏岭镇，东至浙江临安马啸乡，是古时连接徽州府与杭州府的重要纽带，一代代的徽州人靠贩运盐、茶、山货，沿着这条山间小道走出了一条饱含风霜的经商之路。徽杭古道全长四十余里，沿途山势险峻，怪石嵯峨，高峰巨岩，南北夹峙，山涧溪水蜿蜒其间。我们新安江户外俱乐部的二十九位驴友选择了从杭州临安出发，徒步穿越徽杭古道，进入安徽绩溪的伏岭镇。

古道之行步步是景，美不胜收。我们首当其冲领略的景点便是蓝天凹，无论从色彩、造型还是读音来看，都是个令人遐思的名字。经过了一个半小时的攀登，在接近山顶的地方，面前豁然变得开朗，呈下弧线形铺展开的山湾，像一轮巨大的新月，尖尖翘起的两头与蓝天相接。山湾里大片大片的芒花，清一色的乳白，随风荡漾，秋的气息扑面而来。我们先行的几位队友，钻进芒花丛中，猛烈地挥舞着手中红旗，旗子随着风声呼呼作响，似乎只有这样才能表达出此刻的欣喜。跃上山岗，极目眺望来时路，只见重峦叠嶂，让人赏心悦目。山背后阶梯状的古道向远处延伸，坡地平缓处五彩缤纷的帐篷，有序排开，想象着昨晚的他们，离蓝天如此之近，是否跟蓝天窃窃私语。"蓝天凹"客栈云集了来自全国各地的驴友，有"山膺户外"，有"江南户外"，还有"驴行天下"。

在"蓝天凹"用过中餐稍作停留后,便朝着徽州方向继续前进。一路上,每隔一里光景地,就会有一个古道人家,家门口设个小摊,摆上新鲜的柿子、核桃,还有豇豆干、霉干菜等土货,摊子边搁个小锅,锅里贴上几个雪菜麦饼,滋滋地冒着热气。一位山里姑娘端坐在摊子前面,笑盈盈地招呼着我们。看着她的笑,有人夸她美,她的笑就更加灿烂了。在一个陡坡拐角处,有一间用草搭的小棚,棚内一张长方形小桌,桌上一个铝制大茶壶,壶里装满凉水,边上放着十几个陶瓷小杯子,旁边立着一块小牌子,上面写着"免费茶水"四个字。主人是一位身材瘦削的妇女,只见她瘸着腿,不停地忙碌着,一会儿给路人加水,一会儿给壶里续水。

古道沿溪谷顺山势一直蜿蜒向前,最险最难走的是过逍遥河水电站后的一段路,这条路全是石阶。我们小心翼翼地顺着山壁石阶而下,脚底是一块块条形石板,一边是陡峭的山石,另一边是几十米深的乱石小溪,稍不留神便有失足的可能。在岁月的腐蚀下,有些石板都已风化,看上去沧桑感特别强;有的已被磨得精光。有一句话是这样说的:"前世不修,生在徽州;十三四岁,往外一丢。"想象当年的徽州,一定是个闭塞之地,人们为了谋生,只有在险峻的山壁上凿出这样的路,然后挑着盐、茶叶等,往来于徽州与浙江之间。其中的艰辛,只有这满山的乱石、脚下的石阶以及静卧在谷底的溪石可以见证。

记得作家路遥说过,只有宗教般的意志和初恋般的热情,才可能成就某项事业。多年前曾参观杭州河坊街的胡雪岩故居,除了惊叹于他的豪宅,很难体会他当年是如何从家乡安徽绩溪,一次次艰难地翻越这四十多里的古道。现在,走在胡雪岩当年走过的路上,我有了更多的感叹。其实,人生之路亦如这古道,只要我们坚定意志,充满激情,就一定能成就辉煌的人生。

古道

择一处清幽，静静地行走，首当其选是古道。

古道隐匿在最深的自然、最久的历史、最真的生活之中。每一条古道都有自己特别的名字，有的以起始两地的简称来命名，如徽（州）杭（州）古道、严（州）婺（州）古道，像这样的命名方式，我们可以很容易了解这条古道的大致走向。有的以古道上的最美景致来命名，如红枫古道、松林古道、美女峰古道，一听就知道古道上有什么景致。有的古道名取得更有诗意，如牧心古道。还有的一听古道名，就知道这里的地势有多险，如飞鹰古道。

现在的古道上，往往十里无鸡鸣，少有人家，却风光无限。杜鹃红遍了山岭，溪涧唱响了山谷，参天古树遮天蔽日，枝头山雀鸣声欢跃；绿意葱茏的春，鲜花烂漫的夏，层林尽染的秋，雪藏静谧的冬；古亭、古树、古村落。所有这些，都是探寻古道时的收获。热闹与安宁，繁华与衰败，幸福与孤独，随时都会闯入你的眼，撞你的心。走着走着，你也许邂逅一个白云生处的小村落，桃花红，梨花白，古樟掩映黄土老屋，篱笆小院种苞谷，卵石小道连着家家户户，母鸡带小鸡，在房前屋后觅食、散步，倘若时值傍晚，坐落在山湾的小村子，夕阳映照下，黄土墙泛着金光。这些老屋都由老人坚守着。

走进古道，就是走进质朴的生活。曾经南来北往繁华的古道，渐渐废成荒凉的小道，甚至湮没于层层的山林之中，难觅踪迹。

行走古道，能让心情无拘无束地散漫于自然。三五好友，选一个合适的周末，身着彩衣，背包而聚。一路上，听鸟鸣泉欢，看花开蝶飞，望蓝天白云。赏秋叶、攀石崖、过溪涧，行走的每一步，都如同踏着喜悦的鼓点，每一张美照都记录下我们欢愉的内心。幽深的森林，茂密的竹海，绵长的古道，云烟苍茫，峰峦层叠，都给了我们宁静，让我们和自己对话，聆听来自内心深处的声音，让思绪停止，或者任其不着边际，自己寻找生命的意义。

　　出发，向着古道……

欢喜，谷雨山居

半夜，窗外。冬雨的脚步声，穿窗入帘，不疾不徐。依山听雨而眠，如闻古琴悠扬。

清早起来，缓缓拉开灰白色窗帘，落地玻璃窗外的景致如一幅山水画卷徐徐展开。草坪、泳池、树木、小径、远山，云雾蒙蒙，层林尽染。

前一日，还是阳光暖暖。

我们"行走岁月"的三五好友，午后从新安江城区出发，沿江开车至横坑坞口，向右拐上往千岛湖好运岛与情人谷的蜿蜒小道，三五分钟后便来到千岛湖隧道口。隧道口左侧是一大块平地，记忆里是一座茶厂。而今，四周仍是峰峦秀美，山色层叠，植被茂盛，然茶厂却不见踪影，眼前所见的却是一座简约大气、别具匠心的建筑。中央水景，流水小院，绿盈草坪，错落有致的主楼，这便是我们向往已久的谷雨山居。

谷雨山居中，自然环境是主角，整个建筑设计充满古代篆书元素，再与侘寂风融合，质朴大方。"舍舟复深山，窅窕一林麓。"唐代杜甫的诗恰能生动地诠释山居的环境。

院子里有深浅不一的两个景观泳池，一个是长方形的，一个是曲水流觞风格，旁边还设置了好几把舒适的遮阳伞、几条躺椅，间隔摆有一大两小的三组户外烧烤桌椅。

冬日暖阳里，正是围炉煮茶时。女管家在一张最大烧烤桌前，掀开桌的木头圆心盖，夹入几节白炭，生上火，再盖上不锈钢网盖。待火渐红渐旺时，搁上老铁茶水壶。老铁壶里注的是山泉水，壶内投入的是好友特地带的普洱碎银子。转眼间，女管家又从厨房端来一大盘年糕和一小碗红糖。年糕被切成一小段一小段的，看起来非常厚实，棕红色的红糖呈粉粒状，干燥而松散。围坐在烧烤桌边，待年糕烤至一面泛黄时，再用筷子翻动另一面继续烤。

细看桌面上，一只只单人白瓷茶杯，如羊脂玉般透明。每一只杯身上都绘有不同的文字，立春、谷雨、小满、立秋、白露、冬至，原来是凝结着中华民族的智慧与传统文化结晶的二十四节气。

谷雨山居的"谷雨"，是春季的最后一个节气，是"雨生百谷"的意思。《月令七十二候集解》中说："三月中，自雨水后，土膏脉动，今又雨其谷于水也……盖谷以此时播种，自下而上也。"故此得名。山居以谷雨命名，顿生诗情画意。

除此之外，谷雨山居里，更处处彰显着一年四季二十四节气的中国元素与浪漫。单看院子里选种的各类树吧，上个月的银杏树叶慢慢黄了落了，铺了一地碎金似的。这时光，肥皂树满树明亮的金黄炫在枝头，有风来，一片一片悠悠地飘下，像在写一首优美的诗。越来越多的梭形黄叶，飘落于绿盈大草坪上，如大地睁开无数双眼睛。羽毛枫更是红得如火似霞，点缀在院内的各个角落。更别说院外包围着整个谷雨山居的满山林木，春夏秋冬四季如期自然地更替着装。当日下午，山居主人一家子正在山居南面打造一条通往山林的小径，试想将山居置于整个山林的怀抱之中，山居与山林融于一体，真正实现谷雨山居回归于静美的自然。

阳光从山巅斜斜地照下来，落在高大的肥皂树上，叶子黄亮黄亮的，落在清澈的池子里，山水一色，落在我们的身上，暖烘烘的。当老铁壶中的水与茶充分沸煮后，好友将茶汤一一倒入白玉脂瓷杯，色清味甜，一杯入喉馥烈甘香；年糕也在慢烤中软了香了，用筷子插上，剥开焦黄的外皮，蘸一蘸红糖，那红糖遇热后慢慢濡湿，咬上一口，满嘴甜糯的味儿，儿时的记忆在舌尖苏醒！有人边吃边提议说，如果这时再放上几个苞芦粿烤一烤，烤得滋滋滋地往下滴油，色泽鲜黄，更加诱人。这不禁让人想起小时候山村里流传的一句俗语：手捧苞芦粿，脚搁白炭火，除了神仙还有我。

当大伙儿还沉浸在美味幸福里时，又一波更大的幸福接踵而至。"行走岁月"的小米隆重宣布2023年行走岁月奖项：美美荣获总舵手奖，颁奖词为：美美像一张网，多年来将爱好行走的人一网一网收进"行走岁月"群。人海荣获"妖娆行走奖"，庆贺她脱离队伍几年后回归！两人带着这特立独行充满创意的奖名，走上领奖台领奖，人海还代表获奖者发表获奖感言。这一戏剧性的惊喜来得突然又意外，让在场所有的人捧腹大笑。看着奖杯上"妖娆行走""身未动心已远"几个字，行走经历中的一幕幕在我们的眼前再现，洞桥看蓼子花，丽水松阳赏泥墙土屋，莫干山竹海上鸟课……得益于大自然无私的滋养，我们打开了课堂的空间与视野，丰富了课堂的内容与形式，实现了人与自然的亲密交流。

吃了年糕蘸糖，喝了普洱茶。酷爱大自然的我们，望着谷雨山居周围色彩斑斓的山峦，情不自禁地从大门对面的山道登山而去，听说爬上这座山巅就可以览胜千岛湖。路两侧常见的板栗树、红枫树、梧桐等一些落叶树，大张大张的叶落满了坡地、山道，踩上去发出唰唰的声响，大自然不仅是位神奇的画家，也是位名副其实的音乐家，让无数的人乐此不疲。

谷雨寻味茶香餐厅用餐后，一部分人返回城里，我们几人夜宿谷雨山居。

夜色里的谷雨山居，静谧而雅致。空旷的草坪，碧水的泳池，温馨的灯光。浸润在这样的空间里，聆听着山风、叶落、虫鸣、鸟叫，满是山野之音，这一刻，所有萦绕在心头的嘈杂，如海潮般退去，整个灵魂，仿佛深潜在大自然的怀抱里，一切都变得云淡风轻。

天穹下，灯影里，四人围坐，海阔天空地聊，闲适自在的时光，是对身体与心灵最好的修补，是对生命原味的唤醒。突然，脸上有丝丝细雨飘来，一抬头，刚才躲在云层后窃听的那颗星星不晓得藏到哪里去了，估计也睡着了吧。

窗前烟渚湖

白天,暖阳融融。傍晚,气温骤降,冷风里飞来零星小雨。夜色笼罩着古镇梅城,四周黑漆漆的。沿着近江小路七弯八拐后,眼前终见山湾里一片星星点点,恍如天上的街市。富春开元芳草地就隐匿在这样一处三面环山、一面临江的山坳里,又如同雪藏于林深之处的静谧小山村。

树蛙503房,黄泥墙木屋,上覆竹丝为顶,与周边林木相依。

屋面朝一湖、一江。湖,烟渚湖。江,富春江。

烟渚湖,湖名大概出自唐代大诗人孟浩然的《宿建德江》这首诗吧。一千三百多年前的一个秋天夜晚,月明星稀,孤单、失意的诗人,乘着一叶小舟,漂泊在新安江上。也许,建德山水佳境触动了诗人,"移舟泊烟渚,日暮客愁新。野旷天低树,江清月近人"。如此传颂千古的诗句,就这样从他心里如流水般淌出来。

客厅及两边的卧室都是面湖的落地大玻璃。推开客厅的玻璃门,是个超大的休闲观景平台,如果是白天,烟渚湖,还有湖外浩渺的富春江定是一览无余。

此时,透过玻璃,近窗的芦苇被风吹得东倒西歪。湖的西岸,模糊可见五间半掩林中的木头船屋,贴着水面一字排开,从屋里透出的灯光,摇曳在黑黢黢的湖面上,形成长短不一的波光倒影,宛如奇幻的世界。

画船听雨眠,身处"船舱"里的客人,是否会想起周作人乘乌篷船游江的志趣?"夜间睡在舱中,听水声橹声,来往船只的招呼声,以及乡间的犬吠鸡鸣,也都很有意思。"那便是设计师的匠心所在。

那是个晴好的夜晚,我们姐妹俩陪父母入住树蛙黄泥木屋。

"要是带根钓鱼竿来就好了,坐在这儿钓鱼啰。"爱钓鱼的父亲那份遗憾一直挂在嘴上,听来特别逗人。

母亲倒跟我们说些老家村里的人和事,像翻看旧日历,模模糊糊逝去的旧人旧事旧时光,又渐渐清晰起来。

烟渚湖边,暮眠晨醒,绝对的诗意栖居。

今日夜晚,室外寒风凛冽,室内却温暖如春。三四好友,练柔力球的,看《乔家的儿女》的,沙发上"葛优躺"着刷手机的,还有的圆桌前读小人书的,各人按照自己的方式自在地生活,时光馈赠我们无限的心灵空间,令人忘却"人为生活"的烦忧。

醒来。昨夜的雨还在下,细细的。从房屋不同的视角往外看,每个角度都有惊喜。

被雨打湿的平台,藤椅藤桌油亮发光,挂出屋檐外的竹枝上,悬着一粒粒小水珠,蓄不住的水滴顺势滑下来。

卧室的每扇窗,如一幅精巧的巨型画框,一切美景都巧妙地嵌入画框。湖的右侧,那一排体现着建德"船居文化"的木饰面船屋,保持着自然界原有的色素,与烟渚湖、山体林木的融合,船就好似从那片山林里自然生长出来的。

择一窗边用餐,又是另一番景致。吃着建德风味的红糖汤圆,看着如丝状的雨从天空飘下来,落在竹林间、桃枝上、八角金盘与结香的花球上,无数的雨点儿在湖面上轻轻抹出一个个小小的"酒窝"。

山顶上有雪!不晓得是哪个眼尖的孩子突然嚷起来!抬头远眺,乌龙山像披着雪白的婚纱,立在烟渚湖前。烟渚湖,雪藏在建德的瓦尔登湖。有一位哲人说:"时间只是现象,而生命,在于感觉。"此言甚然。

踏雪胥岭

大年初一照例要去罗村老家开门放鞭炮，一路上见公路两侧高高的山上白雪覆盖，但有事在身，我的心里再痒痒也只有远看的份儿了。返程时再次远眺被白雪覆盖着的胥岭，白茫茫一片，一家人决定沿山路拐道而上，去赏白雪下的胥岭。

通往胥岭的盘山公路，九曲十八弯，小车迂回而上。在公路开通之前，来往这个小山村，唯一的一条小路就是依山而上用溪卵石铺就的羊肠小道，小道宽处二人并排有余，窄处只能一人可行。古人想得挺周到，在半途中有间隔地建造了两个供人休息的亭子，亭子小，四边檐角飞翘，亭内左右两边各设石条凳，墙面上留下了无数过路人深深浅浅的划痕，显得很古朴。

胥岭，是个永远系着我童年记忆的小山村。小姑妈就嫁在这个村里，这个村子每年的七月半特别时兴蒸米糕，我们当地叫发糕。儿时每年的七月半，必定会随爷爷一起来到姑妈家。发糕的种类有很多，记忆里特别深的一种叫千层糕。

我们过了子胥亭，在一处空旷处停车驻足欣赏。梯田里，瓦背上、公路边、山坡上、树枝上、芒秆叶上、油菜上，到处都是雪。虽然雪不大，但胥岭这个小村已经沉浸在雪的世界里，安静而祥和！

我们小心翼翼地踩在一个个石阶上，这让我想起当年姑妈送我们兄妹俩翻越胥岭，去一山之隔的桐庐和村小外婆家拜年的情景。

车子小心地行驶在薄薄的雪面上，离山顶越近雪越厚。女儿和外甥不由得打起雪仗来，一阵阵尖叫声震得树枝上的雪一团一团地往下落。不远处，一户农家的木门吱呀一声打开了，蹿出一条大黑狗来，对着我们几个不速之客狂吠，继而门内走出一位老伯，慈眉善目的，年龄跟我父亲相仿。他热情地招呼我们到家里坐坐，随即问我们姐妹俩："你们是先康（我父亲的名字）囡吧！"他竟提起我父亲的名字，让我又惊又喜。我马上拿出手机和父亲通电话，原来他是我父亲十多年前的同事，如今退休了，在这村子的后山承包了一块茶叶地，远离了集镇，过起了地地道道的农村生活。现如今，有多少人像父亲那样离开农村在城镇安家，又有多少人离开喧嚣的城市来到乡下过着恬淡的生活。不论父亲离开农村多少年，可每年的大年初一，总不忘回乡下老家给老屋开个门放个鞭炮，也算是一种抚慰吧。

此时天空的云层中钻出了太阳，温和的阳光映照着这山村，映照着这白色的世界……

小住云栖

我顶喜欢竹的，也喜欢带竹的居所。

两年一度的系统会议如期召开，在之江路口的云栖航海度假酒店小住了两日。这家酒店坐落于杭州西湖区梅灵南路，左临浙江最大的河流钱塘江，正对著名的旅游景点宋城。

这儿除了一幢幢的楼房外，最多的莫过于竹子了，竹成了此地最抢眼的。房前房后左侧右侧种的是竹子，东一簇西一簇的，酒店的最外围种植的也是竹，是一种我们常见的竹——孝竹。孝竹挺拔修长，沿着酒店的外围呈弧线形自然围成一个大圆，成为一个超大的竹围墙，曾在一日清晨沿着小径绕走一圈，正好十三分钟。连酒店两个大门两侧也是清一色高大挺拔的竹，没有我们以往所看到的酒店金碧高大的门厅，仅有的一个小小的门卫亭就掩映在青青竹林边，每一辆进出酒店的车子都必须从长势茂盛的修竹夹道中穿过。

非常有意思的是，这儿所有的建筑都是以竹来命名的。问竹楼、语竹楼、咏竹楼、听竹楼……生硬的建筑因为与柔软的青竹搭在一起，让每一幢楼都有了诗情画意。楼与楼之间由曲曲长长的廊道连成，廊道两侧依然是一丛一丛的竹子掩映。独住语竹楼的单人间，此楼跟问竹楼遥相呼应，跟咏竹楼、听竹楼左右毗邻。每每返回客房都要经过七弯八拐的廊道，报到的当天正是一场大雪刚止，从廊道走过依稀可见雪还一团一团地聚在竹枝竹叶上，雪竹相映成趣，顺手拢一把冰凉透骨，终将经不住一阵寒风的凌吹或鸟儿的惊扰，雪就扑簌簌地从枝叶间滑落下来。

语竹楼位于酒店最北面，拉开窗帘就是酒店的最外围，一窗下是一条柏油铺开的小径，紧临小径的是略低于窗口的一字形排开的竹子围墙，齐刷刷的整齐，满眼充溢着绿色，一直抵达心灵。清晨，鸟儿鸣声清脆，它们在枝叶间飞来跃去，蹬开的双腿将修长的竹竿推得东摇西晃，惊得枝头的同伴呼啦一声随即远远地高飞。夜色朦胧里，沿着竹篱笆围墙的小径健步行走，除了客房内透出的隐隐光亮，显得特别的清幽与平静。"宁可食无肉，不可居无竹"，竹在记忆里生活中是有着很深的位置的。小时候居住的农家小院前后到处是竹子，有罗汉竹、雷竹、红壳竹，一到人间四月天便是春笋长势旺盛的季节，每天一早兄妹几个就是提个小竹篮，拎把小锄头，然后挖笋、剥笋、煮笋、晒笋，忙得不亦乐乎。童年的我们更大的乐趣是约几个小伙伴到村后的山湾、溪边的山脚拔水笋，那种笋长得密密的，像一支支毛笔插在沙地里，一钻进竹丛里半天也出不来，等到出来时已经是一捧一捧的笋抱在怀里。后来离开老家，居住于小城镇，庆幸于生活的小区是个处处有竹影的小区，公共空间里植了许多观赏竹，有竹影摇曳，也有雨后的春笋，好有生机。似乎还不解瘾，家里的一株巴西铁由于冬季气候不适冻死，留下一个大花盆，于是趁下乡的时候在路边挖得一小株竹苗，移至盆内。不料，每年的春天它不断地带来惊喜，一根小笋芽钻出来，又一根小笋芽冒出来，几年下来把个花盆挤得满满当当的，搞得我不得不每年入秋时节进行删节修枝。翠竹掩映，可以让每一个久居城市喧嚣的人有了如入乡野的欣喜，仿如迈步在杭城市郊的梅坞，来到一个心仪的茶楼，泡上一杯龙井，慢慢腾腾地品，悠悠闲闲地喝，忘却时间与忙碌，自在与惬意；翠竹掩映，可以让每一个被机械枯燥禁锢的人有了思维的天马行空，仿如坐在宋城硕大的演绎厅，从许仙白娘子、梁山伯与祝英台的西子传说顷刻间穿越到一群青春奔放的姑娘的"采茶舞曲"里，从南宋的金戈铁马穿越到大唐的太平盛世，思想可以自由行走，没有半步的迟疑与桎梏，只有酣畅淋漓。

因为跟竹相拥，所以与竹耳语。

漫步西湖

从杭州南下高速经六和塔过南山路,或者从西站过保俶路进入杭城,无论路线如何你必定会欣赏到西湖。不过,对于西湖来说,那样的你只能算是个匆匆过客而已。

真正意义上逛西湖,远观不能算,唯有零距离接触。这么些年来,虽说常常因为工作关系跑杭城,却没有一回是正儿八经专门为西湖而来的。不是匆匆一瞥,就是在红绿灯的等待中穿行而过,寄希望于下一回定好好逛逛西湖。

正月初四的阳光特别喜人,在女儿的提议下一家人有了逛西湖的冲动。车子在南山路雷峰塔下停妥,我们直接从苏堤进入西湖。西湖的旅游从来没有淡季,举着小旗子的导游带着一拨一拨的游客早已经穿梭在苏堤上、杨柳下,操着各色口音的游客流露的喜悦却是如此的相似,东张西望地流连于湖光山色,拍照,赏景。

我们决定健步走西湖,路程设定为:苏堤南起步,乘船去湖心岛,返回苏堤继续向北,驻足印象西湖,过孤山,漫步白堤。

杭州西湖,在我的心里,一直是个浪漫的地方。西湖任何时候都缺失不了她的妩媚,单看堤岸上的杨柳就可见一斑。纤长的枝条未见米粒般的新芽,却是依依拂于湖面,视线透过这依依杨柳,像穿过纱帘般,和着这摇荡的船只,映着晨光里的暖阳,一种婉约的美,西湖又将孕育着一个春光明媚。

乘上画舫,五分钟行程到湖心岛。湖心岛布局玲珑精巧,远观是一个自然的大圆形，登岛一看岛内是人工的阡陌纵横，堤上各色的亭台与古树的虬枝交错辉映。我们一家子四个人，女儿挽着我的手，先生陪父亲聊天，沿着石铺小道，挤在人群里，随心所欲地在小岛上漫步。有着月亮最多地方之称的三潭印月，一家子一家子的人租上手划小船，荡漾湖面，真是惬意之致。像这样游西湖，回想起来算是有过那么一两回，但也已是久远的了。二十多年前初三毕业前夕曾春游西湖，那是人生第一次亲眼看见西湖，第一次踏上湖心岛，四十几个同学一起拥上这个小岛，我们奔跑，我们欢笑，记住的不是跟谁在一起的身影，而是这一群人同游时共同制造的无限快乐。

从湖心岛回来，我们沿着苏堤由南至北继续漫步。苏堤全长二点八公里，极目远眺，山倒映着水，水倒映着山，全是佳景。近目欣赏，堤岸小道两侧精心种植的树木，各具姿色，树木掩映下的小道是最适宜散步的。或夫妻，或祖孙，或父女，或恋人，从对面缓步而来；或散步，或骑车，或溜冰，或坐环湖观光车，从身旁而过，那样的悠然自得。堤岸边，柳树下，木椅上，摊开的食袋，编织的毛衣，调皮的爱宠，嬉笑的面庞，还有聊不完的话题，其乐融融！真是一种奢侈的享受！

西湖是有着她独特内质美的，她丰富而厚重。西湖可以让人找到心灵归依，找到生命里的闲庭信步。

曾经在西湖边的霓虹灯影里欣赏张艺谋导演的印象西湖，静静的湖面，闪烁的灯光，悠扬的音乐，历史仿佛缓缓地向我们走来，我们穿越于历史，海市蜃楼般地重现了许仙与白娘子的爱情故事。千年的缘分，修来同船一渡；水漫金山，只为那心中的真情；即使被压于雷峰塔下，也依然浇不灭那矢志不渝的爱情……我想，爱情因为西湖的美丽而诞生，西湖因为有爱情而锦上添花。站在白堤上，自然想起唐代伟大的诗人白居易先生，想起他著名的词作《忆江南》。曾在杭做官的白居易，和老百姓一起修建了白堤，后来回到了河南洛阳的老家，晚年的他一度思念江南，可是交通不便，身体有病，却是终生不复回，那样的苦忆江南苦忆杭州使他在五十六岁时写下了著名的词篇《忆江南》——江南好，风景旧曾谙，日出江花红胜火，春来江水绿如蓝，能不忆江南？这是一种怎样的忆啊？一种何等的感情？

走在白堤上，路经西泠印社，决意进去聆听。社址远含山色，近挹湖光，坐落于孤山南麓，是一处坡地，依山傍水，以泉衬石，水随岩转，亭台楼阁，错落有致，茂林修竹，佳木繁荫，方寸之中，气象万千，堪称西湖园林艺术的精华。社址内楼馆亭阁建筑精美，摩崖石刻星罗棋布，楹联匾额辞采丰茂，令人目不暇接，翰墨馥郁，气度高华。

走走停停间，走过了苏堤，走过了白堤，雷峰夕照、三潭印月、花港观鱼、平湖秋月、断桥残雪，一一入眼；映波桥、锁澜桥、望山桥、西泠桥、锦带桥，一一入心，漫步西湖，心亦沉醉！

内蒙古永不相忘

去内蒙古的原因很简单，因为对它的直接了解太少，它满足我关于远方的遐想。

正如想走近一个人，就要走进他的心一样。来内蒙古，如果只要一个理由，那便是走进内蒙古最深的历史和最真的自然。

呼和浩特这个城市并不大，但是她从容而安静。迎着秋风，看着过往的人群，注视着远处延展在秋日下的巍巍阴山，是一种别样的幸福。而我们大多的时候，是站在某个繁华喧嚣的城市路口，茫然而恍惚，毫无防备地触摸着生活的枯燥和乏味。在忙碌和冷漠的过滤下，人更多地学会了习惯和忍耐，安静地随时间漂流。之后，眼睛会沉默，像蒙上了一层薄雾，当美丽飘进来的时候，也很难感受到。来到呼和浩特，却可以去煌煌大昭寺，在喇嘛们的梵文呢喃中，净化自己的灵魂；可以去铮铮将军府，在这令无数大漠豪杰崇敬和胆寒之地，拾起失落的热血与雄心；可以去茫茫库布齐沙漠，在落日的余晖下，骑着骆驼，缓缓地行进在童年的记忆里；可以去茵茵昭君墓，在默然兀立的青坟前，眺望这异乡的日落，你也许会从同一轮太阳中，感受完全不同的苍凉与寂静。

旅游大巴沿着盘山公路，横向穿越阴山山脉。

希拉穆仁草原，一马平川。蓝天，白云，马儿，羊群，蒙古包，还有黝黑黝黑的蒙古汉子。秋风中的草原呈现在眼前的是大地的本色，辽阔无边，一派宁静。骑上一匹蒙古马，行走在这陌生而神秘的土地上，你会意外地收获她的包容与大气，狭隘的胸襟有一种被撕裂开来的疼痛感。金戈铁马，成吉思汗，射雕英雄，昭君出塞……历史在马蹄扬起的尘沙中滚滚而来。草原，是思想的天空，能让你的想象尽情驰骋，不再有围栏与禁锢；草原，是收容你情绪的栖息之所，能让思绪在荒芜中开出繁花；草原，是你心灵的花园，那里有属于你自己的美丽和幻想。无论驻足与行走，你都会领略到同一片天空下，如此不同的生活从你眼前一一展开，此刻的你仿佛多活了几世，因为你就此见证了如此截然不同的世界与人生。

　　内蒙古的美，岂止是茫茫的沙漠那么苍凉？岂止是一望无际的草原那么简单？岂止是这片历史舞台上轮番上演的民族兴衰？她的美那么深厚，那么沉静，那么广阔，来到这里你才知道，什么叫从眼睛到心灵的发现之旅。

新疆笔记

美丽的天山，神奇的天池；无际的草原，斑斓的野花；帕米尔高原，冰山上的来客……对新疆的神往由来已久。

（一）阿奇克苏大峡谷

2012年9月7日，离开新疆阿克苏后，我们去阿奇克苏大峡谷，也叫温宿大峡谷。关于大峡谷，以前仅限于画面与图片的阅读，似乎只是在中学地理教材上的插图或影视作品里看到过，对于大峡谷到底是什么样的，没有直观感受，非常模糊。

从阿克苏出发车行一个半小时后，一座绵延的山脉横亘在前，山体光秃秃的寸草不生，然仔细望去却呈多种色彩，或红、或黄、或紫、或青……山体的纹路也因了色彩的不同和山势的变化，弯弯扭扭、层层叠叠，像舞动起来的彩练，也像大手笔画家笔下的杰作，煞是惊叹！大峡谷就在前面。

山脚下一座低矮的红瓦砖房，四五辆敞篷的越野车、工具车，车身覆灰，车兜朝天，还有车背上间隔地装有三四排坚固的栏杆扶手，乍一看还以为是哪儿来的战车呢。旅游景点设施简单得跟眼前的山脉一样一览无遗，我们得站立车背乘这样的"战车"前往大峡谷。

车子从谷口进入大峡谷，一路上下左右颠簸着前行。据说，阿奇克苏峡谷面积达二十二平方公里，其间分布的盐丘底辟构造地貌非常罕见。我们两车一前一后边行边赏，它那赭红色的雄伟山体、雄奇壮观的直立断崖、层层叠叠的石峰石塔，头顶片石的细长石柱,以及栩栩如生的奇石怪岩,举不胜举,目不暇接。

大峡谷多姿多彩的景象深深地吸引着我。只见两侧或前方山峰高耸、奇峰兀立、形态各异、嶙峋怪异、色彩浓烈、千姿百态、五彩缤纷,整个峡谷山体呈现褐红色,两边大山红色里还涂抹着灰白色,在清晨的阳光里山体的颜色更为耀眼。它不但多彩,更是多姿。什么一线云天、黄金之吻、三心石、巨轮飞渡、万山之城、大地之父、神鸟探谷、千年之拥,等等。面对此景,你说大峡谷是一个巨大的雕塑群、地质博物馆、岩画画廊都不为过。移步皆景,你漫步其间一定要留心观察,然后天马行空地想象,一定会有惊喜连连。同伴们时不时地尖叫,忙不迭地摄影,终还是会错过了一个又一个的景点。再细看两侧山体上的纹路更像是一幅幅巨大的岩画,清晰逼真,精彩纷呈,让你目不暇接。不由地感叹,真乃是大自然鬼斧神工的杰作!

此行没有去新疆沙漠地带,故无法欣赏到胡杨的神韵,但是偌大的峡谷里,我们终有幸看到了被人称为"千年不倒,千年不朽"的两棵胡杨,实在神奇。整个大峡谷除了山脚平地上偶见几株骆驼草外,基本上没有什么植被,唯独这两棵胡杨傲立在峡谷之中,被人们称为"胡杨双雄"。

我们的车子从大峡谷一号返回,拐入大峡谷二号。到处是大小、长短、高矮、粗细不一的淡红色石柱,石柱头顶片石,状如帽子,像垂须老人,像金鸡独立,像孔雀起舞,像卫士戍边,个个形神兼备,令人叹为观止。峡谷时宽时窄,窄处宛如一线天,你走在里边有一种被两边的山体挤压的感觉,穿过一线天后,山谷豁然开朗,你不由自主长长地吐一口气,精神顿时松弛下来。这里是谷连谷、山连山,犹如迷宫般,我们就这样踩着细细的沙,脚下带滑地行进在峡谷里,不停地选角度拍摄，不停地天马行空，不停地惊叹大自然的神奇。假如你一个人游览，千万不要随意穿越，否则是要迷路的！

来到西部边疆，穿行在阿奇克苏大峡谷，突然有了像风一样的自由。任凭车身扬起的风沙迷了眼睛，任凭风儿吹走头上的遮阳帽，任凭"战车"不停地剧烈颠簸，因为眼前播放的是大自然最美最神奇的风光片。

（二）去红其拉甫

每年的春节联欢晚会上，"红其拉甫的边防官兵向全国人民拜年了！"的画面历历在目，想象着此行第二站是前往红其拉甫，我的双脚将站在海拔5000米左右的世界最高的口岸，自豪感油然而生。

"没有去过新疆就不知道祖国有多辽阔。"新疆的土地总面积占全国的六分之一，相当于十六个浙江省。我们从阿奇克苏大峡谷历经九个多小时到达喀什入住，第二天再从喀什出发去红其拉甫，走的是一条被称为世界级的景观大道——帕米尔高原上的中巴公路。喀什距红其拉甫口岸有四百多公里，常常在祖国东部高速上奔跑的我们，很难想象这个高原地带的四百多公里是个什么样的路况，会有什么样的距离感，需要多少时间。

所幸的是，从喀什去往红其拉甫，要翻越号称亚洲屋脊的帕米尔高原，这里群山起伏，连绵逶迤，雪峰群立，耸入云天，沿途的胜景一个接一个。

盖孜河谷的河岸最先吸引我们。高山冰雪融化和泉水融汇而成的盖孜河谷，两岸高山陡峭林立，铁锈红色的山体，河床上五彩的卵石，与零星在河岸上捡拾卵石的游客，形成了美丽的河谷景观。据说在这个河谷，曾有游客拾到玉石，拿到喀什城里经专家鉴定，价值不菲。于是，我们一行人，每人提个小

第三辑 山水淙淙

251

塑料袋，带着不小的期许，纷纷在河岸上散开、寻找，梦想在新疆结个玉石之缘。

　　走过盖孜大峡谷，我们的大巴车沿着中巴公路继续前行。一路上，山壁陡峭怪石林立，雪山巍峨冰峰高耸。车子缓慢爬上一段陡坡，沿着山道绕过大山后，忽然一幅水墨画渐渐呈现眼前，连绵的雪山，灰白色的沙山，沙山下碧蓝的湖，原来我们到了布伦口白沙湖。这个名字特别好听好记，跟家乡的小镇白沙同出一名。湖的四周被沙山环抱，湖中绿水碧波如镜，沙山、雪山受阳光的照射，发出异样的光彩。白沙湖的东部，是公格尔九别峰，它与公格尔峰、慕士塔格峰并称为东帕米尔高原的三座著名高峰。由于山顶终年积雪，犹如牧民头上所戴的帽子，当地牧民称它为"公格尔九别"，意思为"白色的帽子"。我们争相拍摄，脑子里怎么也搜索不到恰切的词来形容，虽然平日生活在美丽的千岛湖边，但不毛之地的高原上有着如此的湖，仍然震慑住了我的眼睛。

　　继续往前，在海拔三千六百米外，又见一湖——卡拉库里湖。卡拉库里湖是高原湖泊，面积为十平方公里，水深三十多米，因湖水深邃幽暗，故名"卡拉库里"（柯尔克孜语意为黑湖）。湖东面矗立着"冰川之父"慕士塔格峰，西面雄踞迤逦不绝的萨尔阔勒山脉；湖的南面是一片草原，一顶顶白毡房星罗棋布与澄澈的湖水中皎洁的冰山倒影相辉映。时值午后三点多钟，斜阳映照下，湖岸边有游客骑着骆驼慢腾腾地散步着，优哉游哉的；弯弯曲曲的长木桥上，游客三三两两一组，摆着各种造型，与圣湖、蓝天、草原、雪山合影。卡拉库里湖草盛鸟多，听着导游讲述关于它的水怪传说，更让其增添了一分迷人色彩。

　　夕阳里，我们的大巴终于驶上塔什库尔干县城，当晚入住这个边境小镇。这座边境高原小城很小，柏油马路两旁种着白杨树，中心街头立着高原苍鹰的塑像。在小城里慢走，我们看到了这里生活着的中国唯一的白种人（欧罗巴人种）——塔吉克族，他们高鼻、深目，宽宽的额头，洁白的皮肤。在小镇前的金色大草滩，偶遇了当地的一群孩子，我们邀请他们合影留念，当把相机里的照片给他们欣赏时，一个个面露喜色又有点羞涩地看着我们。

　　第二天一早，继续前往中国第一哨卡红其拉甫的路上，导游向我们介绍：红其拉甫是帕米尔高原上的一个通外山谷，素有"血谷"之称，风光壮美，但这里的环境非常恶劣，氧气含量不足平原的百分之五十，风力常年在七八级以上，素有死亡山谷之称。它曾经是丝绸之路的必经之道，现在是我国与巴基斯坦唯一的陆路进出境通道，也是世界上海拔最高的口岸。

　　车停红其拉甫哨兵站，距离国界还有三公里。多么神往的红其拉甫口岸近在眼前，我们情不自禁地移步至检查站前，一名战士拦住了我们，他说：游客只能到哨兵站不能去国界碑，只有特殊通行证方可行。整整八个小时的车程，特别是几位高原反应厉害的同伴，那可是一边抱着氧气包一边吸着氧上来的，如果不能踏上国界碑，那该有多少遗憾啊！通过多方联系与沟通，半小时后，我们终于登上了红其拉甫，在海拔五千一百米的国门界碑前拍照留念，心里的高兴没法说。

（三）"石头城"

　　从南疆喀什去往红其拉甫的路上，经过的一个美丽的边陲小镇——塔什库尔干县城，那是留存在心底的最美风景。小城不大，人口也不多，因县城北侧的一座古石头城遗址而得名。走在小城里，让我们时时感到它的精致、空旷、干净和宁静，有点欧洲小镇的味道，不像现代化城镇，到处高楼林立、街道纵横、车水马龙。这里的沿街房子基本为两层，住房是低矮的一层土坯房，很少有三四层以上的楼房，楼与楼的间隔宽敞，绿化空间大，很自然很纯粹的感觉，走在这样的小镇，犹如走进欧洲的风情画里。

塔什库尔干小镇，地处帕米尔高原，海拔三千多米，是个高原小镇，与塔吉克斯坦、阿富汗、巴基斯坦三国交界。小镇就处于两边高耸的山脉形成的峡谷中的一处开阔地带，像被淙淙奔流不息的塔什库尔干河拥在怀里。居住在这个雄奇的"世界屋脊"上的是塔吉克人，被称作"彩云上的人家"。他们的特点很明显，面部特别有骨感，鼻梁高高的、尖尖的。服饰也很别具一格，小小的帽子，黑色为主，辅以金色与紫色。女人们则在帽檐边，披上一块白色的沙丽，秋风里一群女人从街上婀娜地走来，仿如天上的白云飘过来，飘过来……

塔什库尔干"石头城"，是我国历史上最著名的三大石头城之一。它立身在一个大岩石上，脚下是阿拉尔金色大草滩，面前是塔什库尔干河蜿蜒而过……我们到时，正是夕阳的余晖映照着塔尔库尔干小镇，映照着土黄色的残垣断壁，辅以蓝天、白云、雪山的映衬，恐怕任何画笔也难以描绘这高原独有的景致，同行人的咔嚓不停的相机声也只能留下一些平面的色彩，回去翻看而已。站在城墙上，迎风吹开的围巾呼啦啦地响，似乎胸襟被不断地向草滩、向高原、向天空打开。极目眺望，整个小镇粗放、坚硬、温软、多彩、质朴、浓郁，仿如一幅"城在绿中、人在景中、景在山中"的巨幅画卷。

塔什库尔干小镇特别的小，小到全镇只有一处十字路口，一处红绿灯。这个十字路口，算是小镇的最繁华地带，我们住宿在离十字街口百米远的一家宾馆，用餐是紧邻十字街口一家小小的餐馆。这个小餐馆就像我们平日小巷子里的大排档，大门正斜方对着十字街口，店门前的空地、房子周边，全是盛开着的格桑花，像一只只五彩斑斓的蝴蝶翩然起舞。店内布局极其简单，大厅加包间，里外隔开，一大一小。一跨进大门就是大厅，六七张桌子自然排开。客人不多，除了我们团队的三桌外，只有三三两两的几位客人，他们坐着吃饭聊天，偶尔投过来陌生的眼光，对视后又陌生地移开。入住小镇的第一天晚饭，我们在这个小饭馆用餐，第二天中午从红其拉甫口岸下来，还是选择了这个餐馆。饭店虽小，靠墙却有一个琳琅满目的吧台，忙着招呼客人的是一位小巧玲珑的姑娘，看打扮听口音应该不是当地人。饭后，我们在吧台前跟她聊起来，得知她曾经是一位导游，因为一次带游客到塔什库尔干小镇后，这儿独特的自然景观深深地吸引了她，让她有了想住下来不想离去的感觉，于是她放弃导游的工作，选择在这个安静的小镇开一家小餐馆。她还告诉我们，这儿不缺牛羊，最缺的是新鲜的蔬菜。她每天根据客流量的多少，开出蔬菜单，到四百多公里外的喀什进菜，然后托长年在中巴公路上跑的货车带菜。当日，我们在餐桌上吃到了绿色的西兰花和青菜，那是她提前多日为我们而订的。在这里，一盘西兰花的价格要远远高于一盘羊肉，高原上吃到新鲜的蔬菜，对他们常年居住在这儿的人来说，真当一种奢侈的享受。每年4月，她就会从遥远的家乡上山来到这个边境小镇，经营她的小餐馆，等到10月道路被雪封之前再下山，然后在其余的日子里，用赚得的钱到处旅游。年年如此，她已经像这样生活了六年。

（四）喀什古城

去过新疆的人都说：看自然风光去北疆，看民族风情去南疆。阿克苏地处南疆，我们此次的行程以阿克苏为起点，然后一直往南走，领略更多是南疆的民族风情。

从阿克苏驱车四百多公里来到喀什，入住当晚已经是过了深夜十一点，第二天一早又匆匆奔赴红其拉甫。真正游览喀什、了解喀什是在从红其拉甫回来后的第二天。

首先去的是香妃墓。

这是喀什之王霍加的家族墓。导游介绍，霍加的家族墓共葬有五代七十二人，起于四百多年前，香妃这一代是最后一代，距今也有二百多年历史。关于香妃的传说很多，包括她天生的香气，她的入宫经历，她的死因，甚至她到底葬在何处，都有不同的版本。因香妃名气最大，人们便把霍加家族墓也称为"香妃墓"。

香妃墓最大的特点在主墓室的建筑，是新疆最大的穹顶式建筑，宽三十五米，进深二十九米，高十余米，中部十七米直径的大穹隆高高突起，全部建筑用土坯垒起，没有水泥钢筋和梁。其墙体五米厚，中空有通道，可入地下室，可上穹顶。主墓室有半人高的平台，平台上依次是霍加家族五代七十二人，大小五十八座坟丘，上面覆盖着不同颜色的丝被，香妃的坟丘设在平台的东北角。

然后，我们去喀什老城。

老城正在拆迁改造，拆了一半的老城里，依然洋溢着浓浓的伊斯兰味，这是中国唯一的以伊斯兰文化为特色的迷宫式城市街区，至今已有两千多年的历史。据说，在新疆诸多城市中，喀什的少数民族人口最多，占百分之九十左右，有维吾尔族、塔吉克族、柯尔克孜族、乌孜别克族、哈萨克族、俄罗斯族等三十一个民族。走在喀什老城里，满眼看去居民几乎都是维吾尔族，只有不多的几位像我们这样的汉族游客或外国游客，他们背着相机徜徉在古城狭窄的巷道里。

古城巷道为土石路面，长的有六百多米，短的五十米就到尽头。街巷东转西折，南弯北错，迂回曲折，看似路尽，却柳暗花明又见一巷。有时，在两条巷道的相接处，会跨街架起一间小楼，似成门廊，使小巷增添几分古朴与幽深。导游说，只有相邻的两家特别友好才会建这样的门廊，便于两家来往。巷道两边维吾尔民居屋舍多为两到三层土木结构的小楼，有的向下延伸，建成地下室。客厅、居室皆由木质楼梯联结，家家都有晾台位于平面屋顶，每户都有不大的庭院，用于养花或置放盆景，一些面街的阳台多为木制，可以看到雕刻讲究的廊柱和凭栏。这里的街巷如同迷宫，中央电视台的边疆行栏目曾经做过介绍，要看脚下的砖，如果是四角的砖，向前走是死胡同，而沿着六角的砖走，就可以走出老城。我和同行的几位，走进一位热情的维吾尔族老乡家里，有幸欣赏到新疆古丽的舞蹈和小伙子的冬不拉，我们沉浸在他们"我有房，我有车，请你嫁给我吧！""爸爸不同意，妈妈不同意，我也不同意的"的对歌对舞中，边喝奶茶边享受独特的民族风情。

　　走出老城，在吐曼河的西岸，有一黄土高台，高台上有一个伊斯兰古民居。高台民居是新疆喀什老城东北端一处建于高四十多米，长八百多米黄土调幅崖上的维吾尔族聚居区，距今已有六百年历史，是喀什展示维吾尔族古代民居建筑和民俗风情的一大景观。据导游介绍，高台民居的维吾尔人世代聚居，房层依崖而建，家族人口增多一代，便在祖辈的房上加盖一层楼，这样一代一代，房连房，楼连楼，层层叠叠。这些房屋大多是土房，也有不少新建的砖房，这些随意建造的楼上楼、楼外楼之间，形成了四通八达、纵横交错、曲曲弯弯、忽上忽下的五十多条小巷，极有异域风味。高台民居的黄土墙，在阳光的照射下，向我们泛出她历史的沧桑与生命的悲欢。

　　我们行走的最后一个站点——艾提尕尔清真寺。

　　因园内正在做礼拜，不让游客进入，我们当中有的人选择去了玉器店，我则手持相机去逛千年古街——吾斯塘博依步行街。它紧挨着艾提尕尔清真寺，长约一千米，聚集了几百家手工作坊和摊点，也叫职人街。职人街的传统手工艺品闻名中外，民族的小花帽、刺绣、金银首饰、旋木制品、土陶器、红铜器、民族乐器、艾德莱斯绸、工艺小刀……穿行在这条街上，混合在身着民族服装的人流中，仿如走进异国他乡，令我们感到十分好奇。

走进新疆，走进阿克苏，走进喀什，慢慢地走进了民族的历史与风情。

第四辑

书声琅琅

SHU SHENG
LANG LANG

梅朵与月光

草原，碉楼，藏区；善良，柔韧，坚持；梅朵，月光，孤儿；爱心，爱情，感动！

读读停停，断断续续，终在一个时间跨越深夜与凌晨的分界点上，小心翼翼地合上《酥油》。她那含泪的文字和她那纯粹的心灵，一直往我的心里钻！于是潸然泪下。

梅朵，一个汉地女子，来到藏区寺庙孤儿院做义工支教，受活佛所托，千辛万苦来到深山草原寻找那些散落在草原山区的孤儿和失学儿童。一年接一年，从一个如花美女成为一个百病缠身的女人。为了那一个个寻找出来的孩子，为了那斑驳残破的碉楼学校，为了给流离失所的孩子们一个庇护所……

于是，我梦想的那个西藏，碧蓝碧蓝的天空，大朵大朵的白云，雄伟的布达拉宫，神奇的纳木错湖，呼啦啦的五彩经幡……因为那个女子的经历，因为那个女子的文字。

荒芜的天地，突兀的雪崩，凶猛的山洪，令人恐惧的泥石流。

住帐篷，淋雨水，睡草地。高原缺氧憋闷，大狗虎视眈眈。天天糌粑酥油，周而复始，有一顿没一顿。想洗澡，只有忍，拖，直至发臭。

生存的境遇是这般的艰难和无奈！

在茫茫的深山草原，只有一匹烈马相伴，东奔西突。阿嘎、苏拉、小尺呷……这些散落在大草原上无依无靠的孤儿，一个一个来到碉楼学校，从此有了家，有了梅朵老师，有了梅朵妈妈。

碉楼学校的墙倒了,孩子们过冬的衣服没有了,糌粑酥油供给不上了,于是瘦弱的梅朵不停地奔走于寺庙,往返于内地与藏区之间,甚至于一个人一天打三份工,筹措碉楼学校生存的资金,直到虚弱的身体倒下,再也提不起半步。

善良与纯洁,坚持与坚韧,柔弱的梅朵与坚定的步子,五年时间义无反顾,深深地震撼着每一个人的心灵。

月光,一个康巴汉子。像雪山,像草原,像护神。麦麦草原上一首情歌《东边月亮》,温暖了梅朵的心,第一次相见让两个年轻人意犹未尽。从此,他默默地跟随梅朵,一起护佑与担当,他善良的心地总是不断地从他的经声中汩汩而出。

梅朵和月光。一个汉地女子,一个草原汉子,二十五个孤儿,五年时间的日日夜夜,相扶相持间也滋生了汉藏两个年轻人最纯净的爱情。

梅朵要回到内地筹措资金与调养身体,而月光则要留在高原继续照顾那些孩子,于是分离与相思,使命与执着,两个年轻人的爱情穿越千山万水。一场突如其来的车祸,让远隔千山之外的月光误以为心爱的梅朵迷失了灵魂,三万八千遍经语为她超度升天,而后遁入空门,想修行成喇嘛,一生一世地念经,为自己所爱的人。

从此,墙内墙外,咫尺天涯……

书和摇椅

特别怀念入住新居的那些日子。拥有一本喜欢的书,用足足的时间把自己蜷进单人摇椅,看看书里的人,听听书里的故事,一起喜一起乐,一起伤一起悲,随着椅子轻轻地摆动,惬意、休闲、忘我。

不知什么时候,日子被忙碌与浮躁侵占,快餐文化、图式阅读、思想粗糙、功利价值,书慢慢淡出生活的视线,文字的美丽只有凭想象在记忆的空间找寻,残存着陶瓷般的碎片。摇椅周身熟悉的咖啡色、棕褐色开始泛白,斑驳有痕。随即藤条也有些许断裂,顶上的布棚也失去了鲜亮的本色,布满了厚厚的灰尘,对它久远的忽略自然渐渐疏远、淡忘,没有了精神诉求势必造成日子的空洞、漫长,情感的苍白、乏味。

依然记得,二十多年前阅读一个人的文字,然后揣摩他文字背后的情与真,在校园的舞台用心吟咏,挥洒青春的奔放与激情,随着舞台徐徐拉下的帷幕,就像电脑硬盘一样永远保存着那一页。时隔二十多年,再次阅读到他的文字,纯熟文字背后的生活断章如精彩电影一一回放,让人心仪不已。《绿皮红瓤的向往》讲述的是一个母亲不顾路程遥远,怀抱亲自种植的一个足球般大小的西瓜去城里看儿孙,一份沉甸甸的母爱让已为人父母的何以承受。俗话说得好,老人在,幸福在。父母亲每次大包小包地扛背着进城,掏给子女的全是他们的心窝窝。世上最爱你的那个人,一定是你的父母!《晨起吹笛唤江水》里的那位吹笛老人,鹤发童颜面对春江盈盈,朝雾弥漫层林,笛声和着鸟鸣，字里行间透出平淡如水的日子里如何品生活，品出生活的甜蜜与幸福。《头上一个斑》中那个奇怪的童年烙印，烙下的是孩童对乡音的记忆，无论当年的那些个孩童走得多远，挥之不去的永远是纯朴的乡风和乡情。这就是文字，这就是日子，她将一个人的心路历程用珠玑串起来，她将一个人的万千情思用墨香浸染，她将一个人的生命用淡淡的爱点燃、激活、绽放。

在这个物欲横流的社会，庆幸骨子里还留存着对文字的那份钟爱，疲惫烦恼时闲坐摇椅，让平淡尘埃开出绚丽的花，目送温馨，沉淀美满，给自己一段幸福的旅程。小小居室里仍然保留着书房，保留着浪漫摇椅，就是保留着一方"我心飞翔"的纯净空间和诗意。

寒来暑往，走走停停，与书相携，享受文字，享受书香，享受平淡的朝九晚五。回首过往，书香温暖的人生，有初恋般的浪漫、甜蜜与美好，就像书和摇椅，相依相伴，才没有寂寥。

童心，最美的遇见

在这诗一般的冬夜里，静静地打开电脑，潜心拜读新安江第三小学《江南竹馨》文学社学生刊的作文集。85篇习作，85颗童心，生动的文字展现了孩子们绚烂的生活：春的希望，夏的热烈，秋的收获，冬的宁静……每一篇作品，每一个文字，都是孩子们心中溢出的生命芬芳，不仅是童真的梦，更是追求的热情与收获的欢欣。

轻轻地翻阅着，我渐渐地步入了一颗颗童心的文学世界。

春天，我来到原野，看到了《有一枝桃花叫春天》。"如果有一枝桃花叫春天，那她会插在哪儿？应该在小溪吧！不然为什么小溪一夜之间就开始唱歌了？也许在田野呢！那清新的嫩绿就是证据，漫山的鲜花和欢笑，肯定是她搞的鬼。看见满天的风筝，我的心又痒痒的，哦！她躲进了我的心里。"秋天，我陶醉在大自然里，听到了《秋的声音》。"秋的声音，在每一片叶子里，在每一朵花儿上，在每一滴秋雨中，在每一颗绽开的谷粒里。"这样的文字，这样的童年，给我带来幸福的触动，自由、快乐、亮丽、优美、温暖……

这是孩子们献给新年弥足珍贵的礼物，翻看的过程中我的眼前不断地随之一亮，仿佛有一群色彩斑斓的精灵从集子中蜂拥而出，它们灵动、可爱，洋溢着春的气息，春的活力。"乌龟'跑跑'吃饭时，可神气了，必须有两人侍候：一人抱着，一人喂肉，架子十足！"这是多么美妙的童真童趣。"把橘皮剥掉时，有一种吱吱吱的声音，好像小老鼠在叫，同时有一股扑面而来的浓浓的香味。剥开的橘皮像一朵花，又像观音娘娘的莲花宝座。"这是家乡的橘子、家乡的味道。"在同一湖泊里，有的水域蔚蓝，有的湾汊浅绿，有的水色橘黄，有的流泉粉蓝……"这是九寨沟的美丽与神奇。"大海有时温情地舔着我的脚丫，抚摸着我。有时，后浪猛击前浪，前浪撞击着礁石，发出'啪啪'的巨响。"这是大海的温柔与刚烈。你们眼中的世界多么丰富，多么神奇，多么浪漫，多么活泼！

　　童年是诗意的，是饱满的，是成长的，可以聆听到生命拔节的声音，因为始终有理解、关爱和温暖相依相伴。周心怡小朋友在《最美的曲线》中读懂"母亲额头上那一条条皱纹，那是世上最美的曲线"；徐璐小朋友从做泥水工的父亲《暖暖的后背》中感受到"爱，是温暖的怀抱；爱，是亲切的呼唤；爱，是遥望的泪眼；爱，是爸爸那暖暖的后背"，母爱如水，父爱如山！徐蕾小朋友在《去非洲画斑马》中以独特的方式表达了他对所有人的爱："送给爸爸的斑马/是绿色条纹的/送给妈妈的斑马/是紫色条纹的/送给朋友的斑马/是蓝色条纹的/而你，我敬爱的老师/送给你的斑马/是一道七色彩虹。"爱是理解，爱是表达，爱也是对生命的热爱。徐一帆在读《假如给我三天光明》一书后获得这样的生命智慧："要尽可能地使用你的每一个感官，享受生活赋予你的每一种能力。即使你身陷绝境，也不要忘记'生命是美好的，生活是美好的，身边的一切都是美好的'。"

　　每一篇习作，都是童年的经历，都是童心的杰作，是春之歌，夏之韵，秋之语，冬之声。《江南竹馨》文学社里莺啼翠柳的歌声，是色彩斑斓的童年水墨画。作为一名小学语文教师，徜徉在童心的文学世界，心底涌动着感动、欣慰和喜悦。如果没有《江南竹馨》文学社，哪来孩子们的童心飞扬？如果没有文学社老师的发现与尊重、浸润与引领、用心与用情，哪来孩子们的妙笔生花？新安江第三小学的阳光、雨露和纯净的空气滋润着孩子们的心田，是老师们无私的爱让孩子们以最美的姿态在文学之河畅游，让孩子们的梦想一天一天地发芽、抽枝、开花……

行走于幻想与现实之间

——读《幻想即现实》有感

幻想与现实是两个世界。肉体面对的是现实,而精神游走于幻想。

然而拜读完精神科医生曾奇峰先生的新作《幻想即现实》,足以颠覆你的许多思维方式及固有的观点。它让你在文字的漫步中悄然地认识你不知道的自己。

遇到这样的作者,我只觉得自己幸运。每一次与文字的相会,他的思考,他的见地,还有他耐人寻味的表达,带我们走到一个很远的地方——我们心灵的深处,我们不容易到达的地方。

如果我们没有看到或者不想看到更多的风景,那一定是过去的风景在我们内心里占据了太大太重的位置。在新与旧、远与近、好与坏之间,每个人都要做出选择。那些习惯生活在记忆里的,不如睁眼看清生活的现实,抓不住的过去又何尝不早些放手,挥手作别?

良好的心理刺激可以是自己给自己的。比如即使在很糟糕的环境下,别人无法对我们施以援手,我们自己也无计可施的时候,我们不管怎样,至少还可以给自己一个极其重要的礼物——希望。总是让自己保持希望,就相当于总是给自己的大脑以良性的刺激,大脑就会处在有利于良性情绪产生的状况中,良性情绪导致良性认知,也会导致良性行为,内心有希望的人会心情愉快、看待事物乐观、行为从容而有条理。在这样的精神状态中，又有何事不可为？

一个人只有储备了足够的温暖，才经得起严寒的侵袭。对心灵来说，只有心灵得到了很多的满足、温暖、幸福的滋养，它才能够经得起挫折。对抗挫折的能力，跟获得爱的多少有关，而跟设计任何"训练项目"无关，爱是最好的"挫折教育"。

人是关系的动物，人的肉体和精神，都是在关系中被制造，然后又永远处于关系中。那些貌似独立、冷峻的人，内心其实充满了对他人的依赖情感。为了避免创伤重现，他们需要划清跟别人的界限，"灭绝"与他人的依赖关系。他们的内心是充满激情的，可他们给人的理性印象，实际上是在以一种无可奈何的方式说：我有很多情感，但我却不敢让它们出来。这样的人，往往对别人充满敌意，这种敌意可能导致他们对他人边界的突破。以上种种表现是自我边界的僵硬，这是一种画地为牢式的自我限定。当我们意识到这些的时候，是否可以想想办法，让僵硬的自我边界变得柔软灵活？只有和他人的交流变得通畅，我们才能更好地生活。

人的生命只有一次。对任何人来说，活着最重要的内容，就是要有自己活着的感觉。过多地被他人决定的人生，是没有价值的。很多父母担心孩子出错，这种担心本身，就是对孩子自信的打压和对孩子能力的扼杀。在父母担心中长大的孩子，不可能成为人类的优秀的一员。优秀的父母要能够忍受孩子长大所导致的自己被抛弃的感觉，就像龙应台在《目送》中所写的一样：你和他的缘分就是今生今世不断地在目送他的背影渐行渐远，他用背影告诉你——不必追！

教育也是要把握一定分寸的。过于严厉，会使女孩在变成女人的过程中不太敢让自己长得像花一样漂亮。这样的女孩，在该开花的季节却没有花的容颜，只有面色阴暗，或者用满脸的青春痘拒男孩子于千里之外。

人的身心从来都是统一的。看一个人的外表，看一个人的行动样式，就基本上可以知道他或她的内心风景是什么样的。从来就没有人可以真正地掩饰什么，所以就不必掩饰。春风吹过，一阵阵的花枝乱颤，这让我们知道春天来了。也不一定要在春天；即便是在天寒地冻、万物萧瑟的季节，也要用醉人的笑脸和灵动的身躯制造春意。

所以我们活着，活在春天里！

与《平凡的世界》相伴

如果要给这个寒假留下点文字的话，当留给《平凡的世界》。

《平凡的世界》是好友翠娟珍藏多年的一本书，是路遥20世纪80年代创作的一部长篇小说，全书共三部。每一部的扉页上都写有"于建业九二年十一月十日于梅城"几个钢笔字。

我翻开书页即开启了2013年的寒假生活。

这本书，是每一个喜欢它的人的心灵鸡汤。小说全景式表现中国20世纪七八十年代城乡社会生活，作者在广阔的社会背景下，通过复杂的矛盾纠葛，刻画了社会各阶层众多普通人物的形象。劳动与爱情、挫折与追求、痛苦与欢乐、日常生活与巨大社会冲突，纷繁地交织在一起，深刻地展示了普通人在大时代历史进程中所走过的艰难曲折的道路。小说所描写的正是像我这样同龄的人所经历的那个时代，除了故事发生的黄土高原离我们有点远以外，书里的人和事似乎都能从我的记忆里搜索出来。

沙发上，火炉边，书桌前，枕边，车上，灯下……它相伴相随每天的时光，我与它同悲喜共呼吸。

润叶姑娘，温柔美丽，一次一次向着心爱的人——少安勇敢地表白自己的爱情；农村小伙少安，顾虑重重，因为家庭负担重、城乡差距等残酷无情的现实而逃离爱情，去千里之外牵得另一位姑娘的手，用男人的肩膀与责任，与她走过一道道坎，闯过一个个难，顽强地支撑着。那个年代，那样岁月，曾有过多少这种青春爱情的葬礼!

晓霞与少平,一位副省长的女儿,一个山村的小伙,青春与梦想,爱情与追求,禁锢与冲破,他们在青春的路上相扶相持着前行。爱,可以铸就坚韧的品格,爱,也可以造就伟大的青春。晓霞,她爱少平,给少平居住的黑漆漆的破窑洞送去小花被,走进少平工作的几百米下的矿井了解矿工生活,送书送报,还有菩提树下相约的承诺,让一个农村小伙积聚起青春的勇气与激情;她爱生活,没有因为自己是副省长的女儿而沉溺于温暖的小屋,她不甘于平庸的生活,不甘于衣来伸手,求学,助人,奔波,乃至于面对洪水果敢引导灾民迅速撤离,面对洪水中另一个生命的危险,她不惜牺牲自己的生命义无反顾地跳入洪水中……她谱写的青春之歌,不知激荡了多少个灵魂!

兰香与吴仲平、金波与藏族姑娘、润生与郝红梅、武惠良与杜丽丽……年轻的一代,他们的青春生活充满着迷茫、困惑与挣脱,也充满着奋斗、激情与热血。

孙玉厚、田福堂、金俊山、王满银……老一辈人的生活,在饥肠辘辘的边缘挣扎、求生、祈盼,也在唇枪舌剑、家庭面子、时代浪潮的摸爬滚打中放弃与坚持。

哭咽河,双水村,石圪节……无论高原还是平原,无论城市还是乡村,生命终将生生不息!

跨越新年的阅读,小心地合上书页。感谢挚友的好书,感动《平凡的世界》,感激平淡的日子!

教育：改变是唯一不变的事

——读《今日简史》

淘得尤瓦尔·赫拉利的新作《今日简史》有些日子，终得假期闲适时光，手不释卷地阅读，跨越2018年的除夕，走进2019年的新春。

不同的书带来不同的感受，不一样书会触发不一样的思考。尤瓦尔·赫拉利的新作《今日简史》，是继《人类简史》《未来简史》之后"简史三部曲"的收官之作。《人类简史》概述了人类的过去，审视一种几乎微不足道的猿类怎样成了地球的统治者。《未来简史》则讨论了生命的远期愿景，思考人类最后可能会如何成为神，智能和意识最终又会走向怎样的命运。《今日简史》呢？此书着眼于全球，重点在于当下时事，以及人类社会近期的未来，探讨的是现在正在发生什么事、今天最大的挑战和选择是什么、我们该教给孩子们什么，等等人类命运大议题。

读尤瓦尔·赫拉利的书，是延伸到超出自我视界的阅读，更是开启智识之旅。他不仅站在人类历史的前世今生与未来视域探讨从动物到上帝，从智人到智神，也能站在不同的角度敞开心扉自由讨论，探讨生命的意义在今天究竟是什么？正如他在序中所说，"虽然科技带来许多美好的承诺，但我想特别强调的却是威胁与危险。引领科技革命的企业家，自然倾向于高声讴歌科技创造的美好，但对于社会学家、哲学家和像我这样的历史学家，却想尽快拉响警报，指出所有可能酿成大错的地方。"

作为青年历史学家的尤瓦尔·赫拉利，他高站位的视角表达，一边不断给阅读者带来视界的冲击、思维的重塑、观点的颠覆，一边也引你不断地去思考人类面临的种种问题。"旧故事新故事""机器里的莫扎特""大数据算法权威""汽车也懂哲学""等你长大，可能没有工作""人类身体的价值""数据霸权与社会公平""永远不要低估人类的愚蠢""面对你的不完美""你知道的比你想象的多""改变是唯一不变的事"，直至面对"人生的意义不是虚构的故事"……

"教育：改变是唯一不变的事"，此书的最后章节"生存下去"，首当其冲地提出了这一观点。人类面临前所未有的变革，学校教育存在着哪些问题？学校教育又该做哪些准备？尤瓦尔·赫拉利在此书中多处从教育视角来探讨人类命运的大议题。

他在书中如此描写生产线一样的学校教育：城镇的中心有一座大型混凝土建筑，里面分成许多大小相同的房间，每个房间都配有几排桌椅。铃声响起，你就和另外三十个一般大的孩子一起走进某个房间。每个小时都会有一个大人进来说话，而且政府付钱叫他们这样做。有一个人会告诉你地球是什么形状，另一个人告诉你人类的过去如何，还有一个人告诉你人体是什么样的。如此形象的描述，勾勒出学校教育的共性，令人深思，但又如何找到面对未来可行的教育模式，不仅能适用于城市，也可以在乡村施行呢？需要不断地探索与建构。

学校教育不是断离，而是需要连接。作为犹太人的他，以以色列的教育为例，让读者自己来戳破"大多数人都以自己为世界的中心，自己的文化是人类历史的关键"这一观点的狭隘与可笑。他在文中直接指出：以色列的教育从幼儿园开始就教导，犹太教是人类历史上的"超级巨星"。以色列儿童常常虽然完成了十二年的教育，却仍然对全球历史演进没有一个清楚的概念。他们的课程里几乎不提中国、印度或非洲,即使提出罗马帝国、法国大革命和第二次世界大战,也像是零星的拼图碎片,成不了什么整体叙事。然而,以色列教育系统唯一具备连贯性的历史,就是从希伯来文的各个犹太社群,再到犹太复国主义兴起,以及以色列建国。因此,以色列的多数学生离开学校的时候,都深信这就是全人类故事的主要情节。犹太人被"喂"以这样的历史食粮,自然很难相信犹太教对整个世界的影响竟然如此微不足道。教育的狭隘、断离,直接带来人类视野的逼仄,甚至于盲信。教育需要连接,国与国之间的连接,民族与民族之间的连接,过去与未来的连接,智能技术与生命、宇宙世界的连接。

学校教育要让儿童走出洗脑机。随着尤瓦尔·赫拉利的文字审视目前的学校教育发现,太多学校的教育重点仍然在于灌输信息。但是在21世纪,我们的学生已被大量的信息淹没,大量不重要的信息与虚假的信息都在分散着学生的注意力。在这样的世界里,教师最不需要教给学生的就是更多的信息。学生手上已经有太多信息,他们需要的是能够理解信息,判断哪些信息重要、哪些不重要,而最重要的是能够结合这点点滴滴的信息,形成一套完整的世界观。好的教育是让所有人努力地分辨现实与虚构,花些时间和精力找出自己的偏见所在,验证自己的信息来源是否可信。好的教育要让我们的学生明白这样的黄金法则,如果觉得某些问题似乎对你特别重要,就该真正努力阅读相关的科学文献。如果你觉得科学界对某些事情的看法有误,这种可能性绝对存在,但你至少该去弄懂自己到底在否定怎样的科学理论,也要找出实证来支持自己的想法。正如书中所言:"真要思考人工智能的未来,比较值得参考的仍然是卡尔·马克思的理论,而不是史蒂文·斯皮尔伯格的电影。"

21世纪的学校教育到底应该教什么?应该教的是"4C",

即"批判性思考、沟通、合作和创意"。尤瓦尔·赫拉利告诉我们，学校教育不应该太看重特定的工作技能，而要强调通用的生活技能，最重要的是能够随机应变，学习新事物，在不熟悉的环境里仍然保持心智平衡。因为，"人类有了强大的竞争对手，算法现在正看着你，看着你去了哪里、买了什么、遇见谁。再过不久，算法还会监视你走的每一步、每一次呼吸、每一次心跳。凭借大数据和机器学习，算法对你的了解越来越深"。随着生物技术和机器学习不断进步，变化越来越快，是让算法控制你、操纵你，还是想为自己的存在、为人生的未来保留一点控制权？如果是后者，那就得跑得比算法快。为此我们的教育不仅要教孩子拥抱未知、保持心态平衡，还要让孩子不断地学习，通过感受、思考、渴望和发明，去创造意义，从而观察自己，认识自己，重塑自己。

未来已来，唯变不变。教育更是如此。

春天，回乡下老家去

3月初，终于盼到周华诚的江南三书系列，《春山慢》《寻花帖》和《廿四声》。

正是春日好时光，不紧不慢地阅读。折叠在书页里的江南，山的翠绿，花的盛放，鸟鸣啾啾，一股脑儿奔涌而来。细看，有笋，有茶，有香椿，有紫云英，还有那鱼鳞瓦，天井，扇子，一掌月光……由远而近，愈来愈清晰。原来，周老师用文字不仅构筑了丰富鲜活的江南，也构筑了一条回乡之路。循着文字的足迹，沿着时间的针脚，无数的灵魂如一条条鱼儿洄游，寻找生命来处的印记。

春山，春水，春茶，春笋，春草，春花。一串春字，把个春和景明的江南尽情铺排，如画在目，也在心。

《送你一间流水》。宿溪之上盛满流水的房间，水声汩汩作响，"细微的腔调，起先都是呢喃，地表之下的羞涩，草木内心的私语，一旦涌出来，汇成一条溪，聚成一条涧……奔流到我的窗外，成为流水它自己。"水是生命的源泉，儿时的山乡村落，总是傍水而居。一条蜿蜒的溪流环村而过，洗菜，淘米，捣衣，喂猪喂鸡，所有生命的活动都与这条溪流息息相关，正是无数的溪流养育了一代又一代人。如此想来，家乡那山涧里，大大小小的飞瀑，蜿蜒奔跑的溪水，哗哗，叮咚，一年四季在青山里、绿水间、蓝天下奏响最美的乐章。

《寻茶记》《春山慢》，说的是茶人茶事。茶是春山的妙物，"四面大山环绕小村，山上都是茶园"，说的就是我老家浙西这一带。每年春茶采摘旺季，"茶园中三三两两，都是采茶的人，说笑声从很远的地方传来"。一行行文字，就像拉动的胶片，随父辈们采茶的画面与声音一起走来。白天上山采茶，晚上灶前炒茶，天蒙蒙亮赶着去卖茶，从早到晚辛勤劳作，前后忙碌要持续一月有余。背茶篓，爬茶山，炒茶叶，进出茶厂，撕裂的手指裹着一层又一层的胶布，烫得起泡的手掌仍旧要不断地伸向热锅翻炒茶叶，茶农们的生活印迹与艰辛，深深地嵌在心底。

反复地读《故乡杂贴》与《为大地喝彩》，周老师仿佛从旧时光里为我们翻拣出熟悉的故乡来。风吹稻浪，红花草绿肥养田。挥镰割稻，老牛耕地。从土地里走出来的人，哪怕离开再远再久，故乡的风物都是记在心里的。想起老屋堂前正面板壁上，醒目地张贴着一张"一年早知道"的年历，作为生产队植保员的父亲，早早在每个农事节点上圈上记号。每天早晚，荷着锄头田间地里转，灌水，放水。立春，雨水，惊蛰，清明，立夏，芒种，什么节气做什么农活，心里像装了一本《天工开物》似的。春种，夏耘，秋收，冬藏，了然于胸。

乡愁，是对乡音、乡味不可磨灭的记忆。

一篇《春日三章》，一篇《啖笋以留春天》，直接将你我带回童年时光。清明粿、香椿炒鸡蛋、春笋步鱼、油焖春笋、咸肉炖春笋，那些散发着草木滋味的家乡美食，不晓得牵系了多少游子的心，勾住了多少游子的脚步。就连最最普通的剥笋活儿，也有了《剥笋指南》，故乡是永远活在心里的。

"瓦片，仰放则为谷，反覆则成峰，峰谷相连，山峦起伏。这样的屋顶，呼应着远处的山林，近处的树影，也呼应着鸟的翅膀，风的足迹。""如果你的童年，有幸生活在一片鱼鳞瓦的屋顶之下，那么，你此后不论去到哪里，她都与你同在。"白墙黑瓦，天井老屋，还有夜空里那一片白月光，不晓得承载了儿时多少欢声笑语，盛满了一个大家族多少的欢欣喜乐。囡，回家吃饭啰！外婆叫吃饭的声音从遥远的时空传来，仿佛就看到她倚靠在老屋门上，系着蓝布围裙，向远处望着。暖暖的声音，至今想起都让人热泪盈眶，那身影也投在了心间！

清明前，弟弟陪父亲回老家祭祖，手机传来老屋的照片，空置多年的泥墙旧屋，门口已是杂草疯长，屋内寂静冷清。童年和乡村，随着关上老屋那扇大门，扣上一把锁，走得越来越远，再也回不去。聊以慰藉的，越来越生态的乡下老家，随着美丽乡村的建设，像子胥朴园、罗隐山庄、林间小筑等民宿如雨后春笋破土而出。

好春光，不如择个周末，回老家住民宿去。山野乡村，听鸟鸣，看星空，赏月亮。多好！

生命本来没有名字

——读周国平散文集《守望的距离》

不记得我和你初次相遇是在哪篇文章。在这之前，曾在报纸、杂志、散文集子里零星地读到过你，甚至于在某张试卷阅读题的选文中，多多少少不下十几次，每一次的相遇，我的心总在一种温暖的感动中战栗，一种暖入人性根底的深深的感动。

和你的再一次相遇，是偶然地在一位高中语文老师的书橱里发现了你的散文集——《守望的距离》。于是用大段大段的时间，和你的书待在一起，她仿佛能迸溅出琼浆玉液，使我陶醉，受到感染，让我静静地聆听另一个生命的呼吸。

"为自己写，给朋友读。"你认为写作贵在真情实感，没有任何的功利，也不是应时交差，应该是平时有感而发，不求发表，只是写给自己或二三知己看的，也唯有这样才能拨动读者的心弦。无论是哪位著作家，其得意之作，必定是为自己写的，如同孕妇分娩、母鸡下蛋，实在是欲罢不能的事情。于是，你的文字没有华丽的外衣，没有刻意雕琢的印痕，没有装腔作势的口吻，没有故弄玄虚的深奥，只有素朴、自然、深情，却又充满着哲理和人情味。读你的书，你似乎就站在那个不近不远的某个地方，远远地却又那么亲近地发现了别人的生命，每一个文字又都在点拨着无数个生命的性灵。你从来不是以哲人的身份居高临下地告诉读者应该做什么，而是娓娓地述说着自己，那些关于你的生活，你的故事，你的人生感悟，你是如何愿意保持住一份生命的本色。信手拈来，言为心声，如果笔下的文字首先背叛了作者自己，那文字的存在又有何价值与意义？

你用自己的人生诠释了"活着写作是多么美好"这样一个信条。作为一个作家，你对于写作的甘苦自有真切的体会。生活里，你总是用心地在看、在听、在体悟，你把对生活的参透精心地浓缩在字里行间。你总"随便走走"，却得小文数篇，汇成珠玑一束束。像"街头即景"似一组生活素描，描画了"光明使者""残疾的老妇"和"乞丐"，然后你直言不讳地袒露了自己的观点：用乐器和歌喉表演的乞丐，他们是用一种能力来吸引行人，不使行人注意到他们的缺陷和不幸，那是值得尊重和同情的；把自己的残疾及婴儿当成道具直接用自己的缺陷表演，是一幕精心设计的舞台造型，使我感到的只是厌恶！同样，你对家的认识独具创意，你说家不仅是一个场所，更是一个本身即具有生命的活体。两个生命因相爱而结合为一个家，我们要心疼这个家。为此，你对男人和女人、婚姻和家庭的论述，句句切入肌肤。就如你在《艺术·技术·魔术》一文所言，男女之爱往往从艺术境界开始，靠技术境界维持，到维持不下去时，便转入魔术境界。然技术型的家庭远比艺术型的家庭稳固。因为"他们是婚姻车间里的熟练的技术工作，大故障不出，小故障及时排除"。而不食人间烟火的艺术境界和将人生当作游戏把玩的魔术境界，在他们的背后往往隐藏着人生的悲凉。唯有道与术的结合，家庭的小船才不至于偏离航道而搁浅挣扎，而是在宽阔的水域上一帆风顺。于是在《一个父亲的札记》里，你面对昙花般一现的小生命妞妞，写下了她的可爱和可怜，写下了你和妻子在死亡阴影笼罩下抚育女儿的爱哀交加的心境，写下了一个父亲深深的爱和深深的思念。

你认为，一个作家拥有自己的读者，是极大的幸运。你也曾觉得自己一直是别人的读者,不曾想到有一天拥有自己的读者,更不曾想到拥有自己的读者会成为生活中一件多么重要的事情,于是你在"生命的苦恼与创造的欢欣里"拥有了"自己的读者",当时的那份喜悦可谓是无以言表。正如书中所写:"我混在人群里,偷偷看我的书一本本售出,心中充满惊喜之感。当时的心情是,恨不能偷偷跟这些买了我的书的人回家,偷偷看他们读,偷偷观察他们读时脸上的表情。"

"生命本来没有名字",你是,我是,每一个人都是一个多么普通又多么独特的生命,每一个生命又都是那么偶然地来到这个世界上,然后又将必然地离去——读你的书,其实是一个生命在静静地倾听另一个生命。

一位名叫谭波尔小姐的老师

——读夏洛蒂·勃朗特的《简·爱》有感

再读夏洛蒂·勃朗特的《简·爱》，停在了"劳渥德学校"。

这部小说的主人公是孤女简·爱，全书描写她的人生经历，主要包括在舅妈里德太太家、劳渥德学校、桑菲尔德庄园和圣约翰家。

劳渥德学校是一所慈善机构学校，说是慈善机构，却是人间地狱，它披着宗教的外衣实施的却是残害儿童的教育。在这个学校里，孩子们受冻挨饿，还要遭到挨打、罚站、剪头发等凌辱。伙食是恶劣的，生活环境不合卫生，"半饥半饱，感冒又没有及时治疗，八十个姑娘中，一下子就病倒了四十五个"。斑疹伤寒来袭，夺去了好些孤儿的生命。

劳渥德学校的校长叫布洛克赫斯特，他满口仁义道德，实际上是杀害儿童的凶手。他表面上标榜着惩罚肉体以拯救灵魂，实际上却克扣经费，中饱私囊，随意地给孩子扣上撒谎的帽子、责令剪去孩子的发髻等。劳渥德学校里，除了布洛克赫斯特校长，还有一些不折不扣执行他命令的老师，他们不尊重孩子，不呵护孩子的想法与生命，用树枝狠狠地抽打孩子的脖子，每天以不足量且烧煳的稀饭当孩子们的食物，等等。

在这样的学校里，孤儿们庆幸遇到了一位谭波尔小姐，劳渥德学校的监督！她，仿佛就是这个人间地狱中的一盏明灯，她对待像简·爱和彭斯等学生所体现出来的耐心、善意和方法,身上所散发出来的人性光辉,给我们读者留下了很深的印象。正如文中简·爱所写:"我的绝大部分学识都是她传授的,她的友谊和交往一直是我的安慰,她是我的母亲、保护人,后来又是我的伴侣。"

那么,谭波尔小姐又是一位怎样的老师呢?

简·爱初到劳渥德学校的那天晚上,她这样描写与谭波尔小姐相见的第一面:

头一个人是一个高高的女士,黑头发,黑眼睛,额头苍白宽阔,她半个身子都裹在大披巾里。她容貌严肃,举止端庄。

"这孩子太小,不该叫她一个人来。"说着她把蜡烛放在桌上。她细细地看了我一两分钟,然后接着说下去。

"最好还是让她马上上床睡觉;她肯定累了。你累吗?"她把手放在我的肩头上问我。

她用食指轻轻地摸摸我的脸蛋儿,说希望我是个好孩子。

对于年幼的简·爱来说,她因父母双亡寄人篱下,备受舅母一家的虐待与欺侮,当她带着逃离的心情来到劳渥德学校,内心充满了对新生活的巴望,老师的善良与关爱从"黑眼睛""细细地看""搭在她肩上""摸摸我的脸蛋儿"等细节中传递给了她,使她消除恐惧、担忧,燃起生命的火花。谭波尔小姐的高大,就像一座山一样,无形中成了简·爱和其他孤儿的依靠。

什么样的老师才是好老师呢?我想,能够得到学生认可的就是真正的好老师。劳渥德学校学生是如此评价谭波尔小姐的:"谭波尔小姐十分善良,对任何人凶一点,哪怕对学校里最坏的学生凶一点,她都会感到痛苦。我最珍视她的称赞。""谭波尔小姐很好,很聪明;她比别人更强,因为她懂的东西比别人多得多。""谭波尔小姐一般总有些比我的思想更新鲜的东西要讲,她的语言特别叫我喜欢,她传授的知识往往正好是我希望得到的。"作为老师的谭波尔小姐,她学识渊博,教授内容不拘于格套照本宣科,而是尽量给学生提供新鲜的知识,提供学生渴望得到的东西。书中有一段文字这样描写了简·爱来劳渥德第一次听她上课的情景:

"她站在长屋子那头的壁炉旁边,默默地、庄严地看看那两排姑娘。……那位女士慢慢地走到屋子中央。我想我那个管崇敬的器官真是了不起,我的眼睛追随着她的脚步的时候,我油然产生的那种崇敬的心情,至今还保持着。

"她看上去修长,美丽,身材匀称;棕色的眼睛,眸子里透出慈祥的神情,周围像描出来似的细细的长睫毛,把她宽阔的额头衬托得十分白净;两鬓的深棕色的头发,卷成圆圆的发卷,这是按当时的时兴式样梳成的……

"劳渥德的监督,在放在一张桌上的两个地球仪跟前坐下,把第一排姑娘们叫到她身边,开始给她们上地理课;回讲历史、语法等等;接下来是习字和算术,谭波尔给年纪大一些的几个姑娘上音乐课……

"今天早上你们早饭吃不下去;现在一定都饿了;我已经吩咐过,给大伙儿准备一顿面包和干酪的点心。"

教师们露出一种诧异的神情看着她。

"这件事由我负责。"她用向她们解释的口气说了一句,说罢走出教室。

面包和干酪马上给端进来分给大家,全校的人都欢天喜地,兴高采烈。

劳渥德学校的学生们敬重谭波尔小姐,不仅仅是因为她学识渊博、教学有法,更是因为她关注学生发展中的个人尊严,尊重学生人格。在劳渥德学校,她与史凯契尔德小姐在对待孤儿海伦·彭斯身上就形成了鲜明的对比。

海伦·彭斯是个专心读书的小女孩,她知识丰富、思想纯真。历史课上，一章书只念了两遍，她却能对书中的知识对答如流，甚至是一些船舶吨税和造船税等颇为枯燥的"大多数姑娘回答不上来"的问题也难不倒她，"她似乎把课文的整个内容都记在脑子里了"。她对知识的渴求、对新鲜思想的向往使得她读了许多书，并用她自己的眼光去评判事物，对查理一世、对精神和肉体她都有着自己的见解。可是这样优秀、聪明、具有强烈求知欲的学生，史凯契尔德小姐却视而不见，她"只看到细小的缺点，而看不见星球的万丈光芒"，单单抓住了海伦·彭斯做事邋遢、个人物品不整洁这一缺点，并将其无限放大，为此备受她的责备与侮辱，甚至施以体罚。而与史凯契尔德小姐相反，谭波尔小姐则是以平等、赞赏、亲切的方式加以指正，用海伦·彭斯自己的话说，"她看出我的缺点，只是和善地向我指出；要是我做了件值得称赞的事，她就大加赞扬"。尤其是在谭波尔小姐的屋子里，学生海伦·彭斯和谭波尔小姐谈论古老的民族、古老的时代、遥远的国家、大自然的奥秘等话题，她的学识、见解与思想甚至让人"惊异得发呆"。海伦·彭斯无疑是一个夭折的天才，表面看她死于传染病，可深层次的因素是不得不思考的，史凯契尔德小姐等人对她的斥责、侮辱、体罚等不尊重学生的行为，都在彭斯幼小的成长中留下阴影，她被动地接受着不公平的待遇，最后在劳渥德学校悲哀地死去。

  人生能遇一良师是一个人的福分。孤儿简·爱在劳渥德学校遇到了谭波尔小姐，就是遇到了人生成长的导师。

  衣着极其单薄的简·爱和伙伴们在那酷冷严寒的季节，走两英里路上教堂做礼拜，路远不能赶回吃午饭，只吃点冷肉与面包充饥。他们结束礼拜从一条毫无遮蔽的崎岖山路回来，彻骨寒风从一排积雪的山峰向北边刮来，几乎把这些孩子脸上的皮都刮掉。在这种时刻，"谭波尔小姐步履轻盈地走在我们这个垂头丧气的行列旁边，寒风吹动她的格子斗篷，她把斗篷紧紧裹在身上，说了些箴言，还以身作则，鼓励我们振作精神向前进，正如她所说的'像勇敢的士兵那样'。"谭波尔小姐身体力行地给予孩子精神上的动力去战胜生活中的困难。

当捣蛋的石板不小心从简·爱手中滑下来而碎成两半时，如黑色大理石一般的布洛克尔赫斯特，指着一张很高的凳子说"把这孩子放上去！"紧接着他无中生有的毫无理由的长篇指责的话更像一把匕首直刺进年幼的简·爱的心里："你们都得小心防着她；你们都得避免学她的样；必要的话，还要避免和她在一起，不许她参加你们的游戏，不许她和你们说话。……这个姑娘是个——是个撒谎者！"接下来更是偏信里德太太的一面之词，毫无根据地数落简·爱的种种"罪状"。此时的简·爱难受至极，她觉得自己又一次被打倒了，又受到了践踏，永远也没有再爬起来的日子，一心巴望着自己死掉。

这个时候，谭波尔小姐来了，就像书里所写的那样："大风起来，卷走了天上的阴云，月亮露出来；月光泻进附近的窗口，毫无遮拦地照耀着我们，也照耀着走近的那个人。我们一眼就认出，来的是谭波尔小姐。她领着我们来到她房间，她把简·爱叫到身边。'一切都过去了吗？'她低下头来看着我的脸问，'你的悲哀都哭完了没有？'

"'孩子，你自己证明是怎么个孩子，我们就认为你是怎么个孩子。继续做个好姑娘吧，你会叫我们满意的。'

"'你会的，'她用胳膊搂着我说，'现在告诉我，布洛克尔赫斯特先生说的你那位女恩人是谁？'

"'我有点认识洛埃德先生；我将写封信给他；要是他的回信和你的叙述相符，那就当众给你洗雪这一切莫须有的罪名。简，在我看来，你现在已经是无罪的了。'

"她吻吻我，仍然让我留在她身边。"

当简·爱被布洛克尔赫斯特先生当着所有学生的面贴上"撒谎者"的标签时，谭波尔小姐亲自找简·爱了解情况，耐心听简·爱的解释，并写信给洛埃德先生加以证实。谭波尔小姐把全校学生都召拢来，宣布对所谓的简·爱的罪过做了调查，她能够证明简·爱是被诬陷的，她是一个好孩子，最后简·爱完全摆脱一切莫须有的"罪名"。谭波尔小姐用客观的方式为简·爱"平反"，纠正布洛克尔赫斯特先生对孩子心灵与自尊的伤害，帮简·爱撕下"撒谎者"的标签。谭波尔小姐的信任与支持，让她有了生活的勇气，使她不会在劳渥德学校低着头做人。

正是有这样的老师，不轻信片面之词，而是想方设法去了解事实，懂得抚慰幼小的心灵，劳渥德如地狱般的生活，也没有让简·爱放弃生活或再次逃离，她说"我可不愿意拿劳渥德和它的贫困去换盖兹海德府和它平日的奢华了"。

简·爱的劳渥德八年里，谭波尔小姐给予她无尽关怀与精神支持，她是简·爱敬仰和感激的良师益友。一位好老师对一人的影响往往是深远的，简·爱的人生中际遇了这样的老师，也成就了她后来的幸福，"从她离开的那天起，我就不再是原来的那个人了，一切稳定的情绪，一切使我感到劳渥德有几分像我家的联想，全都跟她一起消失了。我从她那儿吸收了一点她的品性和她的许多习惯；比较和谐的思想，控制得比较好的感情，已经占据了我的心灵。我忠于职责，遵守纪律；我安静；我相信我是满足的；在别人看来，常常是我自己看来，我似乎是一个受过训练的、克己的人"。

谭波尔小姐离开简·爱时，送给她一颗单粒的小珍珠饰物，简·爱一直珍藏在身，温暖着，伴随着她走过人生无数的风风雨雨。

回到诗词的现场

——读《管领莺花——经典诗词撷英》有感

前些时日，我的建德同乡，在杭州工作的李利忠老师，将他的新书《管领莺花——经典诗词撷英》赠我，让我写点阅读感受。这本书共八十二篇赏析文章，每一篇以一首中国古典诗词为主题，通过娓娓道来的语言，叙述诗人的经历和诗词的创作背景，同时结合诗词的意境之美、结构之美、声韵之美，体悟诗人们有血有肉的生活、有歌有泣的情感、有起有伏的志向，阅读过程仿佛走进了诗人的创作现场，走进了诗人的情感，走进了诗人的人生经历，更是一种心灵的对话。

诗学即人学，读懂诗和诗人，不仅要了解诗人的生活经历、品德、性格、修养，以及写作该诗的缘起，还要了解诗人所处的时代或置身的社会环境，让诗人从历史中活过来。如《浮云出处元无定》一文，从辛弃疾二十一岁参加抗金义军，率五十余骑于万马军中，活捉叛徒张安国开始叙写，到后来条陈战守之策，笔势浩荡，英伟磊落，提出了许多有远见的抗击侵略、收复失地的建议，表现了他经纶济世的才略，从而让读者了解辛弃疾一生，道路并不平坦，内心更是备受折磨，在仕宦与归隐的得失之间，他思之愁之，不得要领，因而愁绪百结，久不能脱。为此，我们懂得了辛弃疾处在南宋与金人对峙的大环境中，而又不被重用、报国无门的处境，才能真正理解他的词中为什么有"想当年，金戈铁马，气吞万里如虎"和"汗血盐车无人顾，千里空收骏骨"等慷慨苍凉与悲愤，也更明白《鹧鸪天》这首词写出了他中年后"游宦成羁旅"，壮志难酬、无比惆怅的心情。

《管领莺花》对诗词的赏读，不拘泥于孤立的文本，而是与同时代、同形式、同流派诗人比较，打开了阅读经典诗词的多个视角，从诗词的主题、意象、情感体验等，走进诗词世界，避免只见树木不见森林的阅读现象。经典诗词，文字简约，蕴含丰富，存在着想象的巨大空间，靠想象才能读出滋味来。如常建的《题破山寺后禅院》这首诗，李利忠老师以自己古诗文的精深功底与生动的语言描述，给读者一种身临其境者的亲切回味，意新而自然。在一个清朗的早晨，诗人沐浴着晨光，步入虞山古雅的兴福禅寺。旭日初升，金色的阳光洒向寺院，洒向虞山葱茏翠绿的林木，令人心旷神怡。诗人穿过佛殿，沿着寺中一条翠竹掩映的曲折小路，前往幽深静谧的后禅院，虔情僧人们就居住在这花团锦簇的所在。这样幽静美妙的环境，这样超凡出尘的行程，使得诗人惊叹、陶醉。诗人举目四望，但见寺后的青山焕发着日照的光彩，小鸟活泼地在茂林修竹间欢飞鸣唱。禅房前一潭清澈池水，倒映着蓝天白云，给人以湛然空明之感，顿觉心中的尘缘杂念一涤而空。随着这样的文字，渐渐步入"曲径通幽处，禅房花木深"的佳境。

我们欣赏诗词的时候需要对意象进行再创造，也就是阅读时在头脑里对诗词的意象进行加工、组合，让它们成为一个有机的整体。如在鉴赏柳宗元的《渔翁》时，李利忠老师就试图调动读者的艺术想象力："烟销日出不见人，欸乃一声山水绿。"太阳出来云开雾散，碧水青山顿时活色生香，却不见渔翁所在，这时忽有一声摇橹的声响从翠绿山水间传出。循着摇橹之声看去，这人原来却在山水之间。这两句造语也颇独特："烟销日出"与"山水绿"互为因果，与"不见人"无多干系，"山水绿"与"欸乃一声"更不相干。但熟味这两句，上句

"烟销日出"，一下就将诗歌的境界给提升起来。下句"欸乃一声"，在以声音衬静之外，不但间接表现出了人的行为动作，而且运用声响引人眼目，写出了大自然之美，读来很给人以赏心悦目之感……

《管领莺花——经典诗词撷英》就像阅读古典诗词的一扇门，当你推开它，一定会有意外的惊喜。

春雨伴读《人间信》

几年前，在章荣潮老师的新书发布会上见到麦家老师。他说，读书就是回家。听到把读书与回家联结在一起，感觉特别平和与舒心。

曾读过他的《人生海海》，新近又下单了他的作品《人间信》，有缘得知麦家老师将在富春山馆举行"人间有信山高水长——麦家读书分享活动"消息，于是预订了一张入场券。

当晚，雨很大，打的前往富春山馆。的士停在档案馆前的路口，我只好打伞冒着大雨，沿着围墙转到富春山馆前门，一拨又一拨的人正从雨幕里不断地拥进来……

"每有新作，首场发布会都会献给故乡，都与故乡分享。"这是麦家老师的开场白。彼时，会场里响起热烈的掌声，那掌声是欢迎，是激动，更是由衷地对麦家老师的致敬！

重返故乡的麦家老师，看起来特别亲切、平和与儒雅。有人说，故乡和文学是美好与疼痛并存。而在外多年的他随着年龄增长，不断地被故乡召唤与牵引。虽说童年不幸，但却是作为作家的他的幸运。生活本身充满真相、假象，形形色色生活也没有公式，更不是碧绿草坪般的一目了然。有人用一生治愈童年，有人用文字治愈童年、治愈读者。"寻找过去，发现内心的纠结或痛点，去治愈它，给予自己饱满的生命，然后在困难痛苦中努力站起来，不要被命运打倒"，这是他写小说最大的动力。故乡，是经历，也是精神，更是照耀。

小说为何以《人间信》为题？这是我，也是在场许多读者最想了解的。麦家老师心里有一些答案，比如写给人间的一封信，或者想给读者一些信念、信号、信心，但还是希望读者自己去理解，因为《人间信》没有标准答案。阅读是一定意义的还原生活，这正是文学意义所在。这部书的主角是三代女性，奶奶、母亲和妹妹，她们有共通的精神，在男人缺位的情况下，重组破碎的人生，重组破碎的人间。这部书也是他对母亲、对中国女性的致敬。

"脚步无法抵达的地方，文学可以。"阅读可以通古今、跨地域，认识不一样的人，阅读可以培养文学的鉴赏力认识国内外的人，认识五百年前五百年后的人，阅读可以培养文学的鉴赏、审美力，更能萌发出创造力。阅读应该成为每个人的爱好，而它通向的不一定是写作，也可以是人的内心。

的确，在很多时候，我们忘记了自己要做什么，忘记了自己需要什么，忘记了自己到底要成为什么样的人。读书，让我们在书中寻找共鸣，唤醒并成为真正的自己。

读书分享结束时，在活动现场的同学顺手送我一本《人间信》。会场外的大厅里，手捧《人间信》的老少读者们，排成长龙似的队伍，等待麦家老师的签名，目光里充满着激动、期盼与敬仰。

第二天，春雨绵绵，腰疾不适，我不便坐车去杭州城区听课，于是独自在银湖书院，开启《人间信》的阅读。

富春江、新安江有一脉相承的渊源，历来生活在两岸的人们，在说话、做事、生活方面有很多相似。同饮一江水的我被麦家老师的小说深深地吸引，欲罢不能。

这是麦家老师又一部为家乡富阳写的小说。在小说的故事所在地读小说，是一种特别的体验。我随着书页一页一页地翻动，很自然地跃过时间的长河，走进那片山水，走进那个双家村，与文中一个个鲜活的人物相遇。

小说充满着浓郁的地域特色，我的心灵就在这轻触之中回到模糊的童年，似曾熟悉的故事在耳边响起，在眼前展开，听起来、看起来都和小时候外婆讲的一样……

整个小说语言朴实、鲜活、生动，散发着自然土地的味道。喝酒叫"吃酒"，记住叫"记牢"，太阳叫"日头"，洗澡叫"汏澡"，安分守己过日子叫"安耽日子"。

不止用词，在描写不同人物时，他抓住人物的个性特点写出人物的与众不同。面对"潦坯"父亲，奶奶发牢骚："金子到他手上也会变成冰，疹成一摊水流完。"知道父亲清白后，奶奶睡着都在笑，还说："你爹总算跟日本佬撇清关系，我心里怀着一窝喜鹊呢！"

写村里的妇女"朝天椒"，那可是地道生动呢，人物活脱脱地立在你面前。

"'朝天椒'仅有一般妇女肩膀高度，且精干麻瘦，脚关没有人手关粗，屁股没有人胸脯厚，下巴刀削过的尖。"

麦家老师在小说中，特别擅长于用日常我们熟悉得不能再熟悉的事物来打比方，读着读着，不断地勾起并回应我们的记忆，不得不佩服他的独特视角、生花妙笔——"像榫头对准卯眼"；"像人没有死，心已从芯子里烂"；"熟得像手板心"；"糙得像块老树皮，被锉刀锉过一样"；"空气是那么黏稠潮湿，跟待在猪圈里似的"；"刀尖像笋尖一样尖"；"哭声像洪水一样大发，一度乱了场子"；"心是够累的，又空又满的累，像只风箱，风进风出都是力气。"；"不要滑头，只添彩头，像一出戏文"；"两个孩子像春天一样明媚可爱"。

而小说里随处可见叠式或反复的表达，也让语言增添了几分节奏韵律与强烈的音乐感，如"这春日晴晴又雨雨"，不仅吸引我沉浸陶醉其中，而且又让我客观地思考，小说的情节编织、人物的情感，以及作品的文化意义。

十六岁花季的小姑,美得"像一朵花",却被西屋二楼搁栅上的那根绳子永远勒住了命运的咽喉,香消玉殒。父亲的一生被贴上一大堆的绰号,"大奶嘴""老童生""活鬼""潦坏""日本佬",特别是"日本佬"这个极其难听的绰号,跟着他一辈子,一生世,至死都脱不了身,最后嗑药病死于日本。逆来顺受的母亲,面对一生潦倒的父亲没翻过一张烂牌,没有真正骂一句话,为他开脱,替他转嫁,认为命运头上,父亲不过是时不济,命不好,替人受过,被人毒害。她把自己活成"像一只被铁线虫控制的螳螂",可是最后又让人分明觉得"母亲的行为里、目光里,越来越有奶奶的果敢、执着"……她们的眼泪里,藏着无数女性的困境,一边挣扎,一边寻找生存的一线生机,有如野草般的生命力。

《人间信》记当着每一个普通人在尘世浮沉中为自己争取的人间,衣食生计,爱恨悲欢。

"一个破烂的家要重新开张,百废待兴,时间都不知去哪儿了,只知道可怜的一点钱都去了哪儿:去了灶上,去了碗柜,去了米桶,去了猪圈(买猪崽),去了铁匠铺(打农具)。"

"这似乎不是一个地址,而是一片土地,以后我就因为这个地址开始写诗,写的诗投给它,它也仿佛一片土地,诗种在那里,活了,长成了铅字,长出了身价。"

…………

窗外的春雨,还在淅淅沥沥地下着。书里写道:"你不管走进谁家,都能喝到一碗甜济济的米酒。"杨绛先生曾说,读书就是串门儿。这个春天,走进麦家老师的《人间信》,走进草木蓬勃的人间,感受生长的力量……

乡下遇见苏老师

"每清明前后,戴着斗笠、穿着花花绿绿的采茶工们,静静散落在云雾缭绕的茶园里采茶。""我看到了一顶草帽,黑色微卷的发梢,黑色的外套,一双蝴蝶般在茶尖上飞舞的手。她的手指上仿佛长着眼睛,左手落在一片叶芽上,余光已经瞟到右手要落到哪片叶芽,右手落下时,左手又有了着落。"

循着这些文字的足迹,沿着时间的针脚,我走进初春的江南乡村,走进茶园,走进茶农之家。看,茶山上,铺天盖地的茶青,嫩绿油亮。一位采茶女头戴斗笠、腰扎茶篓走来。忽而,在一片茶青前停下脚步,蹲下身子,拈起一片茶青仔细看,又将它衔进嘴里,用牙轻嗑,合唇抿香。她,就是苏沧桑老师,我在《与茶》中的钱塘江之北的茶乡长埭村与她相遇。此时的她,正以茶农的身份亲历着采茶、炒茶、卖茶,感受着茶农在日头下、月光里的日常谋生。然后,她用体己的文字,翔实记录了像"黄建春"一家无数茶农坚韧隐忍的生活。每一个文字,每一处场景,又何尝不勾起那些如我一样曾是茶农的回忆。每年的3月至6月,正是茶农忙碌时节。白天,无论晴雨都得上山采茶,夜晚,白炽灯下一锅一锅地炒茶,鸡鸣声里又急急地赶着去卖茶。"茶农不是苦死的,也不是老死的,而是急死的。"怎么能不苦呢?又怎么可能不急呢?只有身为茶农才有这又苦又急的切肤之感,淋得"落汤鸡"般的狼狈,食指上不断撕裂又愈合的伤口,烫出血泡的手掌还得照旧伸向铁锅……苏老师温婉而凝重的妙笔,让我们在日常透过每一片茶在玻璃杯里舞姿的浪漫时，更多地看到了茶农们生活的现实与现状，还向我们传递着一种时代的精神生态。

《与茶》是苏沧桑老师新作《纸上》其中的一篇，此书还包含了《春蚕记》《纸上》《跟着戏班去流浪》《牧蜂图》《冬酿》《船娘》等，每一篇都是她深入江南乡村劳动人民的生活现场，重现了江南乡村的风物之美、劳作之美和人民之美。正如《人民文学》卷首语所评价：《纸上》是有来源、现场、去向的，是有声音、色彩、味道、纹理的，是密布质感和充满活力的。作品体现着自然古朴绵厚耐久的人心，以及他们传导至手上活计的心爱喜欢，于是也便有了朗润透亮的语感，以及与文中人物冷暖共在的敏感和悄然不响的欢喜。

杨绛说，读书好比隐身的串门儿。读《纸上》一书，仿佛隐身在苏老师身后，跟随她深深地扎入乡村，走进生活现场，捞纸，育蚕，唱戏，酿酒，摇船，养蜂，并听她讲述他们的故事，一往情深。

这些人物，这些故事，有声音，有色彩，有画面，散发着江南大地的气息，乡村的温暖，和思想的风采。

听，蚕房里"沙沙沙，沙沙沙……"蚕吃桑叶声，山林里"当当当，唰啦啦……"砍竹声，酵缸里"节节节"醪液发酵声，原野上蜜蜂的嗡嗡声，还有戏台上的锣鼓声。这些声音，述说着中国南方乡村里至今还保留着的最古老最原生态的劳作人的故事，富阳古法造纸传人朱忠华，湖州江南一带养蚕人沈桂章，西湖上漂泊了三十年的船娘，偏远海岛执着的古法酿酒人，以及浪迹天涯、追花夺蜜的养蜂人。这些声音，细说着正经历时代巨变的一代人的鲜活人生，是劳动的艰辛，也是谋生的无奈；是为生而生活，也是对传统文化精髓传承的执着。苏老师用三年多的时间去行走与寻找，用心灵去体悟与表达，不仅带给我们内心的震撼与灵魂的洗礼，更是看到一片繁茂葳蕤的精神绿洲。

"水汽弥漫的竹料池边,伯父掀开一层层塑料薄膜,满脸喜色地掰开一团竹料,抽出一瓣竹片,在阳光下举起——一团洁白的、毛茸茸的菌丝,慢慢舒展开身子,像一个婴儿第一次舒展手脚。"古法造纸传人朱忠华,他把每一次的造纸说成是酿一坛酒,是纸的生命的诞生,为此他看"菌丝的眼神,像看一个襁褓中的婴儿,比看亲儿子的眼神更加温柔"。他和兄弟嗅着白纸,"像两个犯了烟瘾的老烟枪",谈论纸更"如同在酒桌上谈论一坛刚刚启封的陈年佳酿"。"仰头,伸臂,接料,弯腰,码料,如此反复,一层五十三捆或五十七捆,要先盘算好,一圈一圈地码紧,否则煮的时候会散掉。"苏老师用饱蘸情思的笔触娓娓道来,如一位地道的专业讲解员,手工竹纸艺人的艰难、坚忍、执着,他们遇到困难不断战胜,热情"熄灭"又不断地燃烧,还有"铁煴弄孵出的爱情",无处不在表达朴素的生活哲理和生命的常识——"做生活,不管喜欢不喜欢做,总归要好好做"。

《纸上》一书共有七个篇目,苏老师从不同视角描述了江南大地的乡村生活,充满着浓郁的地方色彩与江南元素。每一篇文章,苏老师独特的穿针引线,精巧的编织,总能将时间与空间,过去与现在,字里与字外,巧妙地交织起来,不得不令人折服。

《冬酿》,以生命成长为线,从酒注入最初的生命开始,一岁,四岁,七岁,……四十七岁,一直到五十一岁,不同时间节点串起了一桩桩酒事、祖辈们的生活和酒味人生,酒就像流淌在血管里的血液一样,与家人、亲人及身边朋友建立起亲密的联系,从而折射出人与人之间如酒一样醇厚的亲情、友情与乡情,以及几代人所经历的生活变迁和世事沧桑。

《跟着戏班去流浪》,从"路遇"到"沉香",从初识到成为"一家人"中的一员,像一家人一样生活,烧饭,叠戏服,教孩子说话写字,学戏。对越剧的共同喜好与追求,是他们深情厚谊的牢固纽带，"吉祥"戏班是他们共同的家。戏里，他们是小生、花旦、老生，是祝英台、李秀英、三公主和包拯，戏外又是赛菊、爱妃、潘香，像所有女人一样，逛街、喝酒、爱臭美。他们每天在戏里与戏外间不断切换，无缝对接。有时候，他们甚至自己也分不清，此时到底是在演戏呢还是在生活？"官人"一节，专门写了演戏女子赛菊、潘香和他们丈夫的生活。"二十岁的他坐在台下最后一排的角落里，等着戏台上二十一岁的她，等到夜里快十点，他的身影就消失了。当她回到庙里的宿舍，会看到他已经将洗脸水、洗脚水都烧好，在盆里盛好，等着她。""他在部队当驾驶员出了交通事故，被吊销驾照后转业回来，她忍着病痛做戏养家，八块钱一天，自己留一点点，其他全部交给家里。"戏如人生，人生如戏，患难与共的他们正如戏中所唱："官人你好比天上月，为妻好比月边星。月若亮来星也明，月若暗来我星也昏。官人若有千斤担，为妻分挑五百斤……"

"锣鼓停了，戏开演了，成千上万的故乡人坐在自己带的长凳上或站在远处高处，感受爱情的缠绵、复仇的痛快、忠君报国的悲壮。"这样的画面再一次从遥远的记忆中苏醒过来，诚如苏老师所说，"对于半个世纪前就学率只有百分之十几的故乡人来说：看戏，就像上着一堂堂有声有色的道德伦理课。乡戏的灵魂就像故乡水静静滋润着故乡人的血液，滋养出故乡人共同的豪爽、智慧、幽默、敢爱敢恨、敢作敢当的性格。"

苏老师《纸上》这一系列散文，是对如沈桂章、朱忠华、沈建基、赛菊、船娘等乡村无数普通劳动人民的生存关切，也是对时代巨变中的人精神状态的探索，更是对中华优秀传统文化如何源远流长的深邃思考。

真好！这个盛夏，在乡下遇见苏老师。

以历史的眼光描绘乡村图谱

——读《寿昌村坊记》有感

《寿昌村坊记》是一本非常朴素、探寻村落变迁的文化散文集。书中记录了关于寿昌江流域多个村落的历史文化,包括村名的由来、村坊的兴衰、姓氏的变迁,以及名人故事、民间传说等,正如作者在后记中所说,算是为寿昌江立了个小传。此书,图文并茂,装帧古朴,设计精美,素朴的文字配上村坊美景照片,把寿昌流域人民田园式的乡村生活和对美好生活的追求表现得淋漓尽致,令人向往。

这本书,作者通过实地走访,以朴实的语言、古诗词引用和大量的照片向我们描绘了寿昌流域的田园乡村,那山,那林,那溪,那桥,那农舍,如一幅幅画卷徐徐展开。余洪村,"两边青山高耸,源中溪水潺潺,村口有座造型优美的石拱桥"。"周溪像一张弓,从村中间穿过,在村南形成一个直角,然后出村而去。"河南里的"溪里布满大小不一的石头,大的像卧虎,小的像蟾蜍,高的如方桌,矮的如坐凳。它们随意点缀在河中,千姿百态。溪水冲击着这些石头,发哗哗的响声"。绿荷塘公园内,"古树参天,面积达六千八百多亩,大多为天然常绿叶林,森林覆盖率在百分之八十五以上,其中有近千亩的天然楠木林,大的树龄已有百年以上,树干挺拔,四季常青,园内有石栎刨花楠、红楠、紫楠、华东楠等,是目前世界上发现的最大的楠木森之一,被誉为楠木王国"。西华,石泉,南浦,桂花,十八桥,大塘边,河南里,光读读这些村坊名字，不仅好听有节奏，而且鲜活丰富有极强的画面感。

  这本书，作者注重把寿昌流域各个村坊放在历史长河中进行考察与探索，有效地实现了村落本身与村落之外的社会及国家之间的关联，具有厚重的历史质感和丰富的空间内涵。村落的变迁，并非独立演变的个案，而是与整个社会结构的变迁紧密相连。"乡村的特征总是带有时代的烙印"，书中介绍的寿昌江畔的山峰村，是个历史悠久的地方，1979年村民建房挖出刻有花纹的砖头，还出土了大量的陶器和陶片。1987年，经杭州市考古所和建德县文管会共同发掘，发现三处东汉墓葬，至今已有一千九百多年。寿昌江被七里岗所阻，容易造成洪水泛滥。山峰村与众多村子一样经历了新中国成立后最大的一次洪灾——1972年的"八三"洪水。"洪水冲进村子，只听到房屋哗啦啦地倒下，整个村庄一间像样的房屋都没留下。"洪水过后，村里人齐心协力重建家园。1973年，全县人民积极响应"破开七里岗，治理寿昌江"的号召，展开了一场轰轰烈烈的大会战。从1973年至1982年，用时整整九年，用车拉肩挑的方式，挖开人工河，把河道拉直，加速了行洪。大战七里岗热火朝天的场面，惊天动地，"夜观七里岗，灯火通天亮。疑似降神兵，苦战江干上。制服寿昌江，造田几多垧"。2020年，随着"十里寿昌江"农村综合改革集成建设试点项目的落地，乡村又迎来新的发展前景，景观栈道、竹林剧场、趣味农耕区、园林绿化和水生植物种植区等相继落地，不断地推进美丽乡村建设开启幸福乡村生活，越来越多的乡村慢慢蝶变为一颗颗亮丽的明珠。作者以这样的视角和时间轴描绘出不同村落的历史图谱，可以清晰地感受到村庄变迁的历史脉络，感受到人民的生活越来越美好。

  这本书，作者从乡村文化入手，将村落流传下来的美丽传说与村民的日常生活相结合，表现了寿昌流域的人民自古以来的勤劳、质朴、勇敢的品性和对美好生活的向往与不懈追求。民间传说是最具乡土气息的，其内容植根于乡村的泥土，虽有天马行空却又不脱离现实，承载着乡村人民最质朴最灿烂的想象，体现着千百年来代代口耳相传的乡村人文精神。此书处处，俯首皆得这样的传说，有关于华光寺、乌龙庙等建筑的，关于戴筠、叶兰省等历史人物的，关于十八桥、大顺岭、三岩等村名的，还有关于二月十等民间风俗的。这些传说与每个村坊息息相关，仿佛是村坊的一种内生动力，推动着乡村向前发展。

  本书的两位作者沈伟富和邵晋辉，他们热爱生活，更热爱家乡寿昌这片土地，坚持以行走的方式，走遍寿昌镇所辖的所有村坊，通过平实、真切的文字将乡村景观、村坊传说和自然审美诉诸笔端，在他们的笔下，什么都是有意思的和有意义的。所以，读这本书，读他们的文字，如同与他们一起行走于寿昌江边的一个个村坊，经历那些所见所闻，更用历史的眼光思考与欣赏乡村图谱。

富春山水文化的传播者

——读陆春祥老师的《水边的修辞》有感

从《袖中锦》《春意思》到手中的这本《水边的修辞》，这是阅读陆春祥老师的第三本书。

每次打开他的书，第一感觉是新颖有创意，别具一格。比如，书的板块架构非常独特，《袖中锦》是以每个故事题目的第一个拼音字母，有序排列组合成B、C、D几大部分；《春意思》的确有意思，一点意思、两点意思、三点意思、四点意思，像小溪里游过来一群鸭，数数有几只一样富有节奏、很生活，更具情趣。《水边的修辞》又是怎样的与众不同呢？这部长篇散文以富春江为中心视角，围绕水边的人与事，通过"你""我""他"三卷来表达。阅读时，眼前仿佛看见他与三五好友围炉而坐，喝茶，畅谈，向我们讲述水边的古人、水边的我和水边今人的故事，娓娓道来，直抵灵魂深处。

翻开此书之前，对陆老师有一点点了解，知道他是桐庐人，作品曾经获得鲁迅文学奖，在桐庐大奇山创办富春文学院·陆春祥书院。阅读此书之后，发现他的出生地在桐庐分水百江镇白水庄，与我的老家建德罗村只隔几座山，以前这两地的人靠翻越"云梯岭""天井岭"徒步来往。另外，还捕捉到一个有意思的信息，他在书中写到的同学魏一媚，1984年毕业分配到严州师范，那年我正考入这所学校，她成了我的语文老师和班主任。读到这些，顿然产生一种亲切感。而真正让我觉得亲切的，是陆老师在"我"卷部分所描写的故乡和故乡的生活，那也是我的故乡和我那个年代人经历的生活。"白水依山临溪，山连绵成岭。""山风不动白云低，云在山门水在溪。""有溪有水有老房子，风景就在家门口。"故乡这样的美！小京坞、金塘坞、紫燕山、四管、五管、六管、七管、八管；摸鱼、斫柴、放牛、"双抢"、看戏……故乡如此的难忘！

故乡的山水人文滋养了陆老师，同样，陆老师大学毕业后，以一名语文教师的身份回到这片山水，开始回馈这片山水。

我们在《在"美院"的日子》一文，看到四十年前初为人师的陆老师。"童年缺少阅读，会影响一生的视角。那样的童年是不完整的。"他认为他们那代人的童年是不完整的，不想再让自己的学生也留下缺憾，为此，在教学上实行"引诱马群寻找草肥水美的地方"的牧马原理。

陆老师用好几个课时讲《林黛玉进贾府》的情景，给学生留下深刻的印象。"先给我们梳理了荣国府和宁国府的人物关系，然后把文章掰开了揉碎了细细解读。完了又让我们给《红楼梦》人物写续篇。"作为中国四大古典名著之一的《红楼梦》，光人物就有四百四十八个，对当时未读过原著的农村学生来说会有很多困难。陆老师通过梳理人物、重点解读与续写表达创意教学，破解了学生在认知上仅停于宝黛爱情故事以及对人物的评判只有好人和坏人的现实，在他们心田播下文学经典的种子，难怪学生说"从这篇课文开始，我对《红楼梦》产生了兴趣"。遇到这样学养深又有智慧的老师，是作为学生的幸运。

陆老师的教学还有很多的妙招。比如"捉"错别字运动，每人每天找两个错别字。"这场运动下来，同学们对错别字都有了条件反射，见到一个，如同发现小强，就想冲上去一掌拍死。"比如习作评价切准要害。对农村孩子的作文具有"朴实乡土气息"，都是"经历的真实描写与感想"类，他就给分高，当作范文贴在墙上展示给大家看，而发现有学生在作文里抖个英文啥的，他毫不客气地写上评语："去掉洋文！"另外，"一分钟演讲""写周记"等，这些语文教学"宝典"如春雨点点入土，使学生终身受益。

他一边教学，一边研究，"在语文组的日子，阅读和研究成了我课余最重要的事情"。才七年时间，他就出版了两本专著，还在《语文学习》《阅读与写作》等杂志上发表大量论文！读到这里，由衷地敬佩陆老师，作为教师的我，也为自己感到汗颜。

无论是在"美院"当老师，还是后来在圆通路5号做《桐庐报》编辑，哪怕当了爷爷时，他都在想自己要为儿童编几本好的教材，"诗文要经典，儿歌要押韵，故事要有趣，方法要科学"。陆老师的身上永远有一种精神，这种精神来自身边的领导、同事、朋友对他的影响，他也用自身的这种精神影响着更多的人。

优秀传统文化是一个国家、一个民族传承与发展的根本，它需要一代又一代人来薪火相传。陆老师一路走来，不断地回望故乡，行走于富春山水间，探寻与挖掘精神的故乡。"他"卷《主角》一文，向我们讲述了越剧编剧包朝赞、越剧演员陈雪萍的成长与导师之间的感人故事，从而还原了桐庐越剧团的历史渊源与发展过程，传承越剧文化薪火生生不息，让越剧文化迈向更远的未来。

包朝赞，桐庐县越剧团的编剧，几十年来，他写下了四十部大戏，从《春江月》，到《桐江雨》《月亮湖》《胭脂河》《梨花情》《流花溪》……剧越编越多，名气也越来越大，他编的越剧《春江月》在江南大地红满了天。更重要的是他的戏成就了单仰萍、陈雪萍等数位梅花奖演员。

陈雪萍，一个农村孩子，最后成长为著名的越剧演员，成为梅花奖获得者，这巨大成就的背后面离不开编剧包朝赞老师，也离不开另两位老师的引路。一位是朱芝云老师，全身都是文艺细胞的杭州知青朱芝云老师，在那个中国农村文化生活贫乏的年代，作为小学教师的她，挑选了包括陈雪萍在内的二十几个小学生组成学校文宣队，自编自导并作曲，自己填词教陈雪萍他们唱。再加上农村里"与百姓生活贴血贴肉"的草台戏班的影响，在陈雪萍幼小的心田中埋下戏曲的种子。另一位是声名远播的上海"越剧十姐妹"范瑞娟老师，她"自小学戏，功底深厚，极其朴素，没有一点架子"。陈雪萍拜她为师时，她在赠予徒弟的笔记本上写着："戏比天大"。就是这样的一位老师，手把手地教陈雪萍演戏，边演边看边指点，还不忘告诫："戏要有程式，但好的演员，绝不会拘泥于程式的简单复制，特别是人物表情，每场戏都应有细微的区别，好演员没有完全相同的两场戏。"

在艺术成长的道路上，正是得到无数像包朝赞、朱芝兰、范瑞娟这样老师的指导，陈雪萍的"唱腔，人物性格的把握，喜笑怒哀，一举步，一抬头，一甩袖，一招一式，给人别致而亮眼的感觉"，不断地在实践中领悟"好的角色，一定是与生活融为一体"，桐庐越剧才走向杭州、上海，乃至全国、全世界的舞台，声名远播。

现在的陈雪萍，又将经年累积的经验悉心传授于家乡的新人，"她将新人们都看成自己的孩子。她被这个时代的雨露滋润着，她同样也滋润着别人"。

读着陈雪萍事迹时，我想：陆春祥老师何尝不是如此。他心系家乡桐庐，关心家乡文学事业的繁荣，想为家乡培养更多的文学新苗，因此，在富春山下创办陆春祥文学院。他通过开展采风创作交流、青年作家结对传带、知名作家入驻等活动，培养文学新苗,传播优秀文化。正如他在陆春祥少年文学院开班仪式上指出:"'从这里出发','这里'指的是富春山下,就是要让这里成为桐庐少年文学院学员文学启航的港湾,努力让好作家都在来桐庐的路上;要在这里挖掘桐庐深厚的历史文化;在这里将整个世界视为我们的花园。"

"我们将整个世界视为自己的花园。"这句话陆老师不只是把它镌刻在文学院的墙上,而且以自己的实际行动诠释这一理想与目标,深深地触动了我。陆老师用了七年时间写成《水边的修辞》,从"你"卷部分来看,运用古与今、人与事、作品与经历、传统与现代穿插编织的巧妙表达,讲述了隐士桐君、严子陵、黄公望的故事,重现了谢灵运、范仲淹、苏轼、陆游等历代诗人结缘富春山水与诗词创作,表达了郁达夫、叶浅予等行走家乡山水的深情,生动展现了富春江流淌不息的精神血脉、丰厚的历史人文和延绵数千年的文化特质,源远流长。

《桐树下的茅屋》。桐树下结一座庐,"茅屋不大,只有三间,左边卧室兼作书房,右边一间用来研药、制药,中间客堂诊病"。桐君觉得,一人之力,终究有限,桐君在采药、治病、访问村民过程中,不断物色机灵的青年,日常不单在桐树下授课,讲解如何识药性,如何用药,还带着学徒上山识药、采药,谆谆教导。

《黄昏过钓台》。两千多年前的严光在我们视野里走来,他学问深,喜欢富春山水,不喜做官,隐居在富春山,从此在山水田园里生活。谢灵运、杜牧、陆游、黄公望等诗人画家,几乎所有的文人学士,除了崇拜严光奔着他而来,更有对富春山水的流连,诗作画作源源不断,如江水滔滔。两千年的时光,严光一直是富春江的核心灵魂,他指引着无数的人们流连富春江,寄情山水间。

《春山》。作为睦州知州的范仲淹,当年过严子陵钓台,看到破败的严先生祠，写下千古名句："云山苍苍，江水泱泱。先生之风，山高水长。"还选派得力助手负责修缮严先生祠，专门请人画严子陵的像，又亲自写信向大书法家求字，为严祠的长久保护定下政府修缮的规矩，建立制度等。范仲淹的一系列举措让严光的精神定格成了富春江灵魂深处的独特符号，并不断地演变成一种强大的精神力量。此外，他重视教育，建龙山书院，亲自讲课，激励学子。

"无论什么时代，文化都是撑起人生重要的精神脊梁柱。"《水边的修辞》这本写故乡的大书，是陆老师在不断地探寻故乡文化的源头，梳理富春山水的文化脉络，思考大自然与人的精神、生命之间的相互关联，向我们讲述一个又一个历史与文学的故事，为富春江立传，向世界播撒富春山水文化的种子。

芬兰研修手记

2016年的金秋十月，赴芬兰赫尔辛基大学研修。十九天时间，先后走进了芬兰几所大中小学和一些社会机构，聆听报告，观摩教学，交流访谈，心生无限感慨，所见所思诉诸笔端。

（一）"信任"与"责任"

10月4日与5日，在赫尔辛基大学聆听了几位芬兰专家的讲课，他们的讲课中不断复现的一个词是"信任"。

什么是信任呢？信任就是相信，并敢于托付。

教育始于信任。当家长把孩子送到学校，充满信任地把孩子托付给教师，相信教师是专业的、优秀的，是希望所有的学生学好的，这是对教师职业的充分肯定与尊重。这一点，对一个教师的成长来说弥足珍贵，它奠定了教师乐意从事教育、毕生投入教育的职业情感。同样，教师对每一位孩子的信任，相信每一位孩子都有各自的长处，是助推孩子成长最好的动力。因为信任是一种有生命的感觉，也是一种高尚的情感，更是一种连接人与人之间的纽带。

信任更是责任。芬兰的学校没有督学，没有统一的考试，更没有对教师的评价。教师不会因为成绩的排名或评价优劣，陷入情绪的沼泽与胡同，反而拥有作为一名教师的更多荣耀与担当。如，一位一岁半孩子的妈妈海蒂，她已经当了三十八年教师，仍然每天忙碌并为自己的工作感到骄傲，我们从众多像她那样的教师身上，充分感受到他们对教师职业的热爱，对教育专业的精进，以及终身服务孩子的热情。

民众对教育最大的信任之一源自国家和政府对优质师资的培养与保障。芬兰人注重通过高水平的师资培养保障学校教育的质量与公平，以此来建立整个社会对教育的信任与担当。高标准选拔的五年本硕连读，主修加辅修的专业培养，建立教师教育培训基地学校，"周期长、难度大、密度高"的三阶段师范生实习机制等，为学校为社会源源不断地输送学识丰富、工作主动积极、热爱教育事业的优秀教师。

研修，然后有所悟。

（二）说说"围墙"

教育是人的事业，是心灵的事业，最忌讳的莫过于人与人之间、学校与学校之间以及人与世界、天地、宇宙万物之间筑起一道道"围墙"，相互绝缘，相互屏蔽。

看过太多用烫金汉字标榜自己学校文化的学校，墙面上、廊道里、会议室、教室内，随处可见，似乎文化无孔不入。但是我们总还是忍不住怀疑，这些文化入眼入耳入心了吗？它们与儿童之间有真正的沟通、交集、共鸣吗？对于以为拥有"围墙"就拥有安全的我们，是否想过推倒这座由来已久的"围墙"？试图真正去打开蒙蔽我们双眼、禁锢我们手脚、捆绑我们思维的诸如此类的"围墙"？

教育的空间有时很逼仄，教育的通道有时很狭窄，教育的改革甚至举步维艰，然教育的梦想却让我们不断地试图突围，总是心向往之，把窗儿打开，让风儿进来。

陆续听说过没有"围墙"的大学，也耳闻国外的自然学校。10月6日至7日，走进芬兰赫尔辛基大学Viiki教师培训学校（包括小学初中高中）和Olari学校（初中高中），才明白什么是真正没有围墙的学校，什么是学校与大自然融为一体，什么是一切为了儿童的教育。

两所学校，一所坐落在住宅区域边一片空旷的地儿，校舍与周边住宅、植被错落有致；一所掩映在一片茂密的林子里，林中小径蜿蜒曲折。如果不是随行尼娜老师的引导，不是三三两两背着书包正上学的孩子向着我们微笑，我们怀疑自己是否走进深秋美丽的乡村野外。这所没有围墙的学校与大自然如此亲近，阳光，树林，小径，蓝天！

教育的自然本真，莫过于对人的尊重，对孩子天性的理解。"头发染什么颜色，发型留什么样，那是我们自己的事。"在这儿，追求人的个性发展，不仅是发型颜色外在的表象体现，更是内在的教育追求。学生绝对是学校的主角，从课程的设置、课程的选择、学校的管理至学习的自主，一切的一切，学生参与其中。单看赫尔辛基大学 Viiki 教师培训学校丰富的课程内容，完全基于学生的发展需求设置，森林主题课程、家政课程、编织课程和吉他课程，他们除学习自己的芬兰母语外，还专门设有英语、法语、德语和中文等不同语言课程，丰富多彩。课程的实施同样彰显以人为本，以全科教师带班，整合学科采用走班教学，学生自主选择学习内容，多样化学习。走进他们的课堂，英语课上学生一边用电脑拼地图一边认读有关地理方面的英语单词，看起来似乎在游戏，实质却学有所乐；毛线编织课，年轻的男教师手把手指导孩子们学编织，捏、挑、绕，一板一眼，学有情趣；手工课，小学生正在用小小棒搭建自己创意的学校或别的建筑，难怪芬兰的学生被称为世界上动手能力最强的学生。

Olari 学校同样给我们留下了深刻印象，关于学校的介绍几乎都是不同的学生分批次分工完成，他们分别为我们介绍学校办学情况、如何进行移动学习、如何使用 Book Creater 软件，并带着我们到不同教室听课。其中八年级的艾琳——一个土耳其裔女孩，给我们介绍在校学习的感受，给我们解释不同教室不同课程的实施，表现得落落大方，俨然就是一位小老师。

这样的学校生活，学生的每一天都是舒适、融洽、自由的，他们不会因为所谓的"整齐划一""师道尊严""分数唯一"而焦虑不安。在这儿，他们接受的是量身定制式的适性教育，可选择、可表达，更多的是多角度多层面的相互合作、相互学习、相互分享。

芬兰国家虽小，人口也不多，但他们绝不故步自封，而是以包容的胸襟向世界敞开大门，他们愿意让全世界来认识他们，他们努力地学好各国的语言走向全世界。

（三）森林学校——波尔沃小学

10月10日的清早，载着我们二十几人的白色奔驰从赫尔辛基前往波尔沃小镇。忽而穿行在白桦林间，忽而经过平整的田野，无际的平原，金色的盛装，多彩的木屋，异域的风情，从车窗外急驰而过，不断地撩起内心的惊喜与兴奋。

你好，秋天！你好，大自然！

车子慢慢驶入我们期待的小镇——波尔沃。不是亲历此地，我们很难想象小镇的宁静与秀美，铺满落叶的小径，白桦掩映的木屋，安静闲置的靠椅，不时有当地的居民慢悠悠地从眼前走过。偶尔有小学生戴着头盔，骑着自行车从身旁风一样驶过，即刻又恢复了她的宁静。

日常工作的繁杂与生活环境的聒噪，长时间对身心造成的伤害，让内心渴望自然的疗愈。此刻，如画的波尔沃，对遇见她的每一个生命来说都是一种奢侈的享受。

"到了！到了！"刘梁师傅将车缓缓地停靠在一片林子边，林子中间是一大片空旷的平地，三幢排列整齐的银灰色平房棚户建筑一字排开。原来,这就是波尔沃小学,一个仿佛隐身在森林中的小学校。

波尔沃小学简陋而不简单。二百人左右的学校,虽然是因等待新校舍建成而暂住搭建的棚户区,但设施、教学、活动、研究等一切都正常,丝毫不受影响。

接待我们的是这所学校的校长,他在来这所学校任职前,曾是赫尔辛基大学研究学校校长管理力的专家。他温儒的言谈,周到的礼节,全程的陪同,我们除了佩服他的学识之外,更是敬重他的为人,真可谓小学校大学者。

森林中最美妙的是百灵鸟的歌声。走进芬兰每一所学校,走进每一间教室,感触最深的是学生的"舒适、自由和开放",教育的"自治、信任和专业"。在这所学校,同样令人感受至深。

多重功能的开放式空间教室,令人耳目一新。分隔成不同区域,形态布置不同,具有七大功能,学习环境布置得卡通有趣。三位教师同堂分工合作教学,两位全科教师,再加一位特殊教育教师,共同按学生需求组织支持不同区域学生的不同学习(其中特殊教育教师哪里有需要往哪里搬)。他们的学习没有学科边界,而是跨学科融合,手工制作,电脑学习,语言抄写,数学操作……

"学中玩,玩中学。"波尔沃学校的学生围绕着学习主题,真正体现"玩中学",突显了学习过程合作、分享的特点与亮点,呈现在不同课堂的是丰富多样的学习方式。这一点要归功于波尔沃学校老师的专业精深与教学创意,单看他们教师开发的教具与教学方法就是五花八门,有趣好玩。学数学变成了接龙、跳方格、拼海盗船、动物游戏、听口令对数字、排队贴磁片等。围绕不同主题,学校到处是学习的空间,到处是孩子们学习与生活的身影。

课程为学生的生活所需而设，绝不是为考试的功利而为之。手工课，就是这儿每所学校的必修课。一、二年级手工课开始学编织，三年级开设木工课，男女生同学编织和木工，从小体现男女性别的平等。波尔沃虽是一所临时性的棚屋学校，可是为学生学习木工的教室，可谓设备齐全，应有尽有。校园跳蚤市场上，小学生制作的镜框、手链等工艺品，做的蛋糕、巧克力，他们创意的运动项目，博得同行者的由衷赞扬，可见学校教育的独具匠心。

不让一个孩子掉队，在这儿不是一句教育的空话。学校专门配备有特殊教育的教师，格丽莎就是三位特殊教育教师当中的一位。工作中，三位教师会针对学校特殊生的具体情况，一起计划提供对特殊生的辅导与支持，不同年级有不同内容。每周二至周五一早都有讨论工作时间，涉及内容很多，每天有个体辅导时间与课程。如防校园欺凌、心理健康、人与人之间的交际技巧等。当然，他们也不建议把特殊生带出原班级教育，而是在原班上课。教育总怀慈悲之心，不会把天使般的儿童划分成三六九等。

波尔沃小学崇尚的教育理念是合作性教学。他们认为教师不是一个个体，而是相互的合作共同体，包括领导力也是动态的，鼓励每位教师来当校长。教师们基于教育的理念进行合作，而且教师之间的相互信任度高。即使遇到工作中的分歧，他们会针对事情，会讨论解决。为此，学生在学校的学习，有最大的自由度，选择学什么怎么学，真正是在学会学习。教师只是在学习过程中提供帮助与评估。

波尔沃小学，一所充满"舒适、自由、开放"的森林学校，如同她周边的自然胜景，甚喜之。芬兰之行，当地学校的教育实践，引发我们不断的深度思考。

（四）大巴车上听徐老师讲课

10月14日，今天是我们结束赫尔辛基大学研修前往坦佩雷的日子。

送我们离开赫尔辛基，陪我们一同前往的徐老师尽心尽职，她把大巴当成了赫大的课堂，一路上给我们介绍芬兰人的生活和芬兰教育。车刚一启动，似乎就触动了她深深的感触，勾起了她三十年前来芬兰的记忆。吃上一根黄瓜和几个西红柿，对于一位异国打拼者来说，那是一件多么不易的事情。抹不去的岁月与回忆，是一种甘之若饴的味道。

大巴出了赫尔辛基城，高楼少了，商业气息淡了，车窗外是飞驰而过的平原。土地，森林，湖泊，木房，色彩斑斓。

一边欣赏着窗外的金秋，一边听着徐老师娓娓道来。从飞机上鸟瞰芬兰，除了湖就是森林，除了森林就是湖，芬兰人森林拥有率四点二公顷。他们不喜欢居住在城里，更喜择一处离城不远的地方，建造自己的木头房子，漆成红色、黄色，与大自然一般色彩斑斓。他们如此选择是觉得城外生活成本低，居住面积大，周末打理自己的林子。

车上，徐老师从赫尔辛基大学的研修体会说起，谈得最多是的芬兰教育。

关于目前的芬兰教育，她主要谈了三个方面。

第一个方面，对教师的业务能力的考核，在芬兰是怎样进行的？徐老师告诉我们，在芬兰教育部通过组织教师评阅中考试卷来衡量教师的业务水平。每年初中毕业会考教育部都会跨省抽调一批教师来参加阅卷工作。教师会被分成两组。比如说同一个学科，两组教师都要改头一批学生的试卷，当然学生的姓名是密封的。当假设有两个教师对同一份卷子的评判出现了重大偏差。教育部的教育督导委员会会组织另外一批教师对这份试卷进行重阅。以第三个教师的评语为准，看前两位教师哪位教师的评语，更接近或更偏离。最后，按接近标准的这个评价的方式来获得结果。如果一位教师评阅的结果与正确的答案偏差太大，那么他可能在秋季的时候，就会被要求进入当地的教经学院或者叫国家金融学院进行业务进修，因为他就被默认为业务能力还存在缺陷。

第二个方面，介绍了芬兰高中学生的学习生活。她告诉我们，普高的学生在芬兰这里其实学习压力是非常大的。他们整个高中三年的学习，其实两年半就结束了，大概在第三学年春季的二月份，就毕业了。高中教师的理念就是说，我是负责你毕业的，但不是负责帮助你参加高考的。因此在二月份学生毕业之后到五六月份进行高考之前，学生基本是在家自学的。这对学生的学习能力的要求非常的高，每个孩子的学习能力的培养，在他们上小学和初中阶段就要注重培养好。

通过前几天的学习与参观，我们也了解到，芬兰的跨学科改革（现象教学）中有一点就是非常重视学生思考和学会学习的能力培养。芬兰的高中生，有前百分之十是可以免试进入大学的。这前百分之十中有百分之五是高中段段学习成绩特别优异的学生，还有百分之五是各种特长学生，而其余的百分九十都需要参加高考，通过高考进行选拔。

五六月份的考试，是分学科逐渐展开的，不是像我们中国一样，两三天之内解决所有问题。芬兰的学生一门门地参加考试，考试的结果只占他高考录取总分的百分之六十，剩下的百分之四十取决于他在高中阶段每门学科的考试结果。

第三方面，芬兰教育的基本理念是要让每一个学生都能够找到适合他自己的路。让每个学生都能够心甘情愿地认为他自己走的路是对的，是最适合自己的。无论这个学生是读普高还是去读职高，都让他们体会到一种所谓的幸福感！就是哪怕读一个职高，他也心甘情愿地认为我是适合读职高的，是适合这个职业的，我心甘情愿做一个普通的但是高素质的劳动者。

另外，关于芬兰的高考徐老师还提供了丰富的信息。

首先是关于高考复习。普通高中毕业的学生如果当年没考上大学是可以参加高考复习班的。但这高复班交费是由政府监管的，每人两千五百欧元。如果你没有考上大学，这两千五百欧元可以反复的使用，直到你考上大学为止。然而，普通高中毕业的学生，如果没考上大学参加高复班的人数比例并不多，甚至可以说非常少。这毕竟是一笔昂贵的学费，而且学费是要自己支付的，并不是父母支付的。芬兰法律规定，除了这种高复班以及各种文体艺类的兴趣班，是禁止开设有关文化补习培训班的。如此，也是为了确保教育的公平，因为在芬兰的整个立法中有一个核心的理念就是教育的国家责任。也就是说，如果孩子在学校里都不好好学好功课，还要到社会上去参加学科补习班的话，那就意味着国家教育的失责。

第二个信息就是普通高中的学生，当年考上大学的比例并不高（当然具体多少比例不知道）。普通的数理化文科理科那还好说一点，然而有一些社会类学科、法律学科等，一直都是非常难考的，很多学生会考一次、两次甚至考三次，但让家长并不会觉得这很有压力。像社会学等一些专业性比较高的学科，除了参加普通的数理化的考试和外语考试之外，还有专业考试。这专业考试，他主要的不是考法律条文，而是考你对一个重大法律事件的理解，以"假如你是法官或者检察官，将怎么审判处理这件事情？"这样的方式进行，以此来看你对这个专业的兴趣程度或专业水平到底有多高。比如，有一个孩子考选的专业是社会学和国际关系，他的专业课的一个题目是关于芬兰社会最低工资水平。这个话题非常大，一方面他要考芬兰的最低工资水平，另一个方面要考政府历年的法律条文是怎么规定的，为什么这么规定；制度执行过程中需要怎么调整；比如别的国家加入欧盟之后，他的低廉的劳动力会不会冲击国内劳动力市场；政府如何保障国内劳动力市场的充分就业，等等这类问题，考的就是这个学生对社会、对他本专业所关注的社会重大事件的关心程度。

关于高考第三个信息是职高和普高话题。职高学生毕业之后，它的优势在于政府要求他们必须参加两年以上的该职业的工作之后才能参加高考。然而这个两年工作并不是很吃亏的一件事情，因为通过这两年的职业生涯锻炼，一个职高毕业生就掌握了本职业应有的技能，参加高考的时候，尤其是考到专业课的时候，明显就比其他学生具有优势。当然对普高学生没有这方面的限制，他可以毕业之后直接参加考试。

最后，徐老师告诉我们，芬兰的家长非常重视学生的独立能力，也就是照顾好自己和规划生活的能力。他们在初中二年级的暑假里就有一次社会实践，在这次社会实践中，学生拿着教师的推荐信，到社会上独立去找一份工作。同时也不能在家人和亲友的帮助下去找，这种能力从中学时代就注重并开始培养。所以到了高中时，芬兰学生在暑期里打工是非常普遍的事情。芬兰的高中生有两个半月的暑假，大学生有三个半到四个月的暑假，在这暑假里他们是以社会实践为主的，是为了取得职业生涯的一些实践经验，同时也给予他们举办乐队、组织球队、学习驾驶等自己想做的事的费用。

在芬兰，当你十七岁成年之后，父母是不会再给你生活费用的，因为教育就是教你去学会自己生活。

（五）自然学校

10月17日，我们参观坦佩雷自然学校，这所学校距坦佩雷市区四十公里左右。

　　自然学校不仅仅是坦佩雷有，在芬兰每个地方都有一个自然学校，这样的学校是为了支持自然环境教育，是为了自然的可持续发展。他们专门设有自然学校的联盟网络，共有59名成员，具体会有自然学校、露营学校等不同名称。这些学校以户外大自然为课堂，一草一木、一花一虫，就连石头、阳光、土壤全都可以作为教学的对象，没有枯燥刻板的课程，日常的"上学"，是在老师的带领下在森林里捡树叶、观察虫子、玩探险游戏……是以体验为中心的学习方式，让孩子们在体验中提升思考能力、想象力、创造力、行动能力等。对于这些学校的办学管理是有专门机构论证的，其中有七所具有高级别学校的资质。我们今天走进的坦佩雷自然学校就是七所高级别学校之一。

　　坦佩雷地区的自然学校地处乡村田野，毗邻森林，与大自然融为一体。学校的性能主要是提供服务，为各中小学校和幼儿园提供专业的和相应的自然环境教育，以及与教师相关自然课程培训等，有点像自然环境主题类的实践拓展基地。这两年他们的创新项目是开展流动的自然学校，流动自然学校的车内备有丰富的可供学生学习的设备，应有尽有，可以去学校、去森林，如大篷车一样自由。流动自然学校的运作经费源自坦佩雷市议会（坦佩雷共二十二万人左右）、自然教育会、林业部、文化教育部，以及非政府组织，保障自然学校的正常运作。

　　这个自然学校共有三名教师，两男一女，他们之间有各自不同的分工。每一位来这儿的幼儿、中小学学生和来培训的学校老师，主要通过功能性的练习，实践中学理念，进行跨学科学习。学习的课程内容相当丰富，有三十个学习主题，学段不同内容不同，涉及水中生物、植物认识等。我们通过观看视频，具体了解这里的孩子们在自然学校的学习过程与学习生活情况。

今天参观自然学校特别有意思，三位老师并没有把我们当作老师，而是当作初中一年级的学生，让我们亲身体验与经历孩子们的学习过程。

一位穿着藏青色户外服、提着一个布袋的女士迎接我们，原来她是自然学校的校长。她先让我们从布袋中抽取一个椭圆形球，以球上图片内容相同的为一个学习组。嘿嘿，我抽到个蜻蜓，按图片找到自己的学习小组。接下来，我们的座位以及所有的活动都是小组为单位，相互合作共同完成学习任务。

整个自然学校置身于大自然中，一层的排屋，有三四间教室连起来那么长，灰色的木房，人字形屋顶。正面是一大片的林子，树木参天，小径蜿蜒，还有池塘、草滩，一望无际。紧邻房子，除了一条公路穿过外，是大片大片的田野和树林。跟着校长推门而入，需脱鞋再往里走。我们按小组分桌而坐，圆柱形树桩作凳，边喝咖啡、吃甜饼，边听老师介绍。

自然学校内部的布置可谓独具教育的用心，完全是一个模拟大自然的小环境。一只木桩雕刻的猫头鹰立在过道边，各种真实动物制作的标本陈列室，可供师生学习的学习用具齐备的教学活动室，拥有显微镜等仪器设备的教学实验室。墙上贴着不同种类的蝴蝶、鸟类等图片，这些图片是一张张立体的教学挂图，比如那些生活在石头下面的生物，在图片上均以木块作石表示它们生活的习性，使用时可以翻开木块，观察它们在石头或地下生活的情况，橱窗里摆放着可随时取拿的关于大自然的书籍。

我们今天的任务是去森林捕捉每组图片上的生物，并用显微镜观察它们的特点与活动。原来我们分组图片上的生物即是今天要研究的对象——蜻蜓幼虫。

我们四人分工合作，带上带网的长柄勺、小脸盆、小玻璃瓶、细软小刷子、塑料的和铜制的小汤匙。从自然学校前面的木制楼梯下坡，我们进入林区，循着杂草丛生的小道寻得一处池塘，开始池塘捕虫。

我们先给脸盆盛上水，免得捞上来的生物脱离水而死。站在池塘边的木板上，组长用长柄网捞，每捞一次小心提到脸盆边，拨开网内水草和杂物，寻找要捕的生物。几次空捞之后，我们终于发现网中有一条蜻蜓的幼虫，虽然比图片上的看起来小得多。我们组邵同学激动得立马用汤匙去舀，因为用力过猛，嫩嫩的小幼虫毙命于他的汤匙下。再继续捞，总算又捞上一条，这一次史同学小心得不得了，一手用塑料匙摆在幼虫身前，一手用细软刷轻轻地推，直至推到小匙内，放入玻璃瓶。捕捞蜻蜓小幼虫，终算大功告成！其中经历的快乐，无以言表。

然后，我们在显微镜下观察，放大了无数倍的小幼虫，晶莹剔透，触角挥舞，眼如黄宝石，好神奇的生物！按捺不住的喜悦，更激起我们探究的欲望，纷纷跑到别的小组去观察不同的水中生物……

接下来，自然学校的另一位老师，又把我们当作了幼儿园小朋友，上动物主题模拟课。她用图片、动物玩具、拍子等以游戏的方式介绍各种动物名称、特点以及生活习性等。可贵的是，芬兰对学生的规则教育总是无痕地渗透整个教育过程，比如，森林里可以自由采摘蓝莓，但有篱笆墙围着的，属于私人领地，是不能随意采摘。教育过程没有刻意说教，而是生动有趣，乐不可支。

中餐，自然学校的三位老师化身为厨师，为我们炖了三文鱼土豆汤，很鲜美！餐后，他们继续带领我们走进森林进行实地探索。

三两步就进入茂盛的森林，踏着厚厚的苔藓、落叶，举头欣赏松树、白桦等挺拔的身姿，绿影婆娑。老师告诉我们，自然学校的学生课间可以随意进入林子嬉戏、观鸟听鸟语。也的确，学校就在森林里，被整个森林包围着，不分彼此。

爬过几个小坡坡，看到幽深的林子里有两个小木屋，木屋前已经燃起了篝火，火烧得旺旺的。在这里，学生们可以尽情烧烤、歌唱，开展丰富多彩的野外活动。我们也围着篝火，像学生时代一样举行听歌传球活动，当歌声停球落谁手，谁就来表达今天自然学校生活体验的感受。温暖，自然，舒服，体验，美妙，规律……

自然学校，教育自然！这是一个让孩子更像孩子，让大人变回孩子的神奇学校。

（六）探访图书馆和青少年活动中心

10月19日上午，我们一行二十一人探访坦佩雷图书馆。

坦佩雷图书馆高三层，面积一万一千二百三十平方米，从室外经过一个现代巴洛克式的楼梯到达二楼，即为明亮的弧形大厅，高十三米，宽二十三米，穹形的顶部，呈十六度的倾角，恰好是地球对太阳的倾角。构成图书馆的主体部分是二楼的大厅，一个圆形工作台为中心，一排排书架呈放射线向四周散开，像太阳的光芒照耀。每个书架有六层，米色，架上排列着多彩的书籍，配以柔和的灯光，如阳光般灿烂。顶层是图书馆的音乐部分、办公室、讲演厅、会议厅和咖啡厅等。整个图书馆设施齐全，环境优雅。

麦克女士向我们介绍，芬兰是全球图书馆使用率最高的国家之一，百分之八十的人会使用图书馆，政府规定每个城市都要有自己公共的图书馆，还设有流动的图书馆，数据统计有一千八百多个。如坦佩雷地区的一个小镇，人口七千人左右，年人均借书却达二十五本，想起我国在2014年全民阅读现状调查，成年国民人均纸质图书阅读量仅为四点五六本，差距不是一般般的大。芬兰人年均进图书馆达九次，坦佩雷图书馆使用率经统计居（2015年）全国前三名。他们还会通过调查研究，了解一些人不使用图书馆的原因是什么，是图书馆离住地远，或图书馆的书源提供不适合，还是没有阅读的习惯等。为了鼓励与促进更多的人阅读，他们创立移动图书馆，把图书运到各个居民住地，让他们现场借阅，归还时可到任何一家图书馆归还。

图书馆会定期举办一些活动，促进人们的阅读。比如，为了促进儿童阅读，除经常举行图书馆管理员讲故事活动外（故事室备有很多辅助讲故事的玩偶），他们会创意各种儿童读书活动，特别是针对儿童不喜欢阅读这一现象，图书馆每月安排有狗狗或别的动物来图书馆，让儿童读给动物们听。真是妙招！另外，提供一系列阅读清单供儿童选择，读完一本后则颁发阅读证书，或颁发阅读护照。儿童来图书馆阅读一本书就盖一个章。

图书馆也提供有声图书，方便盲人阅读，当然健康人也可选择此类听书形式。坦佩雷图书馆就像市区的一个办公室，能够提供多种服务。不只是传统意义上的图书馆，它已经成为多媒体设备齐全的公共课堂，甚至还会组织户外活动，为人们的生活提供很多新型的服务。图书馆不仅仅提供图书，而且具有多种功能，藏书推荐、上网、打印等。芬兰人去图书馆不一定全是为了看书，而更多的是现代生活与工作的一种方式。

下午，拜访青少年多功能服务中心。

青少年多功能服务中心是芬兰中小学生的课外教学基地之一，面向十七岁至二十九岁青少年开放，设施齐全，活动丰富。

现场录音室。一位小姑娘，自写歌词自己演唱，作为圣诞礼物献给她的祖父母。

织布室、缝纫机室。青少年可自带材料，也可现场购买，根据自己的灵感来创意各种作品，非常有特色。

陶吧。一整套流程兼具，学生作品创意无限，栩栩如生。动物、钟表、各种生活器皿，还有作品组合的丰富的生活场景。

印染手工。装饰布袋、T恤，编织手工艺品，打制首饰挂件。

观摩青少年多功能服务中心的活动现场，实地观察芬兰学生如何在校外进行学习，体验芬兰学校以外的学习环境，以及芬兰国家对教育的软性支持在基础教育中起到的作用，更多地了解机构如何组织开展趣味教学方法等，青少年活动中心真正的意义是为儿童的终身学习、幸福生活服务，不是学校的延伸。